那個已然飽和的夏天。

カンザキイオリ

目錄

楔子

「這裡就是那孩子的房間。」

我顧不得紀惠子阿姨的輕聲介紹，向前踏出一步，走進她的房間。

床、書桌、書櫃……這是一間擺設平凡無奇，環境整潔的普通房間。流花不在的數個月來，紀惠子阿姨應該打掃過。

不在的數個月——也許不該再用這種投機取巧的說法了。

就連此時此刻，流花也不存在於任何一處。

「真的住這裡就好嗎？」

紀惠子阿姨把手置於我的肩膀上，憂心忡忡地望著我。連月下來的積勞，在她臉上生出了黑眼圈。

「……這裡就好。」

「真的？會不會很難受？你也可以住我弟弟的房間，他已經很久沒回家了。那裡空間比較大，採光也——」

「不，不用……真的這裡就好。」
我看著紀惠子阿姨的雙眼打斷她，明白表示。阿姨嘆了一口氣，將放在肩膀上的手移動到我的頭頂。
「好吧，我明白了。千尋同學，你有沒有想吃的東西？」
「想吃的東西……？」
「什麼都可以喔。火鍋啦、壽喜燒啦……或是章魚燒也行。」
「……那麼，我想吃壽喜燒。」
「好，等我一下喔。」
語畢，紀惠子阿姨抽回了手，作勢離去。
妳要走了嗎？我感到些許寂寞。
紀惠子阿姨頭低低的，眼看就要走出去。我快步走近，叫住了她。
「不用加同學。」
我用不確定對方能否聽見的音量咕噥著，紀惠子阿姨訝異地回頭，隨即用鼻子「呵呵」地笑了幾聲。
這是我第一次看見阿姨笑。我因為莫名的害羞而低下頭。
「**千尋**，等我一下喔。」
她的語氣比剛才明亮，說完之後，這次不帶迷惘地走出去。
「啊……」我覺得應該回些什麼，結果陷入了沉思。不過，阿姨方才的笑臉，想必就是盡釋前嫌的證明。

我回頭環視流花的房間。

這裡照不到太陽，房裡昏昏暗暗的。

正前方有扇窗，不過大概是生鏽的關係，非常難開。我費了點力氣才慢慢推開，眺望著窗外的風景。

現在是下午五點。

和流花旅行的時節，這個時間還是大白天呢。

如今被夕陽將窗外染得一片火紅。

流花不在了之後，數個月過去了。

夏天結束，冬日降臨，接著春日來訪，我也升上國三了。（註1）

很高興紀惠子阿姨願意收養我。

想到我和流花之間的牽繫將逐漸消逝，我便感到空虛不已。

但是，多虧了紀惠子阿姨，我和流花正式成為姊弟了。

註1　日本為三學期制，新的學年從四月開始。

舒適的春風從窗戶拂來，我被風誘惑著，在旁邊的床鋪躺了下來。紀惠子阿姨似乎特地曬好了被子迎接我前來，蓬鬆柔軟的觸感相當舒服。

我深深地吸氣，像要吐出體內的毒素般，慢慢把氣吐出來。

床上有流花淡淡的味道。

啊，原來這是洗衣精的味道。

好放鬆啊。

彷彿流花就在我身邊。

直到此刻，我依然無法相信她死了。

儘管每一位大人都這樣告訴我，但我絕對不信。

流花還活著。我相信她還活著。

她只是變成了朦朧的海市蜃樓，一眨眼就不知溜到哪兒去了。等夏天再度來臨，她一定會悄然現身。

所以，我絕對不會忘記妳的。

妳會在我的心中膨脹，多到滿出來，持續將我的人生染上妳的色彩。

那是多麼美妙的一件事啊。

那些夏日回憶，將連同妳的笑臉、妳的天真無邪，繼續充盈在我的心裡。

我會持續等待我們相逢的一天。

妳一定要記得回來喔。

流花。

＊

……歲月如梭，在那之後，過了十三年。

順理成章長大成人的我，一邊吃著味道乏善可陳的爆米花，一邊觀賞電影。

這是一部冷門的獨立電影，上映院廳裡除了我以外空無一人，可見有多冷門。

我本來也沒打算要看這一部。

要、看、哪、一、部、請、神、明、開、示。

我只是閉上眼睛、隨手一指，剛好挑中這部片罷了。

經過了歲月的洗禮，我已成長為會在沒有朋友的假日，隨意挑一部電影觀看的無趣成年人。

我挑中的這部電影，大意是關於一對少年少女的逃亡行。

整部片從一名瘦弱的少女不慎將同班同學從樓梯上推下去，失手殺人的血腥場面開始，搭配沉重的配樂，慢慢揭露劇情。

少女飽受同學霸凌，鞋子經常不翼而飛，營養午餐裡被摻了髒東西。

某天，她終於忍無可忍並試圖抵抗，卻誤將欺負他的孩子推下樓梯，撞擊到致命部位，就這樣斷了氣。少女自暴自棄地逃離現場，和她的少年男友展開了一場沒有希望的逃亡行。

兩名國中生，充其量只能趁店員不注意時偷東西，過著扒竊別人錢包的生活，毫無目標地不斷逃亡。

約莫是這樣的故事。

劇情如此陰沉，除非閒來無事，否則根本不會有人特意進戲院觀賞。除了沒有朋友、沒有情人、假日無事可做的我以外。

當爆米花見底時，電影也開始邁向尾聲。少年少女像是與幾位警察玩捉迷藏般，你追我藏。眼看兩人快要被抓到，場景來到山間一片開闊的草原。

配樂戛然而止，蟬鳴聲漸強，感覺劇情即將進入高潮。

少女猝不及防奪走少年的登山背包，拿出小刀，從後方制住少年，以他當人質。

「不要過來！」

少女格外清晰的喊叫，我聽了為之震顫。

包抄的警察雖然暫時停下動作，隨即慢慢推進，使少女的喊叫更形空虛。被當作人質的少年用只有少女能聽見的音量低語：

「放棄吧。」

少年的一句話穿透大銀幕，迴盪在耳際。

汗水低落。

夏日的青草味混合了少女的汗水與土壤的味道，掠過鼻腔。

不知為何，我彷彿成了電影中的少年，全身感受到「離別時刻就要來臨」。

少女囈語著：「少囉嗦！」一面容扭曲，身體發顫，不放棄地持刀對著警察吶喊：

「沒有人肯救我，沒有人傾聽我的聲音。你們……你們全對我視若無睹！煩死了，我厭惡這一切，厭惡你們每一個人！去死！你們通通死了算了！」

少女一手扣住少年的脖子，一手持刀對著警察大吼大叫。其實少年只要稍加施力就能輕鬆扳倒少女。

如今回想，刀子又有什麼好怕的？

如今回想？

我對於自己的大腦竟然用了過去式感到突兀。

對啊！我不是在看電影。這個人是我。這是我的經歷、我的故事。

我在察覺的瞬間眨了眨眼。

宛如瞬間移動，本來還坐在電影院大銀幕前的我，剎那間便來到草原。如同方才的電影畫面，被少女挾持著。

太陽火辣辣地烘烤著肌膚，汗如雨下，夏草的味道乘風飄來。

我聽見警察踩過草地的聲音、蟬的叫聲，以及少女與我自己的呼吸聲。

一切都宛如海市蜃樓，充滿回音且朦朧不清。

我不打算取得少女的認同，只是對激動的她淡淡勸說：

「喏，該結束了。

我們已經被包圍了，體力和偷來的錢很早就瀕臨極限。

妳自己也很清楚吧？

一切都結束了。

我們是如此弱小。

所以，拜託妳，求求妳，用那把刀殺了我吧。

妳說不想回到從前的日子，我也不想回到沒有家人朋友的日子。

所以，拜託妳了。」

少女沒有回應我的話語。果然很任性呢。

我明知道她總是如此自我中心。

忽地，我被推倒在草地上，警察旋即圍上來壓制我。

我趴在地上大叫。

那是不成話語的吼叫，不如說是咆哮吧。

我如同嘶吼的野獸，用盡全力地咆哮至聲嘶力竭。

淚水和鼻涕大量湧現，我感到喘不過氣，卻使出所有的力氣，一次又一次地吼叫。

「謝謝你，千尋。

因為有你，這趟旅行我過得很開心。

所以，沒關係了，已經沒關係了，我自己死就夠了。

千尋，只有你要活下去。活下去、活下去，活過了再死。」

這是她推開我的前一刻，在我耳邊說的悄悄話。

強而有力的話語，我到現在仍清晰記得。

第一章　大人

東千尋　七月十八日　星期四　早上七點

好冷。

我下意識地捲起毯子。

房間相當乾燥，我感到口渴難耐，閉著眼睛伸手抓起寶特瓶。

啊，原來這瓶水昨天還沒開嗎？我扭開瓶蓋，直接躺著喝。

咕咳！

剛起床的我，喉嚨一時之間無法適應水這樣灌，流到下巴都是，還滴到床單上。

我在腦中暗啐「可惡」，蓋上瓶蓋，隨手一扔。

好倦怠。

好想睡。

不想去上班。

好想回家。不對，我還在家裡。

看向時鐘，時針指向七點。

室內涼颼颼的，溫度完全不像夏天，甚至冷到會打哆嗦。應該是我睡相不佳，翻來覆去時，不慎按到旁邊的遙控器開關了。冷氣遙控器的液晶畫面顯示「二十度」。這裡是坪數二．二五坪的單間套房，冷氣開太強會感冒的，社會人士無法輕易請假啊！我一邊咒罵自己的不小心，一邊把溫度調回平時的「二十五度」。

仔細一看，燈也沒關。我到底是幾時睡著的？印象中，我昨天在晚上七點下班回到家……但究竟是幾點睡著，又睡了幾個小時呢？

回過神來，肚子早已餓腸轆轆，我撐起重如鉛塊的身體，踉踉蹌蹌地下床，打開單門小冰箱，唏哩呼嚕地吃著能量補充食品果腹。

食物還未吞下去，我便將包裝袋隨地丟棄，直接往浴室移動，轉開冷水的水龍頭。

心臟緊緊一縮，感覺全身倏然緊繃。

隨著腦袋逐漸清醒，今天作的夢也重回腦海。

我夢見自己在一間陌生的寂寥電影院，獨自觀看一部沉悶的電影。

電影的內容……已經不復記憶了。

我只隱約記得一股異樣的窒息感。

以及一股想要大叫的衝動。

還有爆米花並不好吃。

然後、然後……

哈啾！

噴嚏拉回了我的注意力。冷水澡不宜洗太久。睡翹的頭髮也恢復原貌了，差不多該出去了。我關掉水龍頭，走出浴室，打開洗臉臺旁的收納櫃，這是我平時用來收浴巾的地方，但現在裡頭一條浴巾也沒有。

太不小心了。浴巾已在昨天全部用完，我忘記洗了。

無可奈何之下，我只好全身溼溼地走出盥洗室，打開玄關旁的衣櫥，隨便拿一件T恤當作浴巾擦拭身體。地板當然也被我搞得溼答答的。擦乾身體以後，我直接把T恤丟在地上，靈活地用腳擦地板。大致乾了以後，我把T恤塞進盥洗室的洗衣機裡，站在鏡子前準備吹頭髮。

早安，千尋。我對著鏡子裡的自己問早。

近來臉上的皺紋增加了，皮膚的保水度也不比從前，整張臉顯得鬆弛而暗沉。二十五歲是個分水嶺，在此之後，每當我過度熬夜就會全身不舒服。

再加上，我並不熱衷於運動，身材瘦歸瘦，肚子卻有一層肥油。沒有肌肉的身體看來弱不禁風。不，我想真的很弱吧。

我一邊用吹風機吹乾頭髮，一邊有感而發「啊，我已經不年輕了」。

接下來呢？

我能獨善其身到終老嗎？要是變成獨居老人，當我死的時候，誰來替我安葬呢？

我忍不住嗤笑自己：「呵，很厲害嘛。」儘管頭髮還是半乾，但我索性關掉吹風機，閉上眼睛。

盥洗室的燈光均勻地穿透到眼皮下層。

死了就能見到她了。不是挺不錯的嗎？死亡來臨時，只要順應即可。

我總是在早晨想起她。

國中時，我曾交過一個女朋友。

流花。

流動的花，流花。

從名字到一顰一笑，舉手投足無一不美。

然而，她已經不在了。

她在我十四歲時去世了，接下來，我不曾與任何人交往。

中間曾有過感情不錯的女性朋友，卻始終沒有發展為戀愛。

我覺得那愧對於流花。

因為，她都已經死了，我還悠哉度日，擅自獲得幸福，豈不是太狡詐了嗎？

只有自己獲得幸福是不正確的。

不正確。

沒錯吧？

東千尋　七月十八日　星期四　中午十二點

「東哥，不好意思，我想請教你這個……」

楠田用低姿態的語氣，從後方呼喚我。回頭一看，只見她一臉愧疚地拿著作業流程表。淡淡的香水味輕搔鼻子。

「怎麼了？」

「對不起，每次都要問你一遍，我自己無法判斷……我想問不規則形的面板裁切機，按照這個設計，應該要用粗的刀片進行裁切嗎？」

「嗯……妳看，這邊有細的裁切線，用細的刀片比較好。刀片太粗的話，裁切線會不夠乾淨俐落。」

「啊，真的耶！謝謝你。對不起喔，同樣的問題，我問了這麼多遍。」

「不會，有疑慮歡迎隨時問我。」

如此回覆後，楠田羞答答地坐回電腦前。

楠田雖然有一再確認的小毛病，但也多虧於此，工作上幾乎不曾出包。她四月才從其他店調來我們的盧斯印刷三號店，說來還是個新人，工作表現卻相當傑出。

我深感佩服，同時將注意力拉回被提問打斷的護貝作業上。這是將A4宣傳單大小的菜單護貝之後，再把邊角裁圓，邊檢查有無缺漏，邊清點數量的單調工作。

某知名連鎖居酒屋看準夏日商機，預計在八月大規模重新開幕，護貝好的菜單上面，印著令人猛吞口水的啤酒廣告。

「我之前去過那家店。」

佐田突然從旁邊的作業區探頭插話。

我們是相同年紀的同期員工，他和楠田都是四月時從其他店調來的。佐田從早上就不停在作業區進行廣告單的捆包作業，大概是倦了或是累了，開始找我閒聊解悶。

「他們家的醃漬酪梨超級好吃，醬油調味得恰到好處，非常下酒喔。」

「哦，真的啊。」

「還有，那裡的女店員超級正！我抱著一試的決心問她有沒有 LINE，結果她說有是有，但她已經有男朋友了。」

「真可惜呢。」

「對吧？不過，那裡的食物很好吃，而且比想像中便宜，簡直物超所值。東，你喝酒嗎？」

「沒有特別愛喝……酒量一般。」

「是喔？但是不意外，感覺你身子虛，不像酒量好的樣子。對了，我很久以前跟店長一起喝過酒，他的酒量好到嚇人，感覺喝個千杯都不會醉。你看，他看起來就是做業務起家的，業務免不了要常常喝酒嘛。」

怎麼還沒說夠啊……

老實說，我不太擅長應付這種隨便跟誰都能瞎聊的類型。

我沒有在求學時代交到朋友，不習慣長時間與人說話。說話很麻煩，要拚命思考如何接話，說什麼才不會得罪人家。

因此，我基本上會散發出一股生人勿近的氣息，對佐田也是如此，但他絲毫不受影響，照樣找我說話。無論我怎麼回答，他都不會面露反感，能自顧自地炒熱話題，我認為這是他的優點；缺點是當我需要專注作業時，他仍不看時間場合地兀自說個不停，令人無法消受。

唉，我已經搞不清楚自己數到哪了。即使左耳進右耳出，注意力仍逐漸渙散。我本來想在今天連同捆包一起弄完的。

才剛這麼想，我便發現來監督進度的江原店長就站在佐田的後頭。

「佐田！動作快一點！那些二小時後就要出貨了耶！」

江原店長厲聲警告，我不禁震了一下。他是個惹人厭的主管，總是怒氣沖沖，衝著員工破口大罵。

這對亟欲結束對話的我來說或許時機正好，但我真的不喜歡他。佐田雖然結結巴巴地道歉，卻仍不改那張嬉皮笑臉。

「真是的，別打混。東，你要負責看緊他啊。」

「呃，好的。」

為什麼是我？想歸想，我先隨口應和，江原店長似乎出完氣就心滿意足，改去巡視楠田的工作情形。
「噫──江原店長好恐怖喔。」
佐田終於回去工作崗位，有驚無險地喘了口氣。我也得盡快完成護貝檢查，開始打包裝箱了。但佐田再度不死心地向我搭話，這次用咬耳朵的音量說：
「對了，酒聚就是明天了，東，你也會來參加吧？」
他換上笑咪咪的臉孔偷看我。
我當下沒有意會過來，悄悄迴避了他眼神，隨即想起明天是公司以消暑為名目舉辦酒聚的日子，通知就貼在公司的布告欄上。
「不，我不會去。」
「咦！為什麼？」
「我不太會喝酒，也不喜歡人多的聚會。」
佐田的表情難掩掃興，令我騎虎難下。
「來一下嘛，你連我和小楠的迎新會都缺席耶。」
「小楠？」
「楠田啊。小楠也很期待明天見到你呢。」
哦，楠田，暱稱小楠啊……
我往楠田的方向瞧，只見她一人手腳俐落地摺起等身大的大型輸出隔板，熟練地打包裝箱。我們的眼神在須臾間交會，她朝我甜甜一笑。我頓時覺得有點害羞，低頭不予回應，假裝自己正專心做事。

「你喜歡小楠吧？」

「啊？你說什麼？」

「你剛剛眼神躲開了。」

佐田一臉賊兮兮地望著我，我感覺被調侃了，有些不悅地抬起頭，發現佐田的工作完全沒進展。

他從剛剛手就完全沒動。

拜託，有時間管別人的八卦，不如先管好自己的工作！

「你搞錯了。」

「嗯哼。」

「你這是什麼意思？」

「沒有啊，你多心了。總之不只小楠，我也很希望你來啊，這家店裡只有你和我同期進公司嘛，你不來我也會覺得很孤單啊。」

佐田攬住我的肩膀，把臉湊上來低語。好熱。

「要來喔，說定了！拜託拜託，算我求你了啦，這是促進同事情誼的大好機會耶？小楠也會來啊。」

他刻意瞇細雙眼，裝出一副快哭的表情。我受夠他了。護貝檢查從剛剛一直擱置沒動，我只想快點把事情做完。

驀地，我又看了楠田一眼，她正在和江原店長說話，我們雖然四目相接，但畢竟是當著店長的面，她這次沒有對我展露笑靨。

我放下商品，嘆了口氣，好好地轉身面向佐田。

「好吧，我去就是了。」

佐田這才心滿意足地說：「謝啦，東！愛你！」充滿幹勁地恢復作業。

東千尋　七月十八日　星期四　下午六點

搭電車顛簸搖晃了三十分鐘，我抵達了離家最近的熊越站。回家前，我順路在便利商店跟一個毫無幹勁的大學工讀生結帳買了能量補充食品和瓶裝水。

燠熱的暑氣堆積在長劉海下，我心浮氣躁地走回家。沿途所到之處都環繞著蟬聲。又到了蟬鳴的季節啊。

我喜歡夏天，因為彷彿流花就在身邊。

想著想著，我爬上公寓二樓，來到自己的家門前，發現一隻蟬攀附在門把上。我輕輕把蟬撥開，牠便唧唧叫著飛走了。

同一時間，口袋傳來震動鈴聲，拿起手機查看，是紀惠子阿姨打來的 LINE 通話。我走進家門，倚在門上，按下接聽鈕。

「喂？是我，千尋。」

『我是紀惠子阿姨。不好意思，你現在方便通電話嗎？』

「可以，沒問題。」

『謝謝。好久不見，最近好嗎？有沒有好好吃飯呀？』

「我很好，雖然都吃便利商店的便當，但有按時吃飯。」

『便利商店？哎呀，要多吃點營養的東西才行。沒人盯著你，你八成都亂吃些能量補充食品，對吧？那是緊急儲糧，無法攝取一天所需的營養喔。』

「我知道，我會注意營養均衡。」

『對了，快八月了，你今年也會回家吧？』

「會啊……」

『還記得嗎？你去年嚷著工作忙，拖到兩天前才突然說要來，害得我來不及打掃房間，我早已打定主意，今年要提早問你。』

「抱歉，這麼一說，去年的確忙翻了。八月是印刷業的旺季，有夏季活動傳單要趕，還有夏日慶典的海報等等，工作量暴增，忙起來就忘記聯絡了……」

『沒關係。去年我就知道你一定會回來，沒有打掃是我自己怠慢偷懶。你今年也會來吧？』

「會的，具體的日期我還得看一下公司的班表，確定了再通知妳。」

『太好了。那你有沒有什麼特別想吃的東西？』

「沒有，不用費心準備，我才應該帶點伴手禮回去。」

『哎呀，別顧慮我，我很開心能見到你呢。我現在每天閒閒無事，聽到你要回來玩，我高興都來不及了呢。別說一年只能回來一次這種話喔，你想到的時候，隨時都能回來的。』

「謝謝，我會恭敬不如從命，有空就回去看看的。」

『很好，今年也等你回家，日子敲定了，記得通知我喔。還有，天氣熱了，要多注意身體健康。』

「知道，我會的。」

『還有，要多吃蔬菜，水也要多喝一點。你太瘦了，不注意要是昏倒怎麼辦？』

「也是，我會注意的。」

『這種天氣食物很容易餿掉，要仔細看保存期限喔。啊，房租都有按時繳嗎？如果開銷太大，錢不夠用，歡迎隨時跟我說。』

「紀惠子阿姨，妳太愛操心了。我很好，一切都沒事。」

『哎呀，是嗎？沒關係，反正有任何事情都可以打給我。等你的電話。』

「好的，謝謝。」

『那孩子肯定也翹首盼望著你回來。』

以此為結語，紀惠子阿姨掛斷了電話。

我的思考稍稍停擺，輕輕吸氣。

脫鞋子進入屋內後，我先看了掛在牆上的月曆。

八月二十一日的日期上頭，畫了兩個歪斜的圓圈。

東千尋　七月十九日　星期五　晚上八點

「我以後要當店長！擁有一堆部下！成為和江原哥一樣溫柔的人！江原哥，我愛你！我最愛你了！」

好吵。好想回家。

佐田雙頰通紅地鬼吼鬼叫，反觀江原店長，一臉不為所動地喝著自己的生啤酒，隨口應和：「好說好說。」

「喂，佐田這是嘲諷吧？」

坐隔壁的篠原喝了一口莫希托雞尾酒，用只有我能聽見的音量悄聲道。

「世界上竟然有人崇拜江原？真令人跌破眼鏡。」

「誰曉得呢。佐田聽到我要來時也說了『愛你』，他的愛應該很廉價吧。」

「這倒是真的。」

篠原苦笑，夾起加了明太子的厚蛋燒當下酒菜，淺嘗莫希托。

手表上的時間已超過八點，酒會舉行超過一個小時了。

今天連業務和夜班工讀生都一併到場，我和最常一起值班的篠原、佐田和楠田同桌，隔壁桌是業務和夜班生。江原店長在兩張桌席間穿梭，找每一位員工搭話。

篠原是這家印刷公司的十年老員工，熟悉每一項機械操作，我也經常受惠於她的幫助。篠原和總是劍拔弩張的店長南轅北轍，個性開朗，又會照顧人，就像個熱心助人的大姊姊。
我們這一桌雖然主要只有佐田喝酒，但他很能自飲自樂，只見他大口大口地灌酒，一邊用比平時輕浮三倍的語氣，喋喋不休地說著最近去了哪些居酒屋、時下流行什麼音樂、近日發生的社會案件，以及其他分店的討厭鬼店長的壞話。楠田、篠原和我適時點個頭，啜飲一口小酒。
中間江原店長過來的時候，佐田便將話鋒轉到他身上。
「店長不是常來關心我嗎？我高興都來不及了！我是出包大王，沒人幫忙督促檢查的話，根本是坐以待斃。幸好江原哥從來沒放棄我，我才有動力每天努力上班！」
「是啊，你要是少摸點魚，就能獨當一面了。」
「我沒有摸魚！那是跟同事培養感情！」
「我了解，謝謝你當大家的開心果，只是，如果可以手口並用就更好了，你其實手腳不慢。對了，楠田，妳學得很快呢。印象中妳進公司才第二年？工作幾乎沒犯什麼錯誤，又能臨機應變，我很仰賴妳喔。」
楠田跟不上佐田的熱絡節奏，在一旁靜靜喝著高球雞尾酒，因為冷不防被點名而驚慌失措。只見她慌張放下酒杯，輕舔嘴角，用比平時高亢的聲音回道：
「啊，呃，謝謝您。我還不成氣候，很多機器不會用，目前尚在學習。而且，我動不動就請教別人，打擾同事工作……」
「哎唷，沒這回事，妳很可靠呢。喂，江原哥，你知道嗎？小楠最近開始自己操作大尺寸的三摺摺紙機了。」
「真的？真是有如神助啊，我還以為那臺機器只有篠原會用呢。」
「直、直到最近才學會的！真的只是最近而已。再說，我使用前都要先跟篠原確認一遍流程，沒有篠原幫忙看著，我根本不敢用。記得第一次用時，機器發出奇怪的聲音卡住了。」
「剛開始失敗很正常，不管失敗多少次，最後學會了就好。我今後也想慢慢把印相片集的工作交給妳。」
「咦，真的嗎？我好高興，我一直很想印印看相片集呢！感覺很有趣！」
楠田發出今日最宏亮雀躍的聲音，說完才意識到自己的音量太大，害羞地偷看我一眼。
總之，我先微笑再說。江原見部下這麼有長進，也難得露出笑臉。
「對了，東——」
「啊，嗯？是，怎麼了？」
突然被點名，我剝毛豆的手停了下來。
我因為不想自找麻煩，至今都盡可能安靜地吃著東西，不隨便加入話題，看來這次終於避不掉了。我挺胸坐正，手放在膝蓋上。
「你在這家店也滿六年了。我進公司之後，一直待在三號店，前前後後看過不少人，沒有人像你一樣學得快、效率高，辦事可靠，做事又仔細，我相當看好你喔。」

「啊……謝謝。」

「是這樣的，最近不是開了九號店嗎？那裡是商辦區，很多公司行號，聽說他們接單接到手軟，不加人手的話會接應不暇。說希望調派一個人手過去。東，要不要去那裡當副店長？」

江原、佐田、篠原和楠田，四人不約而同，視線集中在我身上。

篠原愉快地說：「東，這不是好消息嗎？去試試看。」佐田微露笑意看著我，唯獨楠田臉上的笑容不知飛到哪去，神色黯淡。

「那個……」我吁一口氣，正襟危坐。「謝謝店長願意提拔我，但我目前沒有升遷的打算。」

我本來就心意已決，因此毫不猶豫地回答，倒是江原店長一臉錯愕。

「為什麼呢？」

「我不像佐田懂得社交，沒有篠原那麼會帶人，也不像楠田懂得臨機應變。就像您說的，我的優點只有可靠和仔細。當主管的人必須面面俱到，我的個性太孤僻了，不適合往上爬。」

這似乎是我出社會以來，頭一次說出這麼長的個人主張，自己也暗暗吃了一驚。我也許有點醉了吧。

鴉雀無聲。一旁的篠原拍拍肩膀鼓勵我。

「東，才不是呢，我認為你在很多地方都比我可靠喔。」

「篠原，謝謝妳，但不是只有這樣而已。上頭的人要負責扛業績，對吧？」

「是的，這是店長和副店長的職責。不過，所有人都是這樣長大的。」

江原店長婉轉地說，表情五味雜陳。我沒有閃避，直視他的雙眼繼續說：

「我明白。但老實說，我都自顧不暇了，目前實在沒有腦力思考更多事情，不想給自己增添無謂的壓力。眼下我只想顧好我自己，無法承擔更多責任。」

這下就連乘著酒興一改平日暴躁性情的江原店長，臉色都變得越來越難看。

氣氛一觸即發，但我大概是被嘈雜的環境弄到沒耐性了，沒有即時閉嘴。

「江原店長，在我的價值觀裡，錢比資歷更重要。這些年我也慢慢存了一些錢，生活尚且無虞，目前沒有升遷的計畫。」

無人說話。江原店長的臉色一陣青一陣白，佐田和篠原紛紛低下頭。

只有楠田用不下於佐田方才大吵大鬧的音量大喊：

「東哥，我懂你的心情！錢比什麼都重要，對吧？」

不僅如此，她還露出花一般的笑容，不知究竟是想替我解圍，或者只是不會察言觀色。

被楠田這麼一攪和，江原店長只板著臉說了句：「好吧，真遺憾。」接著便走去另一桌。

篠原和佐田神色閃爍，不知為何，唯獨楠田一副樂不可支的樣子。

酒聚來到尾聲，我想在結帳前小解。一站起來，佐田說他也要去，我們結伴前往洗手間。

「東，你棒呆了。」

佐田站到我隔壁的小便斗前，倏然向我搭話。

「你在說什麼？」

「我從來不知道你說話可以這麼直耶。」

「哦，升遷那件事？」

「沒錯，坦白說，我本來以為你是成熟的大人，懂得迎合別人，不會輕易說出自己的想法呢。」

他是不是說了相當失禮的話？

我尿尿完畢，走去洗手。

「哈，你這是什麼話？你不也常瘋瘋癲癲的，不看時間場合說話嗎？」

「真的嗎？我像是很會帶動氣氛的人嗎？老實說，我是裝出來的，因為我很害怕被討厭。」

「竟然是裝的？」

真令人意外。

佐田的心聲是我始料未及的。他已經疲於扮演嘻嘻哈哈的角色了嗎？我想他的開朗有一半是個性使然，另一半可能是某種武裝吧。

「應該說，我的本性並不黑暗，我只是跟每個凡人一樣，有私下的面貌和真實的性格。我其實很膽小，是因為扮演著開心果才沒有被人討厭。」

「私下的面貌……等等，你跟我說這些，不就暴露本性了嗎？」

「沒關係，我想跟你當朋友。」

「朋友？」

朋友？

我的口中和腦中同時冒出這個單字。他說的朋友，是那個朋友嗎？我在求學時代沒交到半個稱得上是朋友的朋友，拜此所賜，畢業後沒和任何人聯絡。

他說要當我這種人的朋友？

佐田不等我回答便拿出自己的手機。

「我們來交換 LINE 吧。」

「咦？啊，好。」

我不禁照他說的，打開手機上的 LINE。

「那個，要怎麼互加？我忘記了。」

「什麼？你傻了嗎？拿來，我幫你弄。」

「麻煩了。」

「咦？上面怎麼一個朋友都沒有啊？咦？不會吧。」

佐田目瞪口呆地幫我設定好友清單。

我的LINE上只有紀惠子阿姨一個聯絡人。在我的認知裡，職場不是交朋友的地方，沒有需要交換LINE的理由。我在內心小小抵抗著，一面靜靜等待，不一會兒，佐田把手機還回來了。

「這樣就行了。」

「謝、謝謝你。」

佐田智洋。第二個聯絡人。

LINE上多了佐田的通訊欄。老實說，我還滿高興的。想不到光是LINE的好友清單裡多了一人，心情就明亮了一些。不，也許我只是醉了。

我點開與佐田的對話視窗，上面有可愛的鳥貼圖，還有一條神祕網址。

「這是什麼？」

「好東西要跟好朋友分享啊。」

佐田擠眉弄眼，我滿心困惑地點開網址，跳出一個留言板網站。

頁面上有區域分類，不知用途。我隨便看了一下自己居住區的留言。

不看還好，一看大驚。我拿起手機。

「這是什麼鬼東西！」

我微帶怒氣地質問佐田。

上面充斥著渴望結識男性的女性留言。

佐田見我失去方寸，笑了出來。

「這是我常用的交友網站啦！祝你玩得愉快！」
說完，他胡亂用手抹褲子，走出廁所。
真低級。

東千尋　七月十九日　星期五　晚上十點

「東哥，我喜歡你。」
這件事發生得令我措手不及。
酒聚結束後，大夥兒相約著續攤，我因為跟江原店長之間有些芥蒂，決定直接打道回府。
接著，楠田說她「也要回家」，我們便一道走去車站搭車。
我們延續著無關緊要的話題，在路上等待漫長的紅綠燈時，她摟住我的手臂，面帶潮紅地開了口。
我被告白了。
當時，我正在思考明天要幹麼，想到家裡堆了很多遊戲沒玩，正想說要來消化一下，就被這風馬牛不相及的告白嚇壞，花了整整五秒才意會過來。
東、哥、我、喜、歡、你。
腦中跳出文字遊戲般的句子，我總算理解楠田的意思。
楠田則是突然低下頭，連耳根子都紅透了，臉頰更是不用說。我想，這不全然是因為酒精造成的。

喜歡？

楠田喜歡我？

燈號轉綠，人潮緩緩流動。明天是星期六，即使夜已沉，街上依然車水馬龍。擦肩而過的行人對沉默相望的我倆投來注目禮，隨即失去興趣地穿梭而去。

「楠田，妳……喜歡我嗎？」

我沉不住氣地反問，楠田轉過身去，悄聲說：

「喜歡。」

「呃，那是、什麼意思？」

「什麼意思是指……」

「呃——就是、喜歡，還是愛……」

什麼蠢問題！我在心中咒罵自己。

楠田似乎稍微放寬心了，微笑說道：

「是愛。」

她的笑容在我的腦中奔走。

工作上有不懂之處就會跑來問我。四目相接時總是不忘微笑。在酒會上裝呆，替得罪了江原店長的我解圍。

原來是因為她喜歡我。

霎時間，腦中閃過流花的身影。
國中時丟下我死去的女朋友。
沒錯，死了。流花已經身亡。可是，若只有我得到幸福，不是對她很愧疚嗎？
流花獨自迎接了悲傷的終局。當時我們還未分手，就面臨了死別。

突然開始耳鳴。
思考越發清晰。
對了，我想起之前的夢了。
我在電影院看的，不正是那天的光景嗎？
我和流花在離別瞬間發生的事。
我坐在杳無人煙的電影院，獨自看著流花死亡當日的倒帶。
腦中響起她的細語。
活下去、活下去，活過了再死。
這是流花在臨走前留下的遺言。
她在我心裡依然很重要。我想，有生之年，我都不可能忘記她。
但是，那也是十多年前的事情了。已經十年以上了啊！
我不可能斬斷過去，那已是我內心的一部分。
可是，就這麼背叛她一次，似乎也不壞。

誰叫妳擅自背叛我、丟下我，自己一走了之呢？
這是報復。

「楠田，謝謝妳，我很高興。」
楠田吃了一驚，倒抽一口氣，笑逐顏開。
「呃、啊！那麼……請和我交往！」
「好啊，我們在一起吧。」
楠田嘩地綻放笑容，眼眶泛起淚光。
我牽起她的手，靜靜地走了起來。
「啊，東哥？」
我拉著她，走在居酒屋櫛比鱗次的街頭。說不定會被公司的人看見，那也無所謂。楠田腳步顛簸地努力跟著我走，中間幾度呼喚我的名字，我都予以漠視。
我抓著她細瘦的手腕，一味地向前走著。

＊

走啊走，走啊走……
我只是拉著她的手，拚命向前走。
流花走累了，多次抱怨「好累」。

只要表現得光明正大、不鬼鬼祟祟，即便衣服上泥濘遍布，旁人也不會多加留意，加上地點是在鄉下農村，本來就人煙稀少，大白天在馬路上只會看到老人家。老人家不時向我們攀談，不是因為懷疑，純粹是想找人閒聊。只要隨口編個理由、岔開話題，大人根本不會聯想到我們是逃犯。

不知不覺，夜深了。

流花和我走向人行地下道，在入口處坐了下來。

不用害怕，三更半夜，不會有人經過這裡。再說，遠遠望去，數十公尺內都沒看到商家。

這一整段路都沒有路燈，如果有人在這種時間出現，肯定和我們一樣，有他的難言之隱。

剛好，人行地下道的入口旁雜草叢生，雖然可能有不少蚊蟲，但似乎可以躺下來睡覺。

我們緊依著彼此坐下。

「肚子餓了。」

她輕聲說。

我從骯髒的背包裡拿出瓶裝水。這是途中經過公園時裝的水。

我把水遞給流花，她笑著說「謝謝」，喝了一口，沒蓋蓋子就還給我。

我也喝了一點，旋緊瓶蓋，放回背包裡。

「今天在這裡睡覺吧。」
「好啊，我關掉手電筒喔？」
「好。」
流花一按下手電筒開關，四周立刻陷入黑暗。幸好等眼睛適應後，可藉著月光看見周遭景物。抬頭一望，滿天星斗，高掛中央的巨大月亮在守護我們。
今天一整天，我們只吃了果醬麵包，再不補充存糧，很快就要餓肚子了。我們聊過要不要吃青蛙，但怕青蛙有毒而打消了念頭。要再去街上當扒手嗎？儘管讓人提不起勁，眼下似乎也只能找戶人家去偷東西了。
事實上，我們並不是太緊張。反正吃或不吃，這趟旅行都是找個地方死去罷了。要是餓死了，那就是命。
流花「呼——」地嘆氣，把頭靠在我的肩膀上。
「妳怎麼了？」
「我想洗澡。」
流花用乾澀的聲音說。
我也是。我們上次好好清洗身體，是衝動跳進河裡玩的時候。不，連清洗都不算，只是玩水而已。
我倆的頭髮油膩膩的，身上也因為流汗而黏答答，相當不舒服。
「要不要溜進別人家洗澡？」

「不好吧，感覺會被發現。」

「可是，我快受不了了，好想跳進冷水裡。」

微光下的流花慵懶地皺起眉，闔上眼睛。

開始旅行之後，她慢慢讓我看見了各式各樣的表情。愛笑也愛生氣，表情比之前豐富多了。

突然，她站起來，剝開草叢走到深處去脫衣服，連腳上的涼鞋也一併脫掉，連同衣服揉成一團，往地上扔。

她一絲不掛地走了回來。

「鏘鏘——」

「會感冒喔。」

我佯裝平靜，輕聲提醒。流花似乎覺得掃興。

「千尋，你也脫掉嘛。很涼很舒服喔。」

我坐在地上，流花竟霸道地開始拉扯我的衣服。好痛。

我揮手甩開她，和她對看一眼，無奈地自己脫下衣服。

哇，真的好涼、好暢快啊。反正附近沒有其他人，我藉機體驗了平時無法體驗的裸奔，有一種掙脫束縛的快感。

流花再次坐下，我也在她身邊坐下。

裸體。

倚靠的牆壁質地粗糙，背部痛痛的，但屁股下的草地刺中帶軟，意外地舒服。
我想乾脆裸體睡覺，閉上眼睛後卻毫無睡意。
「喂，流花。」
「幹麼？」
「來啾一下。」
流花一聽，開始大笑。
她彷彿抽筋一般，「嘻嘻哈哈」地捧腹笑好久，笑完還順順氣。我覺得無地自容。
「有什麼好笑的。」
「因為『啾』會出戲啊！正常點，說『接吻』啦。」
可是說「接吻」反而會緊張啊——我還來不及回嘴，嘴巴就被堵住了。
我被親了。
心跳得好快。
我自然地將雙手移向她的頭與肩，使兩人的身體密合在一起。
肌膚與肌膚重疊的感覺十分舒服，啊，真幸福。
我往她的方向壓去，她沒有抵抗。我們雙雙倒地，流花在下面，我在上面。
身體很髒啦、沒洗澡臭臭的啦，那些全被我拋到九霄雲外。
既然身與心都蒙上了灰，乾脆趁機兩人一起變得髒兮兮算了。
我再次吻住她，硬將舌頭伸進去，她也主動需索。

我們綿長地接了吻。
接著，我抬起頭，重新看向她的臉。

＊

妳是誰？
眼前的人不是流花。
是留著短髮的成熟女性。
喂，住手。別吻我。妳誰啊？我要的不是妳，不准過來。
回神時，我發現自己已經長大，視線變高了，外觀也是個大人了。
現在是什麼情形？
住手。
把那段時光還給我。
還給我啊！
不要奪走它！
呼吸紊亂。
頭暈目眩，反胃感襲來。
好難受。
「千尋哥？」

女人的聲音忽地傳來，我緩緩看向枕邊。
裸體的，成年女性。
眼前的世界天旋地轉。
女人再次擔心地呼喚我的名字，替我拍背。
我用力揮開她，緊張地端詳眼前的女人。
糟了。
這個人不是流花。我的身體也已經不是小孩子了。
都不一樣了。全部、通通搞錯了。
「搞錯了，不是妳。」
話語擅自脫口，釀下了沉默。
我受夠眼前的情形了，速速穿上衣服，從錢包抽出幾張鈔票，粗暴地甩在旁邊的桌子上。
我直接逃出了賓館。
女人沒有攔住我，只是靜默無語。

東千尋　七月二十日　星期六　晚上七點

「唔！」
冷水使我反射性地繃緊身體，但我並未關掉水龍頭，反而把水開得更大，任憑強烈的水流迎頭澆下，牙齒喀喀作響。

流花、流花、流花。

對不起，對不起流花。我果然還是好想妳。

逃離賓館以後，我終日深陷在思緒裡。

流花的肌膚、聲音、氣息、笑容，以及死亡——多年來，我總是盡可能避免回憶往事。不能老被過去絆住——我提醒自己，但想也知道不可能，我還是會想起她。

只是，至今我尚且熬得過去。

結果昨天卻搞砸了！我錯了，不該一時衝動和她上床的，唉……

但老實說，我相當興奮。

觸摸到楠田身體那一刻，沉睡在記憶底層的流花——她那屬於女性的膚觸，在我腦中甦醒過來，使我錯亂。

接下來，腦中就只容得下流花了。腦內播放著流花的一顰一笑，眼前的人卻是公司的後輩。突然間，我連自己身在何方都不知道了。沒有人強迫我，我是自願這麼做的，當下卻連自己正在幹麼都懵懂未知。

不可否認地，我喜歡那種流花在腦中活過來的感覺，太讚了。

完事之後，彷彿嗑藥的混沌大腦終於冷靜下來，仔細一看，我才驚覺剛剛和我上床的女人不是流花，而是楠田，頓時感到嚴重反胃，急忙把衣服穿好，留下比住宿費多更多的錢便落荒而逃。

回到家後，肚子莫名饑餓，喉嚨異常乾渴。

我不顧存放的能量補充食品是否過期，隨手抓起便吞，狂灌牛奶到差點噎到，牛奶喝完就喝水龍頭的生水果腹。肚子漸漸變脹，我開始想吐，同時一次又一次地懷念著流花。

不習慣暴飲暴食的胃，因為突然塞入大量流質食物而脹痛，食物逆流。矛盾的是，剛剛才恣意宣洩過的部位又硬了。

真想再嘗一次。

流花已經不在了，能直接感受她的方法，恐怕只有跟其他人做愛了。把活生生的人，當作流花的替代品——流花要是知道我這麼做，會怎麼想？

大概會罵我「渣男」吧。

是的，我傷害了年紀比我小的公司後輩。

閉嘴，無所謂了。流花，妳沒資格對我比手畫腳。

我雖然很愛妳，但也憎恨著選擇自殺的妳。

妳不是叫我「活下去」嗎？既然如此，我愛怎麼活是我家的事，妳管不著。

我要隨心所欲地活過再死。

我彷彿回到了從前。那個天真、無所畏懼、不怕挑戰、不懂瞻前顧後的國中時期的自己。

此刻，我多想把扼殺多年的慾求通通吐出來。

不只是性慾而已，我還氣江原店長總是喋喋不休，也想殺死從前霸凌自己的那些傢伙……憎惡的情緒一株接著一株萌芽。

我恨不得通通殺了你們。

去死、去死、去死吧！

我抓起身旁的公事包，狠狠往牆壁砸。牆壁出現輕微的磨損，包包裡的文件資料散落一地，我仍怒氣難消。

空牛奶盒、能量補充食品包裝袋、沒看的小說、隨手扔在地上的衣物、枕頭……

我把所有能搆著的物品通通砸向牆壁，直到再也抓不到東西才稍微冷靜。

對，沒錯，接下來我只做我想做的事。我人生的起點永遠都有流花的身影。流花，我改變生存方式的關鍵總是妳啊。

我打開LINE，點選佐田的聊天視窗，打開他傳給我的網址。

「真愛伴侶留言板」。

那是一個留言板形式的交友網站。什麼真愛伴侶啊？笑死。我一面心想，一面篩選出自家附近的區域留言。

上面大方刊登著形形色色的女人赤裸裸的願望。

「米可　二十五歲　誠徵不談感情的交往關係」

「安娜　四十二歲　誰都可以，我想在熊越車站前的無障礙廁所做壞壞的事」

「純純　二十七歲　徵男友」

「涼子　二十三歲　有好心人在嗎？我想跟溫柔的人線上聊天！」
「小遙　三十一歲　在餐飲店工作。想先從朋友做起」
簡直嘆為觀止。
上面的女人各有各的需求。有些是來約炮的，有些則尋求正式的交往，裡面甚至有女同志與性向不明的女性留言，還有酒店的徵人廣告。
原來世界上的女性也是百百種。
出乎意料地，佐田說的並沒有錯。不管在哪個領域，都有許多不一樣的人。
隨便啦，反正先選再說。
我需要樣本，確認這種彷彿跟流花做愛、快感激增的現象，是不是隨便跟哪個女人都可以。
不用管年齡。
我注視著留言板的最上層。
神啊，接下來就交給祢決定了。我這人也真會貪圖方便呢。
要、挑、哪、一、個、請、神、明、開、示。

水原瑠花　七月二十一日　星期日　晚上六點

「瑠花！要吃員工餐嗎？」
打工交班後，我在僅能容納摺疊椅的狹小休息室內換衣服，換到一半，聰明哥大聲吆喝。

全名叫谷藤聰明，和太太佐知子姊一同經營這家「鳳仙」拉麵店。

「今天不用！謝謝您！」

我也半帶吆喝地回覆，旋即聽見聰明哥精神抖擻地說：「好喔！」圍裙殘留著大蒜味。該洗了。我將自己的圍裙塞進背包，同時拿出事先填妥的班表，走出休息室。

「聰明哥，這是我下個月的班表。」

在廚房備料的聰明哥停下來，雙手朝圍裙率性一抹，接過我遞出的班表。

「哦，謝啦！哇，妳排了不少班耶！」

「學校快放暑假啦，我想趁機多賺一點！」

「真上進呢！妳盂蘭盆（註2）時也能來嗎？我會多付妳一點薪水！」

「老公，你胡說什麼啦，聲音太大了。喏，鹽味拉麵、炙燒味噌各一。還要煎餃兩人份，麻煩了！」

佐知子姊從旁喊餐，聰明哥朗聲回應：「好喔！」拿起中式麵條與全麥麵條。這家拉麵店由太太接待，先生出餐，聽說長年以來合作無間，夫妻不曾交換崗位。

「晚安——大家辛苦囉——」

註2　盂蘭盆是日本八月中旬的重要祭祖連續假期。

後門傳來悠哉的聲音，武命來了。
石田武命，和我一樣是龜谷高中二年級生。因為不同班，我直到去年來「鳳仙」打工才認識他，經過了一年的相處，我們成了情同姊弟的莫逆之交。
「唷，武命！今天過得怎樣啊？」
「好極了！老爹你呢？」
「好得不得了！」
武命用不輸給聽明哥的大音量抬手打招呼。
「好耶！大姊辛苦了！瑠花妳也是！」
我和佐知子姊回以招呼後，他便心滿意足地走去休息室換衣服。
由於班級不同的關係，我們只有在「鳳仙」時有所交集。武命是個活力旺盛的男孩子，臉上總是常保笑容，有時會得意忘形，但也是我們店裡的頭號開心果。他的個性相當活潑好動，常在學校集會時間跟旁邊的男同學講話講到被老師罵，因為這樣，在店裡的時候，我總是扮演起姊姊的角色。
不過，「鳳仙」沒有人會因此生氣。武命的活力使所有人感到放鬆自在，有他在就彷彿店裡有兩個聽明哥，好不熱鬧。
「咦，瑠花，妳要下班啦？」
武命一邊在休息室換衣服，一邊問我，我也爽快地回應：
「嗯，我今天上到六點。」

「讚耶！要出去玩？」

「還沒決定。今天好累喔，乾脆回家補眠算了。」

「啥？妳還年輕，要多出去玩玩！」

「你說什麼，我們不是同年嗎？你還比我年輕一些耶。」

「我已經老了，今天也頭暈腦脹。」

「你八成又熬夜打電動了吧？」

「妳怎麼知道？」

武命換好衣服，在易於活動的運動服外套上綠色圍裙。圍裙髒髒的，他曾經好好洗過嗎？

「因為你老是學不乖啊，上次打工還差點遲到！請更加重視睡眠！」

「呃，不要亂發脾氣嘛！大姊，瑠花好凶喔！」

「我也希望你多睡一點，小孩子要睡飽才會長高呀。你看店長，他年輕時都在睡覺，現在才長這麼高喔。」

「拜託，老爹身高將近一百九耶！太高了啦！」

聰明哥聽見我們的對話，「嘎哈哈」地大笑，捧著煮好的鹽味拉麵和炙燒味噌拉麵走出來，佐知子姊也笑呵呵地端到客人面前。

聽說聰明哥和佐知子姊認識彼此已超過三十年，難怪默契這麼好，無須交談就能搭配得天衣無縫。

兩人膝下無子，所以也把班排得比其他人都勤的我和武命當作親生兒女一般疼愛。

「武命，明天要上課，回家以後記得要馬上睡覺喔。」

「好啦、好啦。唉——暑假怎麼還不快來？那樣我就可以每天爽爽打電動了。」

「再撐一週。我先回家囉。」

「好喔，瑠花拜拜。」

一說要離開，所有人便熱情地說：「回家小心。」

我從後門出去，在右側的草叢堆牽起自己的腳踏車。

我「咔鏘」地收起腳架，跨上腳踏車，用力踩踏板，朝自家方向前進。

明明已經晚上六點，街道還是亮著的。

蟬聲迴盪，季節真的正式進入夏季了。

嘎嘰嘎嘰、嘎嘰嘎嘰……每踏一下，身體都沁出汗水。

幸好選了自家附近的拉麵店打工。驀地，我想起應徵當天發生的事。

去年暑假，好友美希邀我去海邊玩。美希因為打工，有些積蓄，而我本來就沒有零用錢，出不起交通費，家裡也只有一套競賽泳裝，買不起新泳裝。

正當我為此發愁時，偶然在上學路上看見「鳳仙」的徵人廣告，因此萌生了打工的念頭。

我馬上去應徵面試，從此結識了聰明哥和佐知子姊。

我說，自己就讀附近的龜谷高中，結果和當天正好有排班的武命相談甚歡。我們一拍即合地聊了一小時，我正在面試的時候，他努力撐起廚房和點餐雜務，不停發出哀號。

就這樣過了一年。

起初覺得很臭很煩的剝大蒜，不知不覺已駕輕就熟。本來只能一根一根慢慢切的蔥，現在也能一口氣切四根了。習慣工作之後，我開始樂在其中。

如果可以，我希望畢業以後繼續待在舒適的「鳳仙」工作。

不知不覺，已經來到高二的夏天，身邊的同學紛紛開始替畢業後的未來鋪路，究竟要讀大學呢？還是短期大學或專門學校呢？我也必須好好思考才行了。

爸爸雖然叫我不用擔心錢，畢業後想做什麼儘管做，但我覺得不能繼續再向爸爸撒嬌了。

爸爸和我是單親家庭，每個月光付房租水電開銷和學雜費就捉襟見肘了，爸爸除了白天上班，假日還得從事副業兼差才能撐起家計。我不清楚爸爸實領多少，不過看他假日也要辛苦工作，就知道應該不多。

我要是升學的話，一定會給爸爸造成更大的壓力。

既然如此，能不能在「鳳仙」當正職呢？我希望畢業以後也能在「鳳仙」工作、搬出家裡，減輕爸爸的負擔，讓他有多一點的自由空間。

等我離巢獨立，爸爸就能尋找新的再婚對象。我也許會有個年紀差很多的妹妹，可以在自己的公寓裡養貓，定期和爸爸漂亮的新太太一起逛街買東西……

我編織起美夢，一路騎回自家大樓。

在停車場停好腳踏車後，我走進大樓之中。

搭電梯到三樓，位在邊間的三〇四號房就是我家，我拿出鑰匙開門。家裡沒人。我並不期待有人迎門，這早已是常態了。

我從背包裡拿出圍裙，丟進洗衣籃。

接著來到廚房，從冰箱拿出預先做好的沙拉、切好保存的蔬菜與豬肉。明天爸爸的便當配菜就做炒青菜吧。

聰明哥教了我許多切菜的方法與燒菜的訣竅，所以我現在很熱衷於炒菜。使用「過油」的方式，先將蔬菜在熱油中篩過一遍，食材就能平均迅速地受熱，以絕佳的火侯炒出即使冷了依然香噴噴的炒青菜。去「鳳仙」打工前，我從來不知道這種炒法，實際運用，口味棒呆了。

我從國中開始幫忙洗衣煮飯，起初常常燙傷，直到上高中才熟能生巧。當年因為不習慣熱油，手上常有被油燙傷的痕跡，還被好友美希關心過好幾遍呢。

我簡單用醬油調味，俐落地炒出一盤菜。接著把雞蛋和高湯均勻攪拌，做出好吃的煎蛋卷。

把白飯添進便當盒，在旁邊擺上炒青菜和煎蛋卷當配菜。樸實歸樸實，但這樣就很夠了。最後，我用櫻花色的魚鬆在白飯上鋪出一個大大的愛心，這樣便大工告成。爸爸明天打開便當盒，應該會很驚喜吧。

我趁著把便當放涼的期間吃自己的飯。將剩下的炒青菜和白飯裝盤，加上一碗即溶味噌湯，在客廳的餐桌前坐下來。

兩人座的小餐桌前，只有我孤單一人。

「開動了。」

我的聲音空蕩地迴響在屋子裡。

先吃一口菜。嗯，沒問題，好吃！雖然味道有點不夠鹹，但我和爸爸都喜歡吃清淡一點。我說不定有當大廚的天分！好想快點聽到爸爸的稱讚。

我邊想邊抬起頭，爸爸當然不在對面座位。總覺得青菜的味道變得更淡了，我決定放空思緒，不再去想。

手機傳來震動聲，有人寄信給我。打開一看，是最近聯絡過的人。

暱稱「阿千」，二十七歲。

信裡寫著「請多多指教」。

個性好像滿正經的，是上班族嗎？說不定跟爸爸一樣帥呢。

我悠哉地思忖，輸入「我才要請你多多指教」並傳出去。

交友網站專用的收件匣有三封未讀信，全是不認識的人寄來的。基本上，我是「一封決勝負」，所以連看都不看，就把其他三封刪掉。

接著，我一邊看著YouTube上的貓咪影片發呆，一邊慢慢地用餐，吃完的時候已經晚上八點了。

糟糕，差不多該動身了。

我急忙起身，連「我吃飽了」都沒說，匆匆把用過的餐盤放在水槽泡水。碗可以明天再洗，我必須快點洗澡、化妝才行。

便當早已放涼，我將它放進冰箱，把餐桌擦乾淨，脫下噴到油的衣服。啊，洗澡前得留張字條。

我拿起常用的便條紙和筆，寫留言給爸爸。

爸爸

加班辛苦了。我今天住同學家，明天直接去上學。

明天的便當已經做好放在冰箱了。

裡面有爸爸最愛吃的甜味煎蛋卷。工作加油，我愛你。

瑠花留

我在最後畫了個愛心。

嗯，很可愛，也很肉麻。美希說我是「戀父情結」，我認同這個說法。

我愛爸爸。

這份心情我只告訴過美希，因為我有自覺，這樣下去不太妙。
但真正不妙的是，我用夜遊來填補這份無法撒嬌的空虛。
我知道這樣不好。可是，我的忍耐也是有限度的。
我在腦中編織著無法對任何人啟齒的藉口，用力將脫下的衣服丟進浴室洗衣籃。

水原瑠花　七月二十一日　星期日　晚上十點

海豚：晚安。
阿千：晚安。
海豚：請問是阿千嗎？
阿千：對啊。
海豚：你好，我是海豚！
阿千：妳好，我是阿千。
海豚：謝謝你在留言板上回覆我！
阿千：不客氣。
海豚：「想找一個人讓我撒嬌」，會不會很肉麻啊？
阿千：才不會，我想讓妳盡情撒嬌。
海豚：（大笑）好開心，謝謝你。啊，這是我的照片。【圖檔】
阿千：妳長得很可愛。

海豚：謝謝。阿千是怎樣的人呢？
阿千：我嗎？等一下喔。【圖檔】
海豚：謝謝，你也很帥耶。
阿千：謝謝。
海豚：阿千幾歲？
阿千：二十七歲。
海豚：比我大呢。我喜歡年紀大的。
阿千：是嗎？
海豚：你住在熊越市的哪一區呢？
阿千：我住熊越車站附近。妳呢？
海豚：我住在更旁邊的保齡球館那邊，其實沒有多遠。
海豚：我想見你。請你緊緊擁抱我，我也想緊緊擁抱你。
阿千：要來我家嗎？
海豚：可以嗎？
阿千：可以啊。妳幾點方便？
海豚：可能要晚一點。明晚十點？
阿千：十點，了解。我去接妳吧。保齡球館對面不是有一間便利商店嗎？我們約在那邊見面。

海豚：謝謝你。方便的話，可以讓我住下來嗎？我很寂寞，想要有人陪我一整晚。

阿千：好啊。

海豚：謝謝！好期待見到你，想和你做很多事。

阿千：我也期待見到妳，請多多指教。

海豚：我才要請你多多指教。

這是我們昨晚互傳的郵件。

在這個社群軟體氾濫的時代，刻意用原始的方式寄信，就是為了防止洩漏更多個資。這麼做雖然比較麻煩，但考慮到安全問題，對雙方都好。

幾天前，我的心又彷彿破了一個洞，空虛寂寞得不得了，所以跑去交友網站留言。隔沒幾天，阿千主動捎來聯繫，我覺得很幸運，和他約了在打工之後見面。

我來到約定的便利商店，走到門口才忽然擔心會不會弄錯，打開郵件確認地點。保齡球館對面。嗯，沒錯，就是這裡。

阿千感覺不怎麼熱情，不過看照片長得不難看，就決定是他吧。再說，他的鼻子有點像爸爸，分數很高。感覺沒有好好吃飯的蒼白膚色也很相似。

撇開這些不談，阿千好慢喔，已經十點十分了，還沒看到人。

難道是在路上萌生退意了？他回答的時候也很冷淡呢，也許手上有好幾個備選名單，我被他耍了也不一定。

可能性很高。我至今被放過好幾次鴿子。

之前，我在一個沒有年齡限制的自由留言板公開自己十七歲時，常常遇到有人臨陣脫逃。畢竟未成年違法，有些人會臨時不敢赴約。

被放鴿子的感覺真的很糟，但也許避不見面才是聰明的決定。不管是自己還是來赴約的人，雙方一旦接了吻，接下來就很難回頭了。

所以，我現在釣男人時，都謊稱自己二十歲。

暱稱「海豚」，二十歲，在熊越車站的隔壁兩站讀大學，是個最近喜歡和朋友到處去咖啡廳踩點的豪邁女生。

為了偽裝年齡，我學會了化濃妝。只要好好化妝，就很難被看出是未成年少女。平時我總是和三、四十歲的男人見面，阿千算是比較年輕的，才二十七歲。也許是刻板印象，但我想說也許這樣比較容易拉近距離，所以今天走夜店風裝扮，頭髮也稍微上了卷子。

妝容無懈可擊！考慮到明天要直接去上學，我還特地把制服和皮鞋藏進背包，事到如今，他不會臨時反悔吧？我嘆口氣。他知道我把時間抓得多緊才準時赴約嗎？

難得我還試了新的香水，到底怎麼搞的啊？社會人士竟然爽約？蒸騰的暑氣使我汗流浹背，我無法再靜靜等待，索性走進便利商店買冰淇淋。

「叮咚！」走進店門，連「歡迎光臨」也不會說的無力店員從裡面的倉庫走出來。

店裡只有我和一位店員，感覺很尷尬，我趕緊選了冰淇淋拿去結帳。

付好錢後，我直接拆開冰淇淋，把包裝袋丟進門口的垃圾桶，這時聽見了車子的引擎聲。

停車場有一輛小休旅車，一定就是它了。我還以為他不會來了。我頓時緊張起來，心跳加快。

總之，先傳訊確認看看吧。

「白色的車子嗎？」

「對，過來吧。」

他居然說「過來吧」。太帥了。嘻嘻，我一定喜形於色了。

我對車窗「叩叩」敲了兩下，聽見「咔嚓」的開鎖聲，我滿懷著期待打開副駕駛座的門。

「你好，我是海豚。」

打完招呼後，男人輕輕笑了一下，看著我說：

「妳好，我是阿千。」

東千尋　七月二十一日　星期日　晚上十點

「你好，我是海豚。」

「妳好，我是阿千。請多指教。」

見到她的第一眼，我心想，來的是一位有氣質、舉手投足彬彬有禮的可愛女孩。

我們互相報出網路暱稱，她便坐上副駕駛座。印象中，這位自稱「海豚」的女孩說她二十歲？本人卻出乎意料地年輕，坦白說，頂多才高中吧。

確認她繫好安全帶後，我發動車子，慢慢駛出便利商店停車場，朝夜晚的街道奔馳。

「抱歉，我遲到了。」

在片刻的沉默後，我自覺應該說些話，於是為晚到十分鐘一事道歉。透過後照鏡，我知道海豚甜甜地笑了一下。

「沒關係。剛下班嗎？」

「啊，不，今天放假。我剛剛打掃家裡，所以稍微晚了一點。」

「原來是這樣，很高興見到你喔。」

她說完不忘輕輕點頭致意，是個家教良好的女孩。

我不只打掃家裡，連車子裡都順便掃過了。平時因為都搭電車通勤上班，我其實很少開車。這次是因為想盡量減輕她的負擔，所以約在她家附近碰面，就由我開車來接她吧。

「啊，冰淇淋要融掉了。」

海豚低語，急忙咬向手上的冰淇淋。

紅燈亮起，車子一停，沉默再度降臨，只有引擎聲莫名挑動神經。

悄悄往旁邊看，海豚失神地眺望著窗外，一邊吃著冰淇淋。

「那是什麼口味？」
我耐不住寂靜，向她搭話。
下一秒，她的表情活了起來，對我露出可愛的酒窩。我有一點點興奮。
「呃，好像是新出的口味。優格嗎？」
「哦？好吃嗎？」
「好吃！對不起，我等不到人就跑去買了。」
「原來是我害的，我才應該說抱歉，打掃房間耽誤了時間。」
「啊，你完全不需要在意。謝謝你喔。」
「因為，我已經很久沒招待人來家裡坐了。」
事情就發生在我拚命轉動腦袋慎選措辭、不讓對話中斷時。
我的身體突然被拉過去，來不及抵抗，少女的臉龐便湊了上來，鼻子撞在一起，她馬上靈巧地輕輕側頭，使雙唇交疊。
優格的、味道。
我們張著眼，慢慢離開彼此的唇。
退到能看清整張臉的距離後，海豚惡作劇似地揚起嘴角。
「綠燈了。」
她笑著說。
我「哦」地應和，急急忙忙轉向正面開車。

這個吻，勾起了沉眠在記憶底層的澎湃感情。沒錯，我等一下要跟這個女人做愛，輕浮一點又如何？

通常不會見面沒幾分鐘就接吻吧。她很熟悉遊戲規則。比我更加熟悉。

「這種事——」

「咦？」

「這種事，妳常做嗎？」

「什麼事？用嘴巴餵冰淇淋嗎？」

「啊，不。我是指，跟不認識的網友見面。」

「哦……嗯——我想想。」

海豚低頭沉思，接著扳起手指。右手、左手，再回到右手，數完之後面向我說：

「見過十五、十六個人吧。」

「是喔，真厲害。」

「有嗎？」

「嗯，很厲害。」

我假裝平常心，但其實相當動搖。

因為，我只跟流花做過一次，還有前天楠田那次而已，加起來才兩次。而她年紀輕輕，卻已經跟十五、六人上過床。時下年輕人都是如此嗎？還是我經驗特別少呢？

「這很普通啊？雖然見過這麼多人，但不是跟每一個人都有發生關係，裡面也有純兜風吃飯的。」
「原來如此。」
「阿千想要做什麼呢？」
海豚的右手來到我的左膝游移，勾引著我。
「嗯，我啊……」
我閃過裝酷的念頭，但又想起，反正在約她時就表明用意了，事到如今無須隱瞞。
「我想做色色的事。」
我老實地說出慾望，海豚「噗哈」地笑出來。
「好啊。」
「海豚，妳——妳想怎麼做？」
「我嗎？嗯，我呀——」
她笑著往窗外望。
我在車站旁的家已經快到了，卻還得不到解答。我用眼角餘光瞄了她一眼，和她的眼神對個正著。
「我想要你用力抱緊我。」
她開口，後面則用呢喃氣音說：
「彷彿可以捏碎骨頭那般。」
面對她緩緩傾吐而出的話語，我未能多做回應。

東千尋　七月二十一日　星期日　晚上十一點

「真的很抱歉。」

「不要道歉，我身上的也剛好用完了……」

「妳平時會帶啊……」

「嗯，會啊。」

海豚傻眼至極，小聲地懊惱嘆息後，沒有忘記補上微笑。

回到家後，我想盡快上床而迅速脫掉衣服，正努力想解開女方的胸罩時，才驚覺忘了準備保險套。

在賓館沖昏頭那一次，因為床邊櫃裡都有準備避孕用品，所以沒遇到障礙。

原來在家做愛要預先準備保險套。上了一課。

我丟臉到無地自容。太粗心了，光記著要打掃，卻沒準備保險套。

我們一起尷尬地走到附近的便利商店。

「抱歉，妳想買什麼嗎？我請客，當作賠罪。」

「真的嗎？」

海豚開心地望著我，甜甜地笑著。

那張笑臉，竟和她有那麼點神似。

「當然，儘管買吧。」

海豚「哼哼」地用鼻子竊笑，走去飲料櫃，我則趁機尋找賣保險套的櫃位。

這是我人生初次買保險套。起初連生活藥品放在哪都不知道，走來走去仔細觀察，總算找到印象中的物品。

原來保險套是一盒一盒賣的，因為我只看過單片的包裝，不禁訝異。有的上面印著蝴蝶圖案，有的放了大象的照片，不知道這麼時尚要幹麼。我把它們一盒一盒地拿起又放下，最後選了大包裝的，走去櫃檯結帳。

畢竟位在車站前，便利商店排隊人龍多，我沉住氣慢慢排隊，這時感覺背後有人戳我。回頭一看，海豚抱著一堆物品站在後面。

「一盒就夠了嗎？」

她盯著我手中的盒子問。

「呃，妳打算做幾次啊？」

「不是啦，以備將來不時之需呀。」

「哦，沒差，先這樣吧。」

她說的也滿有道理，但我現在只想趕快帶她回去獨處。

「以後又發生相同的事情我可不管喔，阿千。啊，這個加買的果汁方便幫我一起結帳嗎？食物的錢我自己出。」

海豚半帶調戲，從自己的錢包抽出千圓鈔票。我搖頭拒收。

「不用，我付就好。」

「真的嗎？」

「我是社會人士，放心。」

而且，接下來妳等於是要被我用完即棄，付這麼一點錢很應該吧。

「好高興，謝謝你。那我先去門口等你喔。」

語畢，海豚轉身走向門口。

就在這時……

海豚不慎撞上站在後面的胖女士，手上拿的錢包就這樣掉在地上。

因為她剛剛正想拿錢給我，錢包拉鍊開著，零錢和各種卡片應聲撒落一地。

哦，糟糕。我抱著手上的物品，蹲下來幫忙。

「哎呀，妳沒事吧？」

「對不起撞到您！謝謝！」

與海豚相撞的女士表達關心，彎腰一起幫忙撿。

海豚急忙道歉。

「沒關係。來，拿去。」

「謝謝您！」

女士撿起幾枚銅板，我也順手撿起觸手可及的卡片。T-POINT卡、蛋糕店的印章集點卡、拍貼、家電用品店的會員卡……

……嗯？

我注意到那張拍貼。
海豚還撿著地上的零錢。我趁她沒注意，偷看那張拍貼照片。
剎那間，時間彷彿暫停了。
照片是她跟朋友一起拍的，身上還穿著制服。
我看過那套制服。不就是附近龜谷高中的制服嗎？她還是高中生？
不，我在意的不是這個。
年齡不是重點。
照片裡的海豚頭上，用可愛的字體寫著「RUKA」。
RUKA。
因為名叫RUKA，所以綽號才叫海豚嗎？
她叫RUKA。

「流花？」（註3）

註3　瑠花在拍貼上以平假名寫自己的名字（RUKA），日文的海豚念作IRUKA。而東千尋過世女友流花的名字和瑠花同樣念作RUKA。

第二章　少女

水原瑠花　七月二十一日　星期日　晚上十一點

「瑠花？」
這是我的名字。我頓時瞠目結舌。
慢慢地回過頭，只見他拿著保險套、飯糰、雞肉沙拉、果汁、從我錢包掉落的數張卡片及拍貼愣住了。
完蛋了，年齡穿幫。這下玩完了。
「那個，如果你們不排隊，我可以先排嗎？」
「啊，抱歉！請……」
後面的女子繞過阿千，走去收銀機前。我們之間尷尬到說不出話。
「呃……」
「瑠花？」
阿千低喃著我寫在拍貼上的名字。

那是某天放學，我丟下家事不管，跑去和美希合拍的大頭貼。

我的本名用可愛的字體清清楚楚地寫在上面。不只我，還有美希的。

問題出在制服，龜谷高中規定的制服。附近只有這間高中，當地人一看便知。我瞬間閃過奪回照片打哈哈的想法，最後打消了念頭。拍貼很明顯是最近拍的，而且他清楚地叫出了我的名字，還叫了兩次。

「瑠花。」

「是、是！」

「妳叫瑠花？」

「是的……」

他反覆確認我的名字。今天恐怕到此結束了。

我騙了他。隱瞞自己未成年，引誘成年人和我接吻。即便主動的人是我，對方同樣觸法。阿千似乎相當錯愕，我讀不出他的表情。

「對不起。你也看到照片了，我還只是高中生，我騙了你……」

「瑠花。」

「是、是！」

「妳叫瑠花，對吧？」

嗯？樣子怪怪的。他在意的不是我的年齡，而是我的名字。

「對、對啊……」

「怎麼寫？」
「呃……瑠璃的『瑠』，加上花——」
須臾之間，阿千流露出悲傷的眼神。他用力深呼吸，吸氣時，身體微微地顫抖，接著把手上的拍貼還給我。
「謝、謝謝……那個，對不起，既然穿幫了，那我先走了。」
「不，妳別走。我們回去吧。」
他突然牽起我的手，直直朝門口走，保險套、飯糰、雞肉沙拉和果汁全應聲落地。喂！那是我的早餐耶！
「阿千、先生？」
「千尋。」
「咦？」
「我叫東千尋。」
千尋？
為什麼突然告訴我名字？因為不小心知道了我的本名，心生愧疚，覺得自己也要說出來才公平嗎？
他拉著我的手，快步走向公寓，一路上完全沒看我一眼。
我嚇壞了。現在是怎樣？他該不會是壞人吧？不出幾分鐘，千尋的公寓到了。他溫柔地擁著我的肩膀，帶我進屋，鎖上大門。

緊接著，他緊緊抱住我，我隨之慢慢坐倒在地上。千尋在上，我在下。他用長長的臂彎完整地抱住我，我陷入他的懷中，順著重力向後倒下，頭部撞到了玄關的地板，好痛。不會吧？他想強暴我？

現在可沒有戴套耶！

「不要！」

我奮力大叫，千尋停了下來，抬頭看我。

「對、對不……起。」

千尋的聲音細如蚊鳴，意外地聽話。我怯怯地望著他的臉。

「咦？呃，我才抱歉……」

話還來不及說完，我愣住了。

他哭了。千尋的態度出現一百八十度大轉變，浮現大顆的淚珠，不停哭著向我道歉。這是我生平第一次看見大人哭，而且似乎是因我而哭的。

我不知道該怎麼辦，只好將獲得自由的手輕輕放在他的背上。眼淚滴答、滴答地流下來，也滴在我的臉頰上，每次他都如同被牽動一般，一再向我道歉。

「瑠花，求求妳，今晚不要離開我。」

他像個孩子般哭訴著。

現在是什麼狀況？

我雖感到奇怪，仍在暑氣蒸騰的玄關溫柔地擁抱他。

水原瑠花　七月二十二日　星期一　早上八點

「到這裡就行了，謝謝您送我過來。」

語畢，千尋的車子總算在學校附近的藥局前停下來。

沉默流逝，我忍不住嘆氣。

「真的嗎？我可以再開近一點——」

「忘了我吧，我也會把昨天的事情忘光光的。」

我語氣強硬地打斷千尋的話語，他突然像隻受驚的幼犬，睜著眼睛望著我。這是什麼眼神？

「妳想忘記嗎？」

「我們最後雖然沒做成，但有接吻，這樣就足以構成犯罪了，所以請您不要再找我了。我們家似乎住得很近，要是在路上看見我，也請別和我搭話。」

「瑠花，我還想再見到妳。」

「就說不行了，你是聽不懂人話嗎？」

我氣呼呼地說完便跳下車，關上車門前不忘回頭瞪他，用嚴肅的表情說：

「謝謝您願意擁抱我，我很開心。坦白說，光是擁抱我就很滿足了。我昨天其實很累，您沒有堅持要做，我很感激您。」

「啊，因為，我怕妳受傷。」

這不是很矛盾嗎？

我們見面的目的，不就是為了打炮嗎？受傷是什麼意思？這傢伙才認識我一天，就以男朋友自居嗎？

「謝謝您關心我。不過，我們以後不會再見面了。」

「為什麼不行？瑠花！」

「再見。」

我硬生生地結束對話，快步離開現場。背後並未傳來車子駛離的聲音。

他應該不至於追到校門口。以防萬一，我握住預先藏在口袋裡的護身小刀，朝位在數十公尺前方的學校跑去。

我勉強趕在早晨的導師時間前衝進教室，班導後藤似乎還沒來，教室內吵成一團。前腳剛踏進教室，上課鐘聲正好響起。太好了，趕上了。我拍撫胸口，在自己的位子坐下。

「早安，瑠花，滑壘成功。」

美希笑吟吟地迎接我。

岸本美希是我從國中起的好朋友，她是我高中班上唯一的國中同學，我們總是形影不離。她的髮長和上週五見面時不一樣，眉毛完全露出來了。

「美希早，妳怎麼剪頭髮了？失戀啦？」

「嗯，我去剪頭髮。聽我說，我不是失戀，可是，我和阿照吵架了。」
「真的假的？和照史？唉，你們又來了。」
「什麼『又來了』，妳的說法很失禮耶。唉，沒錯，就是白痴阿照啦。我只是在推特上和社團男生講話，他就亂吃醋。」
「怎樣吃醋？」
「我們星期六去看電影，阿照生氣地找我碴，說我跟那個男生互動太頻繁，我太常回他留言什麼的，妳說扯不扯？結果我們大吵起來，電影也沒看，在路上不歡而散。」
「哇，在路上大吵啊。辛苦妳了。」
「就是說啊，氣死我了！我突然閒下來，就一股衝動跑去剪頭髮啦。」
「妳未免積極過頭了吧。不過，照史這樣很可愛啊，居然亂吃醋。」
「嗯，可愛是可愛……不過，我也想自由地跟感興趣的人說話、和他們出去玩啊。這樣就被警告，他也管太多了吧！」
美希從大清早就氣鼓鼓的，看來精神不錯。
照史沒有和我們同班，他和美希國中時在推特上認識，交往至今。身為美希的好姊妹，我常聽她傾吐戀愛煩惱，她和照史分分合合早是家常便飯了。
吵架的原因不外乎一些芝麻小事，例如幾天前，他們才因為麥茶和焙茶的飲料包裝太像買錯而吵架，真是無聊斃了——！
美希的話說到一半，後藤老師便走進教室。

「各位同學早，馬上來報告今天的事情。」

後藤老師一開口，同學們立刻安靜地回到座位。我和美希也停止聊天。

無趣的導師時間開始了，我放空地望向窗外，發現窗框上停著一隻蟬。

啊，夏天到了。

我盯著動也不動的蟬，回想起昨天發生的事情。

昨晚，千尋把我從便利商店帶回家後，無預警地哭了出來，還要我「陪他睡覺」。

本來去便利商店前預定一起洗澡的，他卻態度一轉，用童稚的語氣說：

「一起洗會害羞，我們分開洗嘛。」

結果我們真的分開洗澡，連一丁點香豔刺激的事情都沒發生。

這真的很掃興。本來以為可以做愛，我還特別賣力，結果令人跌破眼鏡。不過，在冷氣隆隆運轉的清涼空間裡，鑽進暖呼呼的被窩中，還有人從身後緊緊擁抱我，感覺真舒服，也覺得心兒怦怦跳，但就只是這樣而已。他連胸部都沒摸，完全不解風情，真的是「蓋棉被純睡覺」。

他為什麼要哭呢？

瑠花。恐怕跟我的名字有關，但有必要哭成這樣嗎？

哭泣的他彷彿成了幼小的稚童，只有身軀徒然地長大，心智完全停留在兒時。

哭完後，他的語氣仍顯稚氣。之前明明是個偏冷淡型的人啊。

究竟哪個他，才是真正的他呢？

算了。

想歸想，坦白說，都不關我的事。

我已經獲得充分的擁抱，也好好地撒嬌了。我很滿足，也不寂寞了。

接下來的幾天，我能好好維持心理健康。

「老師就報告到這裡。對了，水原同學，請來我的辦公室一下。」

「咦？啊、是。」

後藤老師突然點名找我，我恍然回神。數名同學好奇地行來注目禮，坐隔壁的美希也壓低音量問：「怎麼了？」我茫無頭緒。

在班長的號令下，同學們開始準備上第一節課。我來到辦公室，呼喚後藤老師的名字，她對我露出可愛的酒窩。

後藤老師並不年輕，卻是一位廣受學生歡迎的童顏美人，連我都不禁對她的笑容小鹿亂撞。

「早安，水原同學，我想和妳談談暑假的三方面談，妳的父親何時能過來呢？班上只剩妳還沒交意願表，怎麼了呢？」

對喔，忘記還有三方面談了。

「啊，對不起……我問過爸爸，他還是很忙，抽不出時間參加。」

「是嗎……好吧，老師明白了。學校規定一定要舉行面談，那就先以我和妳雙方面談的形式舉行好嗎？我再把談話的內容致電告訴妳的父親，這樣可以嗎？」

「沒問題，讓老師費心了。」

「沒關係啦，很忙也沒辦法呀。那麼，請把方便舉行面談的時間寫在這張紙上，填好交給我，好嗎？」

後藤老師一邊說，一邊遞來一張新的三方面談意願表。

「不過，因為妳是最後交的，理想的時間可能已經被別人訂走了，要有心理準備喔。提醒一下，最晚後天一定要交，明白嗎？」

「明白。」

「謝謝水原同學配合。家裡要是遇到困難，歡迎找老師商量。任何小事情都可以，知道嗎？」

「是，謝謝老師。」

回答之後，我便離開辦公室。

後藤老師是愛操心的個性，總是認真替學生擔憂。我知道老師對我有一份獨特的關懷，她了解我家單親的狀況，平時就特別照顧我。

三方面談啊。爸爸是超級大忙人，國小、國中、高中都不曾來學校露面，我知道他不會來。這是當然的，我連有三方面談都沒告訴他，因為不想讓他平添更多的壓力。

我嘆氣回到座位，隨便和美希閒聊幾句，正準備從抽屜抽出課本時，「啪沙」一聲，有東西掉在地上。

什麼東西？我凝視地板，那是一張用可愛的粉紅色便條紙摺成的信。

咦？這不是我的東西。忐忑不安地打開那封信，裡面同樣用可愛的字體寫著給我的悄悄話。

「抱歉，突然寫信給妳，我有事情想跟妳說。放學後可以來小林藥局後面的『MOON咖啡』嗎？不要找別人喔。」

我深深吸氣，瞞著美希把信塞進口袋，準備上第一堂課。

水原瑠花　七月二十二日　星期一　下午四點

「水原同學，妳會援交，對嗎？」

「什麼？」

眼前的女孩一臉認真地問我，而我一時間沒聽懂。

我驚恐地瞪著和我同年級的安西同學，她害怕地垂下眼簾。

在我抽屜裡放小紙條的人就是她。來到咖啡廳，發現找我的人是她的當下，我真的嚇了一跳。我們之間完全沒有交集，我會知道她，是因為在共同體育課見過她。印象中，她總是獨自一人。

她找我有什麼事？我困惑地思忖，聽著她用旁人聽不見的音量小聲地問了這個冒失的問題。

「妳先不要生氣，聽我說完，拜託。」
「等等，妳到底在說什麼？妳說的援交，是那個用身體賺錢的援交嗎？我沒有。」
我強烈否定。
這是事實。我真的沒有從事援助交際。
我的所作所為只是為了填補寂寞，從沒收過一毛錢。
不對，重點不在這裡。問題在於，她怎麼會產生這種想法？
安西同學從裙子口袋掏出手機，滑了幾下之後拿給我看。
「這、這是……？」
這是什麼？
我心驚膽顫地看向螢幕。
那是一個成人網站，影片以些微的音量自動播放。
標題名稱是「japan girl student virgin」，上傳時間是去年四月。那是一支以男性視點拍攝的少女性侵影片。畫面角落的少女身體被粗暴地搖晃，臉上的表情卻蕩漾開來，不時喊著「抱我」，但是，男子就是不肯擁抱她。
男人盡情地洩慾之後，才心滿意足地抱住少女。鏡頭照到少女的背，影片就在這邊結束。
「這、這個人是妳，對吧……」
我感到口乾舌燥，冒出冷汗。

喀噹……冰塊融化滾動的聲音在腦中擴散。

好寂寞。抱緊我。讓我撒嬌。

這些念頭幾乎終日纏繞著我。

我沒有母親。媽媽為了生我死掉了，爸爸卻說，媽媽是轉世成我了。我的身材、眼睛、鼻子、嘴巴，都跟媽媽一模一樣。爸爸開心地這麼說。

我一點也不開心。

是我害媽媽死掉的，這跟殺了她有什麼兩樣？

我只在照片上看過自己的媽媽。爸爸給我看過一次媽媽懷孕抱著大肚子的照片。照片裡的媽媽掛著女兒即將出世的幸福笑容，可是，我只要想到她幾週後就要死去，不禁覺得那張照片看起來毛骨悚然。

肚子裡的孩子會殺了妳啊。不行，妳要先殺了孩子，不要生下來。那是惡性腫瘤，必須盡快摘除。不行，不能生啊，媽媽！

我多想見到生產前的媽媽，叫她不要生下我。無論如何，媽媽生下了我，死了。

聽說外公外婆、爺爺奶奶都表示願意收養我，但爸爸堅持要自己扶養。

爸爸太傻了。他若是早一點接受長輩的好意，現在就不會這麼辛苦了。

不過，我打從心底愛著這位傻爸爸。

我在上小學時理解到自己的家庭有點不同。

小學畢業前，爸爸曾聘請一位家事阿姨，她是一位四十多歲、身材福態的女士，一週有五天會在下午來家中煮飯打掃。我很喜歡躺在幾乎天天見到面的家事阿姨厚實的大腿上睡午覺。我十分信賴她，她應該也是真心對我付出關愛。

同時，我心裡的某個角落認為應當跟家事阿姨保持適度的距離。儘管我當時年紀幼小，也知道這是透過金錢建立的關係。

所以，當我在小學畢業典禮看見來的人不是爸爸，而是家事阿姨時，備受打擊。其他人都有爸爸和媽媽為孩子的畢業流淚、給予擁抱，為什麼只有我要接受家事阿姨的祝賀？我的爸爸為什麼沒來呢？

直到那一刻，我才發現，所有教學觀摩日和運動會，爸爸都不曾現身。來看我的總是家事阿姨。我連生日都見不到爸爸，看見的只有禮物和冰冷的字條。

爸爸很忙嗎？是啊，很忙。爸爸可是為了我，沒日沒夜地工作呢。請家事阿姨也是一筆開銷。爸爸為了攢錢，連星期六日都去兼差當保全、在餐飲業當計時人員。

我察覺自己原來是爸爸的寄生蟲後，畢業典禮結束，旋即向爸爸表態：

「我要升國中了，接下來可以自己洗衣打掃，也能自己煮飯。之後還有很多學費開支要繳，這樣又要害爸爸拚命工作了，我不想成為爸爸的累贅！以後我來負責做家事，不要再請家事阿姨了！」

我流著淚，一次又一次地說服爸爸，他總算了解我的心情，解僱了家事阿姨。

我的人生有超過一半的時間，都是在阿姨的陪伴下度過的。然而，和阿姨道別的那一天，我一點也不悲傷。我反而在內心竊喜，覺得這樣就能減輕爸爸的負擔。

上國中後，我為了爸爸拚命做家事。不只煮飯、洗衣、打掃，也替爸爸保養西裝。連本來最討厭的打掃廁所都努力適應。週末雖然擁有自己的時間，但平日因為還不熟悉家事，放學後總是立刻趕回家，從不和同學出去玩。

老實說，家裡也就兩個人，家事不至於多到做不完，我還是有放鬆玩樂的時間。只是，我想要代替死去的媽媽，所以覺得自己不該隨便休息或是跑出去玩。

我受到罪惡感和責任感折磨，一心想把家事做到盡善盡美，昨天才掃過的地方又反覆擦拭，一空下來就研究怎麼做飯。

記得國一生日那一天，我心裡想著「反正又是禮物加字條」，不期不待地回家一看，桌上竟然放著最新型的智慧型手機。我不知道該不該高興。有了手機，意味著每個月要繳手機費，金額雖然不比請幫傭貴，但也是一筆固定開銷啊！

字條上寫著「生日快樂，爸爸愛妳」。看到這些字，我也不好意思開口要爸爸拿去退錢，心裡還產生了愧疚感。

每次爸爸對我好，我都感到苦不堪言，恨不得自己沒有出生。媽媽，妳為什麼讓我活下去，自己卻死了呢？

接著是國中的畢業典禮。

那天，放眼皆是共享喜悅的家庭，穿梭在人群中，都能聽見等一下要全家去吃大餐的祝賀聲音。

死黨美希邀我跟她的家人一起吃飯，我笑著婉拒。我說了謊，騙她「爸爸今天在家等我」就離開學校。

到頭來，我的爸爸還是沒來參加畢業典禮。

擦身而過的人，一張張都是喜極而泣的笑臉。

每每看見那些臉，我都妒火中燒。

我明明這麼努力了。忍著不出去玩，沒參加社團活動；為了省錢，也沒參加畢業旅行。當所有人都在玩，只有我在做家事。

因為我殺死了媽媽，所以罪該萬死。可是，神啊，請聽我說，我真的不是故意的！我呼吸不過來，數度停下腳步深呼吸。不准哭！我身體顫抖，一步步地走著。

我覺得有這樣的心情很對不起爸爸，彷彿自己不知感恩，也叫自己不准再想。但是，離開了校園，對一切都感到卑屈的心情仍舊停不下來。

回到家裡，爸爸也因為工作而不在家。

不行，好寂寞，我受夠了。爸爸，我明明為了你這麼努力，你為什麼不肯抱抱我呢？我要的不是智慧型手機，不是錢，我只是需要一個關愛的擁抱，你為什麼就是不明白呢？

我崩潰大哭，哭累了就躺在床上睡覺。傍晚時，收到美希傳來的LINE。

沒記錯的話，內容是「有沒有跟爸爸相親相愛呀」這一類。她還順便傳了一張大夥兒一起吃飯的照片過來。看到的瞬間，我狠狠把手機丟出去。我差點就要討厭美希了，一顆心變得狂躁不已。

此時，我靈光一閃。

寂寞的話，尋找爸爸的替代品不就好了？我需要一個男人，願意代替爸爸緊緊擁抱我，把我優先放在第一位。

這還不簡單？上網找啊。

我需要人來填補心靈的坑洞。若是因為見不到爸爸而寂寞的話，找個人來抱抱我不就好了？

我撿起扔出的手機，但我沒有推特帳號。我一直都不喜歡推特，有沒有什麼方法可以不用社群帳號，就能滿足我的需求呢？我上網搜尋「網路　徵男友」。搜尋結果相當驚人，跑出許多交友配對網站。進階搜尋便找到留言板形式的約會網站。

網站依照居住地區，劃分成不同的留言板，應該是為了方便見面吧。

我隨便取了「海豚」當暱稱，在上面留言。

「徵男友、對象不限、熊越市」。

這就是我的第一篇留言。

倘若能在這時醒悟過來，再仔細想想就好了。

然而，我的心已被嫉妒、悲傷交雜的狂躁心情給占滿，無法冷靜判斷。我一心只想著有人來擁抱我。

「說話啊，我討厭沉默不語。」

安西同學的聲音拉回了我的注意力，我看著手機螢幕發起了呆。

「我在網路上看到這支影片，馬上聯想到妳從事援助交際，就是『爸爸活（註4）』那一類的。呃，其實……我、我媽媽生病住院了，我需要籌措醫藥費，正在苦思對策時，剛好看到了這支影片……水原同學，請妳教我援交的方法，拜託！」

聽到這裡，我終於面向安西同學。爸爸活？賺錢？才沒有，我至今沒收過任何一毛錢！但還來不及替自己辯解，她就自顧自地說了起來：

「我對這方面的行情不太熟……大概可以賺多少呢？應該比一般的打工好賺吧？求妳告訴我。水原同學，妳應該經驗老到吧？」

「不要得寸進尺。」

註4　日本有「就活（就業活動）」、「婚活（結婚活動）」等慣用說法，用「活動」來指一種符合社會常規的人生階段性計畫，這個詞也漸漸衍生出「推活（聲援喜愛事物）」、「爸爸活（和熟齡男子約會賺取金錢）」等說法，相較於「援交」，語感較為正面。

我忍不住起身，嚴肅地打斷她，還不小心撞到了椅子，發出巨大的聲響。她害怕得縮起肩膀。

「對、對不起！妳不要生氣，我向妳道歉。」

「很有經驗是什麼意思？妳把我當成公車嗎？」

「我、我不是這個意思……」

她一副可憐兮兮的樣子，旁人看一定覺得我欺負她。但我實在一股火都上來了。

「我沒有援交。安西同學，妳好爛！妳是把我當成那種髒女人才找我出來的嗎？以後別找我說話了！」

我邊說邊從錢包抽出千圓鈔票，「砰」一聲拍在桌面上。她受驚嚇的模樣加倍惹惱了我。

「我要走了，這是我的飲料費。我一口都沒喝，妳拿去喝吧。喝飲料居然要花七百圓，蠢到家了。影片的事妳不許告訴別人，否則我會讓妳吃不完兜著走！」

我凶狠地放話，沒看安西同學的表情便走出咖啡廳。

水原瑠花　七月二十二日　星期一　晚上七點

「瑠花，妳家裡都OK嗎？今天不是週末，妳來找我玩還真難得耶。」

美希在KTV包廂演唱完自己點的曲目，一臉痛快地問我。

我想找出安西同學給我看的那支影片，設法處理，自己卻怎樣都搜尋不到。早知道就不該衝動離開，應該當場問清楚的。

這件事千萬不能被美希發現。我迅速關掉手機螢幕，把它放在桌上，順手從旁邊的盤子裡拿起一片洋芋片。

「沒問題，我有留菜，家事也在昨天做完了。偶爾也要大玩特玩呀。」

「嗯哼——越聽越可疑。」

美希起疑了，但不意外，我急忙轉移話題：

「我的事不重要。美希，妳為什麼跟男朋友吵架呢？覺得他管太嚴嗎？」

「哦，我憋很久了！妳願意聽我娓娓道來嗎？怎麼說……總覺得阿照最近變得很愛亂吃醋，他會監視我的一舉一動，跑來質問我『妳為什麼跟他講話』、『妳為什麼挽著他的手走路』，諸如此類一大堆！」

「啊，美希本來就喜歡跟人肢體接觸嘛，被怪罪其實有點活該。上次妳是不是抱了班上的某個男生？」

「嗯，抱了，因為他幫我找到我弄丟的心愛自動筆啊。那枝自動筆很貴耶，是阿照買給我的，好像花了三千圓吧。」

「那的確會想好好感謝他，但用抱的太超過了啦。美希，妳太喜歡抱抱了，就算當著照史的面，妳還是來者不拒亂抱一通，對不對？」

美希如同叼香菸一般，把玩著口中的洋芋片，「嗯——」地沉吟。

「美希，妳還沒回答我的問題喔？」

「等等，我正在數。天啊——我抱過的人超過兩位數。」
「對吧！這樣很怪吧？又不是住在荒郊野外所以渴求人肌接觸，老是這樣子，照史當然會吃醋啊。聽好囉？做得太過火可是性騷擾，妳要克制一點！」
「妳不懂啦，擁抱是女人的武器呀，阿照也是靠著抱抱搞定的，只要把小小的胸部壓在他身上……」
「不需要說得這麼仔細！」
美希的自嘲惹來我的笑聲。
和美希在一起總是很愉快。
見完安西同學後，我本來想直接回家做家事，但覺得怒氣難消，剛好美希跟照史吵完架，自己跑去KTV唱歌消壓，我決定找她一起大唱特唱。
我們盡情高歌、跳舞，跳完又唱，痛快地宣洩壓力後，總算冷靜下來，兩人一起點了洋芋片，邊吃邊聊天，期間笑聲不斷。我很慶幸自己有個不用顧忌形象的好朋友。
早知如此，一開始就別去赴約，和美希一起玩就沒事了。不過，就連此時此刻，我只要想到自己丟下家事跑出來玩，都會覺得良心不安。
我很在意安西同學給我看的影片。那是誰錄的？因為是以男子做為第一人稱視角，所以看不見他的臉。是跟我約會過的誰呢？回家之後一一寫信向他們確認吧。別擔心，只要好好拜託，對方應該願意撤下影片。我至今遇到的每個網友都是大好人，一定是哪裡誤會了。

擔心也沒用，我都已經蹺掉家事了，就再多玩玩轉換心情吧。反正伸頭是一刀，縮頭也是一刀，橫豎都是死，不如開心點。

「美希，我還玩不夠，我們去遊樂場吧。」

美希一聽，喜出望外地起身。

「咦？妳能繼續陪我嗎？天要下紅雨了！妳被雷打到啦？」

「沒有啊！我怕妳難過，今天就多陪陪妳囉。」

「我愛妳！」

美希說著便撲上來抱住我。我剛剛才警告她不要隨便抱人的。

陪伴傷心的好友——這當然是我的出發點；但同時，我也是為了我自己。

我這是逃避問題。

逃避爸爸，也逃避現實。

水原瑠花　七月二十二日　星期一　晚上八點

「哇，美希，妳好強！帥呆了！」

美希專心盯著獅子布偶，只見布偶驚險地滑進洞口。美希露出得意的表情，對彎腰撿起布偶的我比出「耶」。

「哈哈，沒枉費我國中時跑遊樂場跑到被學校輔導！來，這送妳。」

「咦，可以嗎？這是妳夾到的。」

「我是看瑠花好像很想要才夾的喔。」

我從美希手中接過布偶，開心地揣在懷裡。這是一隻可以放進背包的卡通人物小玩偶，我不認得這個角色，但一眼看見就很喜歡。

「美希，我最愛妳了，謝謝！收藏又增加了，我會好好珍惜的！喂，我們帶它去拍拍貼，好不好？」

「好啊，走！」

我們拿著布偶往拍貼機移動。拍貼機發出可愛的女子語音，要我們設定規格。

我們抱著布偶，一連換了好幾個動作拍攝，然後點選手繪加工。

「兩情相悅！」

「布偶GET！」

「最強情侶 RUKA&MIKI！」

我們盡情塗鴉。美希忘了跟男友吵架的事，我也忘了影片和蹺掉家事的事，兩人玩得不亦樂乎。拍貼機掉出我們的照片，我們第一眼就看見那張變臉濾鏡全開的照片，捧腹大笑。

美希去旁邊的工作檯用剪刀分照片。其實只要掃描QR碼就能把照片檔案存進手機裡，但我們喜歡互相分享實體照片的老派做法。

把拍貼貼在筆筒或手機上，就像把回憶帶在身邊，我喜歡那種感覺。

「啊，美希，我想去一下廁所。剛剛唱歌時喝太多飲料了。」

「好啊，我幫妳裁！喂，等一下陪我去玩節奏遊戲好不好？」

「遵命！」

我笑著揮揮手，一面把布偶放進背包，一面朝二樓的廁所走去。

好暢快啊。已經好久沒這麼青春了，真希望快樂的時光不會結束。

上完廁所後，我在洗手臺照鏡子，腦中倏然掠過安西同學在咖啡廳給我看的影片當中的自己。

我在寬敞到浪費的女廁裡，獨自細細端詳自己的臉。

我擁有許多面孔。寂寞的臉孔、愉快的臉孔、哭泣的臉孔、呻吟的臉孔。

影片裡的自己在腦中浮現出來。

停，別再想了。現在不是想東想西的時候。

妳昨天才剛得到滿足，不是嗎？忍住。妳不寂寞、妳不寂寞、妳不寂寞。

今天有美希陪著我，不需要悲觀，不需要為自己至今的所作所為而後悔。對吧？

我猛然回神。自己究竟是在對誰說話呢？

呼吸開始窒息，都是安西同學害的。趕快下樓吧。

我從口袋拿出手帕擦手，快步走出廁所，就在這時——

「哦！」

我和從男廁走出來的人撞個正著，差點重心不穩摔倒，但我趕緊站直身體賠罪。

「對、對不起。」

男人本來面露不快，一窺見我的臉，忽然揚聲說：

「咦？妳不是海豚嗎？近來好嗎？」

我身體一顫。

海豚——這是我夜遊專用的網名。

我打量撞到的男人，他年紀比我大，從微笑的嘴角可窺見泛黃的牙齒，飄出淡淡的菸味。

我看過這張臉。快想起來！

我很快便想起他的名字，卻想不起自己當初是用什麼態度面對他的。

該怎麼做才能提升好感度呢？該怎麼做才能被溫柔以待呢？

有了，清湯掛麵、隨和好相處又口齒清晰的女生。

「可可先生！好久不見！最近好嗎？」

男人發現我認出他了，隨即咧嘴一笑，像是跟男性朋友打鬧一般，豪邁地對我勾肩搭背。

「很好啊，妳咧？」

可可先生只是微微觸碰著肩膀，我便暗自竊喜。與年長者接觸，使我有一種獲得滿足的奇妙感受。

「很好，在這裡遇到你真巧！你自己一個人嗎？」

「不，跟同事一起來的。」
「這樣啊，工作會很辛苦嗎？」
「咦？還好啦，難不倒我啦。」
「哇，好厲害！太帥了！」
我故作崇拜地喊道，可可先生發出「哈哈哈」的乾笑。沒事，他沒有討厭我。
「怎麼了？」
三個男人魚貫走出男廁，應該是可可先生的同事吧。才剛這麼想，我便發現其中一人我見過。
奇怪？那不是隔壁班的二宮同學嗎？
他的臉上有一小塊引人注目的瘀青，身上的制服歪七扭八，和一群社會人士混在一起。二宮同學似乎也認出我了，尷尬地瞪著我。
呃，我哪裡惹到他了？
總不好問「你怎麼也在這裡」吧？我只好轉移視線。
「她是誰？」
「一位老朋友。」
其中一名同事對我表示好奇，我心想得打招呼才行，於是鼓足勇氣微笑向前。
「是！你好，我叫海豚。」
「妳好，本名？」

「不，是暱稱。」

暱稱？同事狐疑地看向可可先生。

「哦，她是我之前上過的炮友啦。」

聲音靜止了。

不，嚴格來說，是我感覺周遭被誰靜音了。意識集中在他勾搭的肩膀上。

他剛剛說什麼？

我笑容僵硬地注視著可可先生，突然不寒而慄。

只見他吊起雙眼，露出不懷好意的笑容。直到剛才之前，我都覺得他的笑容很普通，現在卻覺得很可怕。

「你、你說什麼？」

「什麼？」

「可可先生，你不是說會小心呵護我嗎？」

「什麼？搞清楚，我們只做過一次喔，妳就想以女友自居嗎？我們不是純約炮而已嗎？不是單純享受肉體上的供需平衡嗎？」

僵硬的笑容漸漸垮了下來。

耳邊迴響著幾個男人的訕笑。

「對了，海豚啊，妳還會約嗎？要是現在沒有男朋友，要不要跟我玩玩？哦，今天男生數量多，要不要輪流玩？」

「輪流是……是什麼？」

「輪姦啊。不錯吧？妳不是什麼都大叫『好棒、好舒服』嗎？有夠騷的。噢，對了，等下我給你們看這妹子的影片。」

「什麼影片？你自錄跟她做的影片喔？」

「對對對，她也放很開啊。二宮，我給你看過一次對吧？」

影片？

他說的影片，是那個影片嗎？

安西同學給我看的那支影片嗎？

我想起來了，這個人一直用手機拍我。

可可先生慢慢摸著我的頭髮，我嚇得無法動彈。

「我有時會看著那支影片打手槍喔，呼——真是念念不忘。好啦，來做啦。妳之前不是嚷著很寂寞，想要別人用力幹妳嗎？我來滿足妳的需求。今天連我在內一共四人，可以讓妳爽四次。哈哈、哈哈哈哈！」

耳內充斥著笑聲。

我宛如一名旁觀者，不干己事地望著眼前的景象。

彷彿坐在電影院裡看電影。

我——我的確口口聲聲嚷著寂寞。

也說很舒服。
我期待著供需平衡。
可是，那是因為我想要感受愛。
想要感受到爸爸。
想要爸爸抱抱我。
話語凌亂地盤旋在腦海。
我深深重重地閉上眼，再緩緩張開眼睛。
聲音和視野變清晰了，男人們的笑聲和遊樂場的電子音混合成不協調音。
我像具生鏽的機器人，勉強將低垂的脖子轉向旁側。
眼前的人不是爸爸。
我握住藏在背包裡的小刀。

第三章　再現

水原瑠花　七月二十二日　星期一　晚上十點

我用顫抖的手轉動鑰匙，一口氣推開大門，再「砰鏘！」地用力關門。出了一身汗，既黏膩又難受。即使如此，我依然迅速起身，從防盜貓眼確認門外的動靜。

沒事，那群人沒追上來。

電子遊樂場離我家有點距離，他們不至於追到這裡，但我還是忍不住確認。

「痛死了——！」

就在不久前，我用暗藏的小刀朝可可的大腿刺了一刀，附近頓時響起一陣淒厲慘叫。我趁連二宮同學也算在內的所有人愣住之際，用力將可可推開。

可可撞上牆壁，腿上刺著一把刀，直接倒地。那把刀小歸小，卻是護身用的粗短小刀，血涔涔流出，滴落地面。

「喂，你沒事吧！」

其中一名同事擔心地上前查看，我趁空檔全速逃離現場。

我撞到了牆壁，直直衝下樓梯，丟下美希逃出遊樂場。

「好痛、好痛！媽的，我要宰了妳！我要宰了妳！」

可可在廁所前發出的悽慘咆哮，響徹整個遊樂場的二樓。

我在路上傳LINE跟美希說：「我突然不太舒服，先回家了，抱歉。」

她當然立刻關心地回訊，但我忙著逃跑，到現在還沒回覆。

其實在我跑出遊樂場大門的時候，後面就沒人追上來了，可是，我下意識覺得不得不逃。

我精疲力竭地靠著玄關的牆壁滑坐下來。

「瑠花？妳回來啦，怎麼了？」

咕咚！血液登時在身體各處流竄，全速逃亡使我的身體處於激烈運動狀態，心臟的鼓動也特別大聲。

通往客廳的走廊亮著燈，爸爸站在那裡望著我。

「爸！」

我跳起來，粗魯地甩掉腳上的皮鞋，直接抱住爸爸。爸爸因為每天工作過度而骨瘦如柴，感覺營養不良。

「妳怎麼滿身大汗？這樣會感冒喔。」
我突然感到可恥，急忙退開。
「對、對不起。呃，我跟美希一起回家，我們剛剛賽跑……」
我隨口掰個理由，趕緊從旁邊的洗臉臺櫃子拿出毛巾擦汗。我說謊了。實情絕不能讓爸爸知道。我假裝擦汗，順勢遮住臉龐，若無其事地問：
「爸，你今天好早回來喔，什麼時候到家的？」
「差不多一個小時前，我有事情想跟妳談，所以早退回來了。」
「有事跟我說？」
爸爸找我說話？我有點雀躍，從毛巾的縫隙偷看爸爸，他靠著洗手臺旁邊的入口牆壁，面帶和平時一樣的溫柔笑容。
「嗯，妳有空嗎？」
「有、有啊，我去換個衣服，馬上回來。」
我心浮氣躁地奔過走廊，回到自己的房間，隨便換件家居服，然後拿著手機回到客廳。
在熟悉的客廳桌前坐下，爸爸為我端來一杯紅茶。
「辛苦了，妳今天比較晚回家對不對？」
我一時語塞，差點忘了今天偷懶沒做家事。
「對不起。」

「為何要道歉？」
「我今天想放鬆一下，所以跑去玩到現在才回來，衣服什麼的也還沒洗……」
本來以為爸爸會生氣，但他只是溫柔地笑著，啜了口紅茶，開口：
「瑠花，妳完全不需要道歉，爸爸不是常說嗎？家事不用做得這麼勤，爸爸反倒希望妳多出去玩。」
爸爸伸手輕摸我的頭。太好了，他沒生氣。我忽然擔心自己的頭髮是不是還溼溼黏黏的，同時也感到害羞。
「追根究柢，這全是爸爸的責任，抱歉，讓妳受委屈了。」
別放在心上，我是心甘情願做的。
脫口而出前，爸爸又喃喃說了一句：
「不過，妳不需要再承擔了。」
「咦？」
我把到口的話語吞回去。爸爸在說什麼呢？為什麼不需要再承擔了？
「瑠花，學校快放暑假了吧？妳去年都忙著打工和做家事，很少跟朋友美希出去玩，爸爸覺得對妳有所虧欠。」
「怎麼會，我一點也不覺得辛苦，也有好好休息。我不累，我不想讓爸操煩家務，你已經沒日沒夜地工作了……」
「嗯，老實說，爸爸要兼顧工作和家事的確滿吃力的。所以，我想重新請一位家事阿姨來幫忙。」

家事阿姨。

接近創傷的悲傷往昔重回腦海。

小學畢業典禮，別人都有家人給予祝福，只有我是花錢請來的家事阿姨。

「為什麼……？不是有我在嗎？」

我的嘴脣微微發抖，但仍努力表達自己的意思。爸爸似乎察覺了我的苦楚，換上認真嚴肅的表情，一字一句地慢慢說：

「瑠花，我希望妳更珍惜現在所能運用的時間。洗衣煮飯固然重要，但絕對比不上跟朋友出去玩、交男朋友重要。」

「這是什麼意思？我只要有爸爸就好，其他什麼都不要。不用為我擔心。」

「可是，瑠花，自從妳上國中開始幫忙做家事以後，我就感到相當愧疚，所以想趁暑假請一位幫傭，幫妳減輕壓力。一週三、四天就好，洗衣煮飯的事情就交給別人吧。瑠花，妳不需要再被家事綁住了。」

「我說我可以！」

我忍無可忍地大叫，爸爸似乎吃了一驚，沒有繼續說話。

「不是有我在嗎？我來照顧家裡的事情就可以了！何必現在才來說這些？請人不是要花錢嗎？」

「錢？瑠花，妳不必操心錢——」

「爸，你沒日沒夜地工作，連週末都兼差，不就是因為家裡缺錢嗎？不要僱什麼家事阿姨了，有我在啊！」

我劈里啪啦地說著，打斷爸爸的話。爸爸離席，走到我身邊，輕輕蹲下來，讓視線等高。

「瑠花，妳冷靜點，爸爸只是希望妳更珍惜自己的時間。」

「我很珍惜啊，為爸爸好就是為我自己好，我們是家人啊！相互扶持、照顧彼此不是應該的嗎？我一點也不辛——」

滋滋滋、滋滋滋。

桌上的手機傳來震動聲，我因此重拾冷靜，發現自己說過頭了。

我這麼做的確也是為了我自己，並不想把至今的付出歸咎成犧牲奉獻。

我一時之間無話可說，話題就這樣無疾而終。我放下了紅茶，打算回到自己的房間……

「瑠花。」

爸爸的語氣憂心中蕩漾著溫柔，我忍不住停下腳步回頭。

「瑠花，對不起。因為爸爸愛妳，所以希望妳把寶貴的青春看得更重要。」

愛我？

你說你愛我？真的嗎？

那麼，你知道我都在做些什麼嗎？知道我需要的是什麼嗎？

你根本就不明白啊！

「是嗎？我也愛你。」

我乾澀而空洞地說完，快步走回房間，沒開燈便直接倒臥床鋪。

水原瑠花　七月二十三日　星期二　下午三點

好想去死。好想去死。好想去死。好想去死。好想去死。

即使泡在浴缸裡，大聲聽著西洋舞曲，還是蓋不掉腦中不斷冒出的雜音。

昨晚，我不僅跟爸爸吵架了，一整天下來身心備受煎熬，體力似乎瀕臨極限，沒洗澡一躺下去就睡死了。

直到口乾舌燥地渴醒，低頭看向手機，才驚覺已經早上九點。

完蛋，上學遲到了。昨天發生了太多事，我真的累慘了。

對了，昨天離開遊樂場後，一直沒確認手機。

有人傳 LINE 給我，還有一封郵件。

郵件？

我雖感到奇怪，但決定先看 LINE。是美希擔心的訊息。我對於昨天提早離開及讓她擔心一事向她道歉。

接著看向郵件。收到信的不是主要常用信箱，而是上網交友用的備用信箱。裡面有一封久未聯繫、來自「可可」的信。我差點嚇得心跳暫停。

我怎麼會忘了呢？既然之前約過一次面，他當然有我的信箱。

郵件主旨是「給我記著」。點進去看，裡面只貼了一條網址。

我心驚肉跳地點擊網址，隨即連到一個成人網站的頁面。是我的偷拍影片。就是安西同學找我商量時給我看的那支影片。只是，和當時不同的是，影片上多了說明文字。

「誰都能上的女人。龜谷高中二年級生。」

我狠狠把手機丟出去。手機撞到牆壁，反彈了數次才掉落地面。我的呻吟聲支配了整個房間。我調整呼吸，關掉手機頁面，放了一缸熱水進去洗澡。

然後，我便泡在浴缸裡發呆。

瞥向浴室內的小時鐘，已經下午三點半了。醒來後，我只想盡快把身體洗乾淨。總覺得身體從裡到外都骯髒不堪，我大口大口地灌水。這是我人生初次厭倦喝水，全身疲軟地泡在浴缸裡。然後，我突然害怕安靜到沒有聲音，於是用手機播放美希推薦我聽的西洋舞曲，在浴室開到最大聲。

我閉上雙眼，面朝天花板思考。

那是我和可可做愛時，他用手機錄下的影片。

他跟我說，自己有這種癖好。

當時我什麼也沒想，只覺得若不遵從指示，他就不會愛我了。在那個當下，我並不覺得他是脅迫發生性行為，一心只想填補空虛。

情況糟透了。學校發現是早晚的事。主動寫信給網站，他們會幫我移除影片嗎？可是，那個網站是英語網站，如果寫信也要用英語就麻煩了，加上我不熟悉網路，不知道怎麼處理。好想問人，但是要問誰呢？

美希？爸爸？武命？聰明哥和佐知子姊？後藤老師？

怎麼開口？難不成要說，我和男人發生性行為後激怒了對方，對方說要公開性愛影片，我想知道如何刪除影片，方便問你們嗎？

這是什麼爛問題！

看來只能自行處理了。儘管不太想逛色情網站，但我勢必得逛仔細點，在上面尋找線索。

對了，身邊也許已經有人發現這支影片了，安西同學不就知情嗎？我沒有她的聯絡方式。我雖然在咖啡廳警告過她絕不能說出去，但似乎還得再警告一下以防萬一。影片網址上寫出了我的學校和年級，播放次數不多，我想應該還沒傳開，只要盡快處理，也許就能不被人看見。

在我拚命尋思對策時，手機突然響起鬧鈴聲，我嚇得跳起，把浴缸的水潑了出來。我甩乾手上的水，拿起放在旁邊的手機。

「晚上六點到十點：鳳仙打工」。

差點忘了，我今天有排班。我習慣在排好班的月初，設定鬧鐘在上班前的兩小時響，以防萬一。

打工啊……現在不是打工的時候。不過，一直待在家也只是意志消沉，說不定去了能轉換心情？待在這裡自己嚇自己也沒用，不如早點出門，去「鳳仙」透氣吧。我不是想拖延問題，只是需要信賴的人站在我這邊，給我對抗現實的勇氣。

起身時，我忽然一陣天旋地轉。不意外，我真的泡太久了。貿然移動很危險，我只能慢慢站起，再次坐下。

對了，我沒吃東西。去「鳳仙」吃拉麵吧，吃了好吃的東西，一定可以轉換心情。見到聰明哥和佐知子姊，心情應該也會變好。

我還不能死。

我緩緩站起，走出浴缸。

爸爸今天也一大清早就去上班，我沒有見到他。

我帶著一絲期待前往客廳，看到桌上留著字條。

「昨天對不起，再找機會慢聊。我愛妳。」

爸爸總是不忘添上一句「我愛妳」，但我已經無法相信他了。

他有意聘請家事阿姨，認為這是「為我好」。事情來得太突然，我難以接受。本週末開始放暑假，也就是說，最快星期六、日就會有陌生人來家裡。

主持家事是我的身分認同，如今爸爸卻說要請一個不認識的人來家裡，剝奪我的工作，還要我出去玩？開什麼玩笑？簡直多管閒事。

請人來打掃需要花錢，會對爸爸造成經濟壓力，他卻要我不用操心錢？這麼多年了，為什麼要打腫臉充胖子？我們不就是因為家裡窮，爸爸才每天工作到很晚嗎？

如果真心為我著想，應該要多仰賴我、多給我擁抱、稱讚我很能幹、常常陪在我身邊啊。

要是爸爸願意多陪陪我，我就不會變得這麼骯髒了，他為什麼就是不懂呢？

無能為力的現況令我焦慮不已。我抓起字條，撕碎之後丟進垃圾桶。

大概是熱水泡太久，今天出門時感覺比較涼。

天色還很明亮，不用擔心被人偷襲。畢竟昨天才起了衝突，可可跑到我家埋伏的可能性不是零，我必須謹慎一點，考慮到各種狀況。

我鎖上大門，快步離開。

昨天還很熟悉的平凡道路變得陰森可怕，我擔心男人突然從暗處衝出來，腦子裡淨是不好的念頭。

社會上充斥著犯罪新聞，沒人能保證我不會遇到。

我低著頭，行色匆匆地走在路上，來到超市附近，人總算變多了。即使如此，神經依舊緊繃。剛剛明明泡了很久的澡，骯髒的感覺卻無法消除。好噁心。

「瑠花。」
我聽見有人叫我，身體抖了一下。是男人的聲音，偏偏在我不想見人時出現……我煩躁地回頭。
「誰？」
我反射性地問道。
男人把褐色短髮往上撥，身穿摺痕還在的藏青色新襯衫，腳上的白色運動鞋亮亮如新，臉上戴著太陽眼鏡，是位身材高眺的神祕帥哥。咦？誰啊？我認識嗎？
該不會是可可的朋友吧？不，他剛剛叫我「瑠花」，可可不知道我的本名。啊，他認識二宮，二宮和我同校，也許我早就洩漏本名了。
「妳好嗎？」
男人笑咪咪地問我，誇張的笑容笑得我心裡發寒。不過聽語氣，跟可可似乎不是一夥的。如果是那票人的話，應該二話不說就會撲過來抓我，不會悠悠哉哉地問好吧。
「不好意思……你、你哪位？」
我忍不住問。男人燦爛的笑容漸漸地垮下來，失落地垂下肩膀。但他馬上重振精神，摘下太陽眼鏡說：
「是我，千尋。」
「千尋？」
「對，妳是瑠花沒錯吧？」

我想起來了。

對！沒錯，就是他！

那個揚言要做色色的事，結果見面遲到十分鐘，要做時竟然一個保險套也沒準備，最後還抱著我哇哇大哭的神祕怪人！

他是我前天最後一個碰面的男網友，當時頭髮還是黑色的，亂七八糟沒做造型，當然也沒戴太陽眼鏡，穿的不是襯衫，而是一件皺巴巴的帽T，現在簡直判若兩人。

「瑠花，妳好嗎？會不會寂寞？」

「呃，不不不，等一下。千尋？」

「沒錯，是我，千尋。我等妳好久了。我想說上次道別得有些倉促，寫信給妳也不會回，所以就來見妳了。」

好恐怖！這傢伙腦袋有病！

身體瑟瑟抖動，爬滿了雞皮疙瘩。還以為今天逃過一劫，沒被可可那票人逮到，這下出現危機了，真的有男人埋伏我。

經過昨天的教訓，我已經學乖了：男人腦中只裝著下流的事情。

快逃！對了，護身小刀……不妙，我刺了可可大腿一刀就跑掉了。

怎麼辦？大叫救命會有人來嗎？不行，要是引來警察又要如何解釋？我和這男人的關係一旦曝光，爸爸說不定會發現我幹的事。

絕對不能演變成那樣，要是傳到爸爸的公司怎麼辦？我還是靜觀其變吧。

「你、你找我有什麼事？我要去打工了。」
「我有事情想找妳聊。」
「跟我有關？」
「嗯，在這裡不方便講，我們車上聊，好不好？」
車上聊？太危險了，車子裡可是密閉空間，誰知道會發生什麼事？
「不、不要。」
「對不起……那麼，妳何時有空呢？」
「我……我想想……」
他非要把話說完才會善罷甘休嗎？
好可怕，我要是直接拒絕他，跟他說「我不想再見到你」，他會不會突然翻臉殺了我？這個男人可是跑來我家附近埋伏耶，可見病得不輕。手從剛剛就一直插在口袋，裡面說不定藏了什麼能迷昏我的武器。
我用力深呼吸，絞盡腦汁思考，卻想不出什麼好答案。
沒辦法，只能跟他上車了。
他說不定會對我施暴，到時候再看著辦吧。
「我明白了，上車吧。」
「謝謝！過來吧，我車停在後面。」
千尋朝我走來，輕輕摟著我的肩膀，帶我繞到便利商店的後面。

肩膀被碰觸時，我有一瞬間感到排斥，但同時聞到一股清雅香甜的味道。和上次不同，他擦了香水。

便利商店後面是停車場，我在最邊邊看到那輛眼熟的車。往車子走去時，我做好了覺悟。

這是上天的懲罰。懲罰我殺死了媽媽。

仔細回想，我的人生不正是一場報應嗎？為爸爸奉獻了大把的青春時光，埋頭做家事；為了撫平寂寞在夜間流連忘返，得到的就是這種結果。

我沒過到平凡的人生。

努力分擔家務，爸爸還是堅持要請人幫忙。我一個人努力了這麼久，至少讓我有始有終啊。等高中畢業以後，我就會搬出去。

我回想昨日爸爸的臉龐，細細咀嚼他說的每一句話，確定自己沒聽錯。

爸爸想把家事交給我以外的人。那麼，以後我究竟該為誰而活呢？

我在破碎的思緒中自問自答，終於得到答案。

沒有這種人。

說起來，我不就是沒人要的孩子嗎？

算了，隨便吧。

「妳願意坐副駕駛座嗎？」

千尋的聲音使我的眼神重新對焦。我小聲說「好」，繞到另一側的車門。

已經……發生什麼事都無所謂了。

千尋彬彬有禮地為我開車門，我彎腰入座，剎那間聞到濃烈的玫瑰味道。是芳香劑嗎？

千尋走回駕駛座，上車關門。剛剛冷氣似乎一直開著，車內好涼爽。

接著，千尋突然朝後座伸手，我反射性一縮，隨即聽見一陣窸窣聲，他似乎拿出了一大把東西。

錯愕的展開彷彿慢動作播放。謎底揭曉，香味來自真正的玫瑰花。眼前出現巨大的玫瑰花束。

「咦？」

千尋將一大束玫瑰花交給我。

我看不見他的表情，玫瑰花實在太大把了，遮住了他的臉。我完全處於狀況外，玫瑰花瓣飄了幾片下來，落在我的腿上。

在臉被遮住的情況下，他字字清楚地說：

「瑠花，請妳和我交往。」

「什麼？」

水原瑠花　七月二十三日　星期二　晚上七點

「瑠花，妳今天沒去學校吧。那束花是怎麼回事？妳參加鋼琴演奏會喔？」

武命為我受傷的中指貼上青蛙圖案的ＯＫ繃，嬉皮笑臉地問我。

「為什麼是鋼琴演奏會？」

「因為鋼琴家表演完後，不是都會收到花嗎？」

「是、是嗎？我第一次聽說，你真熟耶，以前學過鋼琴嗎？」

「不是，我沒彈過鋼琴，輕音社的鍵盤手很多都是學鋼琴的，我常聽他們說，只是沒想到這麼大束。我問佐知子姊那束花是怎麼回事，她說是妳帶來的，嚇壞我了。要不要加入輕音社？」

「不要！我又不會彈鋼琴！」

「真可惜……」

武命一臉惋惜的模樣。

我曾考慮過要參加他們的社團，但我既不會彈琴，也不會吉他跟貝斯，連直笛也不會吹，若是會的話一定很愉快。

別管這些了，我還是先想理由吧。

人通常在什麼情況下，會收到巨大花束呢？還有，武命知道我今天沒去上課。通常我們都有排班時，放學會相約一起來打工。

我不想讓武命知道自己惹了一身腥，有些人聽了可能會對我印象大扣分。美希和武命都是我重要的朋友，我不希望造成日後相處上的尷尬。

「不、不是我，是我爸啦，他好像在公司立了大功，同仁一起送花給他，他說家裡沒地方裝飾，問我要不要拿來『鳳仙』。」

「是喔，真厲害！這麼大束，肯定是超級大功。」

「對、對啊！不知道詳情就是了！還有，我今天請假只是單純身體不舒服。」

「咦，那還來打工？妳該不會硬撐吧？」

「放心，已經好多了！活動一下筋骨有益健康。」

「是喔？好吧，要是不舒服跟我說喔，今天客人比較少，我們三個站就行了。」

「謝謝你！真的已經沒事了！」

「那麼，妳要不要彈鋼琴？」

「就說我不會了啦！」

唉，理由好牽強。武命說得沒錯，到底是怎樣的豐功偉業，會收到這麼大束的玫瑰花啊？

而且還讓武命白擔心了，其實我身體好得很。

我對於必須向武命說謊感到內疚。如此一來不只美希和爸爸，我對武命也隱藏了祕密。

「瑠花，請妳和我交往。」

「什麼？」

當下，我真的瞬間聽不懂他說什麼。

我滿腦子想像著可怕的情境，完全沒料到眼前會冒出這麼大一束玫瑰花。

加上千尋的臉被花擋住，害我大笑。因為，畫面上看起來宛如玫瑰花在說話，實在太搞笑了。

「從第一次見面，我就感應到上天的安排。等了好久，總算等到妳。我想帶給妳幸福，妳也許覺得有點唐突，但我真的好喜歡妳。瑠花，請以結婚為前提和我交往。」

「結、結婚？太、太早了啦！你冷靜一點。」

「我很冷靜，這份心情絕不是來自於衝動。我認真思考後，才發現自己喜歡妳。瑠花，妳不用擔心錢，我的工作雖然賺不了大錢，但也有一筆存款，妳想要什麼儘管開口，我都送給妳。」

「你、你的好意我心領了，我對你的錢沒興趣！那個，我看不見你的臉，你先把花放到後面啦！」

「抱、抱歉。」

千尋乖乖把玫瑰花放在後座。巨大的花束碰撞到座椅，又掉下幾片花瓣。

我總算看見他的臉，和剛剛印象不同，感覺並不像神經病。車內雖然涼爽無比，我仍嚇出一身冷汗。

下一秒，他用雙手抓住我的手。

「噫！」

「瑠花，妳若是無法和我交往，可以讓我照顧妳嗎？」

「什麼？照、照顧我？」

「沒錯，照顧妳周身的大小事，像是接送妳上下學，給妳零用錢讓妳跟朋友出去玩。我會慢慢學，以後也想幫妳分擔家事，只要跟妳有關，什麼我都願意做。我絕不是隨便說說而已，妳想要我做什麼，我就做什麼。如此一來，我們就會時常在一起，妳開心我也開心。」

「不行，把你當奴隸一般使喚，我會有罪惡感的。」

「啊——妳完全不需要覺得內疚，我是自願付出的，盡量把我當奴僕使喚吧，這同時也滿足了我的願望。只要妳多差遣我，我就能時常見到妳，時常感受到幸福。瑠花，妳不是說過嗎？妳是因為寂寞才想找人撒嬌，以後有我陪著妳。我絕不會背叛妳。為了妳，我願意奉上全部的財產也甘之如飴。儘管現在還不多，但從今以後，我所有的收入都是妳的，我發誓絕不讓妳感到寂寞。」

——不讓妳感到寂寞。

這句話令我屏息。什麼都願意為我做？

他指的是常識範圍內的事吧？如果要他幫我殺了礙眼的傢伙——像是可可這種人，他應該不會答應吧。不過，總覺得他的氣勢什麼都幹得出來。

相對地，只要不超出常識範圍，他真的什麼都願意做？

嘗試範圍內的要求。

和一般人一樣，理所當然享有的幸福。

叫他陪我，他就會陪我；叫他幫忙做家事，他就會幫我做家事。叫他抱緊我，讓我撒嬌，他就會滿足我，像真正的爸爸。

想到這裡，我先停下來。

「千尋，冷靜。」

「對、對不起，可是瑠花，我無論如何——」

「我知道，你不要激動。抱歉，我無法立刻答覆你，給我一些時間消化。我們這是第二次見面吧？對彼此一無所知，卻突然收到真情告白，我當然會嚇到。而且我趕著去打工，再不走就要遲到了。」

「這樣啊……」

「我很高興你有這份心，不過，讓我考慮一下，好嗎？再聯絡啦，我先走囉。」

「等、等等！外面很熱，我開車送妳。」

當我準備推開車門時，千尋拉住我的手。

「真的只是送我去？沒有其他企圖？」

「是，我保證不會傷害妳。」

「……好吧。沿著國道走，一家叫『鳳仙』的拉麵店。」

千尋喘了口氣。本來以為是錯覺，仔細一看，他是真的很高興。

搭車的時候，我才聽千尋說，我們道別之後，他努力大變身，策劃了今天的告白。他連香水都用了，肯定花了很多時間準備吧。

我不得不捧著玫瑰花下車。這應該有一百朵吧？我是第一次親眼目睹一百朵玫瑰，也難怪這麼大一束。

我沒對聽明哥和佐知子姊說明原因，只說家裡沒地方裝飾，請他們收下。接著武命來上班，直呼：「太猛了！」佐知子姊索性拿來大花瓶，把花插在店門口，拜此所賜，常來的客人也被巨大的花束震懾。這束花已經完全成為店面吉祥物了。

我沒有閒情感受店裡的歡愉，心裡只苦惱著該怎麼回覆。

不用說，我要拒絕。我只是覺得當下不太適合拒絕，所以先行保留。我們完全不了解彼此，他也不了解我，太熱情的追求反而使人卻步。不過，我看千尋不像是壞人，只是目前還無法信任他。

問題在於，要怎麼拒絕？

寫信也可以，但總覺得這人不會善罷甘休。他已經跑去我們第一次見面時的便利商店堵人了，我勢必得好好拒絕他才行。

結果我因此分心，切蔥花時一個失神割傷了手指，店裡的ＯＫ繃剛好用完了，幸好武命身上有帶，趕緊抓我去休息室包紮。

「武命，問你喔，你有喜歡的人嗎？」

我決定找武命商量看看。

武命霎時流露出驚訝，然後從口袋拿出智慧型手機。

「等一下，我放個背景音樂。要放哪首歌？」

「不，為什麼要放歌？」

「我以為自己要被告白了，想說製造氣氛……」

「武命，你真自戀！」

「妳不是要跟我告白喔？」

「當然不是！」

開場方式的確有點像，但是誤會一場。

「我沒有喜歡的人，音樂就是我的女朋友。」

「是喔？真的一個喜歡的人都沒有嗎？」

「對，一個都沒有！咦？等等，瑠花，妳戀愛中嗎？妳戀愛了嗎？我可以跟店長說嗎？」

「不要鬧！不是戀愛，只是……收到告白。」

「告、白？哈哈！現在的小孩真早熟啊！青春無限好！哈哈！什麼時候？什麼時候發生的？」

他的反應怎麼這麼像老頭子？我忍著沒吐槽，回答他：

「呃，不久前。」

「嗯哼，這麼神祕？」

我沒說謊，真的是不久之前。武命在懷疑我，我本來以為他發現花束是怎麼來的了，但他完全沒提，逕自追問：

「哪一型的？我認識嗎？」

「不認識。應該說，我也跟他不太熟，打算拒絕他。」

「什麼？拒絕？太浪費了。幹麼拒絕？妳討厭他嗎？」

「那倒不會。」

「說話方式惹人厭？」

「嗯——不是。」

「長相抱歉？」

「不，是普通人。打扮一下算帥吧。」

「媽寶？」

「不清楚。」

「鐵道迷？」

「我對鐵道迷沒意見，但應該不是。」

「是喔？那幹麼拒絕？太浪費了，感覺條件不錯啊。」

「不對、不對，你沒弄懂。問題是我們一點也不熟。我連他喜歡什麼、有什麼嗜好、人品怎樣、有哪些朋友都不知道。」

「這是問題嗎？那麼，假如他是個大好人，跟菩薩一樣的話呢？」

我語塞了。

假如他是個大好人？這真是難倒我了。

如果他是好人，那當然很好。可是，一旦知道我跟許多男人有一腿，一定會心存芥蒂吧。我這麼髒，從來沒被小心呵護過。

不對。

他知道。我一開始就跟千尋攤牌自己約過多少人，他是在知道的情況下喜歡我的，還不惜準備了大束的鮮花來找我。

他知道我有跟男網友幽會的習慣，卻願意喜歡我。

「我沒交過女朋友，對這方面不太熟，但告白這種事，只要外貌順眼就行了吧？」

「真的嗎？」

「因為對方喜歡我，這不是值得感激的事嗎？之後再慢慢了解不就得了？所以，被告白要做的第一件事，就是心懷感恩地跟對方交往。那個人聽起來條件不錯啊。」

「武命，你剛剛還自信滿滿地以為自己要被告白，怎麼想法這麼卑微？」

「是啊，我比想像中纖細吧。可以討拍嗎？哦，別用那種眼神看我。反正換作是我，會想好好把握願意愛我的人喔。瑠花，既然你說他長相ＯＫ，乾脆就答應他啊？」

武命說完，一副看好戲似地哈哈大笑。

我和千尋交往？

長相不差，但個性呢？

要說哪裡不妥，大概是一見鍾情就準備了一百朵玫瑰花的行動力吧？太誇張了。不過，他也貼心地送我來上班，而且初次見面本來是要上床的，但他在得知我是高中生後，只要求我陪他睡覺。最大的誘因還有，他說願意為了我做任何事。

不，還是不行。我在想什麼？

直覺告訴我不行，這麼做是不對的。打從一開始，我們相遇的方式就不正常。我討厭我們是在交友網站認識的。

「反正，我只是提供一個想法啊。」

武命一句話拉回我的注意力。

「武命，你有交往經驗嗎？」

「沒有！妳想幹麼？興師問罪嗎？」

「才不是，什麼興師問罪啊。我是想問，你在班上沒有感覺不錯的對象嗎？總覺得會有呢。」

「妳說班上那些傢伙？」

武命盤起雙臂，「嗯——」地陷入長考。

五秒、十秒、十五秒、二十秒……

「阿金。」

「阿金？」

「我們班導堀井帶來的金魚，阿金，養在教室裡。」

「金魚不算！」
「那就沒了。」
「咦？一個都沒有嗎？」
「我們班上沒有好女生。」
「真的嗎？」
「嗯，有個女生叫安西。」
聽到這麼名字，我嚇出一身冷汗。
我完全沒想到會在這裡聽到安西同學的名字。
「她好像被全班女生排擠了，所以我才討厭她們。」
排擠。受到霸凌嗎？
回想起來，在共同體育課也鮮少看她跟誰說話，總是形單影隻地抱腿坐著。
原來她被班上同學排擠了。我不該罵她的。
誰叫她突然跑來找我，一開口就是懷疑我援交，我當然會生氣。不過，我也因此好好反省了至今的行為。
被當成援交我也認了。我的性愛影片被可可傳到色情網站，就內容來看，十個人裡有九個人會認為是援交吧。
對了，她說自己的母親生病住院，亟需用錢。錢的事我愛莫能助，但我可以聽她傾訴啊。

「安西同學很內向，和任何人都沒有交集，平時總是獨自吃便當，其他女生會遠遠地一邊看她吃飯，一邊嘲笑她。我覺得這些女生實在很爛。」

「原來啊……如果你很擔心，不妨主動找她講話？」

「嗯，我也這麼想。每次看她孤零零地吃飯，我都想說也許偶爾找她聊聊天，她會比較融入。可是，我還來不及找安西同學搭話，就被其他人捷足先登了。」

「是喔，女孩子嗎？」

「不，是臭男生，班上的二宮。他們最近常廝混在一起，說不定正在交往中。說來詭異，他們之前明明不熟，最近卻突然變得很要好，我之前還在午休時間看見他們偷偷摸摸的，不知道在幹麼。」

二宮……？

水原瑠花　七月二十四日　星期三　下午四點

「安西同學！」

看見安西同學走出校舍，似乎急著回家，我趕緊叫住她。現在是放學時間，其他學生魚貫走出，訝異地行來注目禮。不過，他們只看了一眼，隨即從身旁走過。

喊完之後我才想到，萬一後藤老師看見怎麼辦？我雖然穿著制服，但今天也沒來上課。可可上傳影片的事搞得我心煩意亂，我不想在學校遇到二宮，只好繼續請假。

不過，我有話想對安西同學說，所以刻意穿上制服，在放學時間跑來校門口。

安西同學吃了一驚，害怕地看著我。

「水、水原同學……」

我們注視著彼此，暫時陷入沉默。安西同學的神情越發忐忑，接著受不了似地向右轉身。

「等等！」

我必須找她談，於是抓住她的手，不讓她走。安西同學輕微抵抗，膽顫心驚地看著我。

「妳、妳想幹麼？」

「勸妳快跟二宮分手。」

我誠摯地看著她的雙眼說，然而，安西同學不領情，皺起了眉頭。

「太突然了吧？」

「那傢伙不是好東西。」

「我沒辦法相信妳說的。」

我想也是。如果有別班不熟的同學，突然要我跟交往中的男友分手，我一定不服氣。可是……

「二宮和一群不安好心的人混在一起，那些傢伙不把人當人看，妳要是繼續跟二宮牽扯，遲早會遇上麻煩。」

「不、不安好心？遇、遇上麻煩？不可能，二宮不會做那種事。」

「會，我保證他一定會。拜託妳，快跟那傢伙分手吧。」

「別再煩我了，我要報告老師喔。」

不行，她聽不進去。

我明白自己是多管閒事。但是，一想到二宮極有可能把安西同學介紹給可可那票人，我就無法坐視不管。

得趁現在阻止她。

「安西同學，妳之前提到的母親的住院費，我也幫妳出一點。因為是打工存的錢，數目可能不大，但我願意把存摺上有的錢通通給妳。拜託妳醒醒，跟二宮分手吧。」

語畢，她突然不自然地別開眼神。

安西同學剛剛雖然表現出畏懼，依然用不信任的眼神瞪著我。

如今卻像是完全失去抵抗，隔了半晌，呢喃地說：

「我已經會了。」

「什麼？」

「我學會賺錢的方法了，所以沒關係了。」

在一觸即發的緊繃氣氛下，她雖然低著頭，但口齒清晰冷靜，我不禁聯想到最壞的情形。

「妳開始援交了？」

我用只有她能聽見的音量說。

她驚愕地抬起頭，眼泛淚光地瞪著我。

「對，所以我不缺錢了。」

我放開安西同學的手，肩膀垮下來。

這當然不是因為鬆一口氣，而是絕望。

「為什麼啊？不行，不可以做這種事，妳要多珍惜自己的身體。」

「水原同學，妳有什麼資格說我呢？」

「我……」

她知道我會跟陌生人上床。就算不是金錢交易，我也完全沒資格說她。新的擔憂浮現上來。我深深吸氣，平靜地開口：

「我想跟妳確認一件事，要是錯了很抱歉。妳說要賺錢，真的是為了籌母親的醫藥費嗎？」

安西同學沒有答話，我繼續問：

「妳給我看的那支影片，是跟二宮混在一起的傢伙錄的。那支影片不是妳偶然看到，而是二宮告訴妳的吧？是他叫妳來問我援交的方法——」

「閉嘴！不要再說了！」

安西同學放聲大叫，想要蓋過我的話語。接著，換她抓住我的雙手。她的力氣很小，我大可以輕鬆甩開她，然而那張悲傷焦急的臉孔，使我無力反擊。

「妳什麼都不懂！少、少對我指指點點！」

儘管有些結巴，但她湊上前奮力大叫，試圖掩飾內心的動搖。我有點嚇到，往後退了一步，但也同時確定。

「安西同學，他是不是缺錢，所以命令自己的女朋友援交賺錢？這違法啊！」

「那也跟妳沒有關係！」

「怎麼會無關呢……」

「水原同學，我在學校沒有容身之處，同學都裝作沒看見我，找老師商量也被說是我自己的問題。沒人願意看我一眼，只有二宮說他需要我。他中午會陪我吃飯，今天雖然有事不行，但放學常陪我一起回家……」

「妳是因為想在學校自在一點，所以不惜出賣身體嗎？這——」

「妳、妳曾想過嗎？開學以來，我一次也沒跟人好好說話。不是只有上高中才這樣，國小、國中時也是，沒人願意跟我當朋友。他、他們說我講話方式很奇怪，個性又陰沉……可是，只有二宮不一樣，他是我第一個交到的朋友，也是我的男朋友！想要重視什麼是我的自由！水原同學，妳不也半斤八兩？總是任性妄為地過活！」

任性妄為地過活。

她是指夜間幽會。

心裡有道聲音亟欲駁斥「不是這樣」。但這是推卸責任，假裝自己是被害者。

我說不出話。

安西同學不顧旁人地扯開嗓門，路過的學生無不用看見髒東西的眼神倉皇走避。

我的無言以對似乎讓她冷靜下來，她慢慢放開我的手，察覺四周的氣氛後，整了整亂掉的頭髮，用瀏海遮住眼睛。

安西同學重新背好背包後，凶狠地瞪著我。

「水原同學，妳之前叫我不要跟妳說話吧？這句話我要原原本本地還給妳，請、請妳以後不要再跟我說話了。」

語畢，安西同學朝我的反方向走去。

走了一會兒，她再次回頭，奮力喊道：

「我、我沒有做錯事！」

水原瑠花　七月二十五日　星期四　晚上六點

我來到保齡球館對面的便利商店。

白色的小休旅車停在眼前，我坐上副駕駛座。

「瑠花，抱歉讓妳久等。」

一坐進車內，千尋便溫柔地握著我的手說。

他今天沒有把頭髮完全向後梳，但出門前用髮蠟抓過造型。這個人真的跟初次見面時判若兩人，連我都不禁心生動搖。

「不會，我才覺得不好意思，臨時找你出來。」

「沒關係，小事而已。瑠花，妳願意收下它嗎？」

千尋說著，理所當然似地從後座拿出一束向日葵。

「我其實想再送妳一百朵的，可是花店說需要預約……所以我買了現成的小花束。」

「哈、哈哈……謝謝。」

我連拒絕的力氣都沒了。

用雙手環抱花束，似乎飄來淡淡的陽光味道。是向日葵的味道嗎？這應該是我第一次聞到。

「瑠花，我很開心妳找我，妳想做什麼？」

千尋探出身體，臉上和前天一樣笑容可掬。我沒看他，用力抱緊向日葵花束，感受花束的柔軟，垂著頭輕輕地問：

「千尋，你喜歡我哪些地方呢？」

他發出沉吟思考，接著說：

「我對妳一見鍾情，妳的一舉手、一投足、頭髮的味道、長相外貌，我通通喜歡。妳期望的種種一切，我都想幫妳完成。」

跟他之前說的一樣。

「只要是我希望的事，你都會幫我完成嗎？」

「嗯，任何事情都可以。」

「即使我還沒喜歡上你，也無所謂嗎？」

「無所謂，我只要能跟妳在一起就——」

「我不想回家。」

話語自然地脫口而出，連我自己都吃了一驚。

在這一刻，我才察覺自己的心已經快要失衡。

這短短幾天之內發生了太多事，我想要逃避現實。因為自己一個人會害怕，所以找千尋出來陪我。之前我明明才想拒絕他的告白的。

我總算從向日葵中抬起頭，凝視千尋的臉龐。

「我不想去上學。」

想法再次躍出口中。

腦袋瓜無法思考，只能茫然地說出此刻的想法。

「我不想去那種鬼地方。好想消失，好想去死，我覺得這個世界上沒有人需要我。」

千尋只是靜靜聽著。環抱向日葵花束的手不自覺地加強力道。

已經、到極限了。

爸爸說要請幫傭，我在家裡沒了立足之地，替爸爸持家的工作即將被人奪走。美希開口閉口都是男朋友，偶爾才會理我。我其實希望她更常找我玩，但我彆扭得說不出口，也討厭這樣的自己。安西同學會一時衝動跑去援交都是我害的，當時我若肯多聽她訴苦，事情應該不至於演變至此。可可則是令我恐懼，此時此刻，搞不好他就躲在街上的某個角落，等著向我尋仇。

要擔心煩惱的事情太多了，腦袋已經超載了。

唯一能仰賴的，只有離我最遙遠的局外人——千尋。他說他喜歡我，有任何事情都可以找他商量。

「我不明白活著的意義。什麼是對，什麼是錯，我已經無法分辨了。可是，身旁沒人聽我傾訴。」

驀地，千尋抱住了我。

我任由他抱著，輕描淡寫地說：

「我只是想要撒嬌，但是沒人讓我撒嬌。於是，我只好到處跟不同的男人夜遊，以滿足那份空虛。不過，我發現自己做錯了，想要找人一吐為快，又怕跟朋友坦白後會被討厭。我覺得自己好髒、好噁心。」

「瑠花，有我在，有我陪妳。當妳傷心難過時，我會當妳的聽眾，妳可以盡情向我撒嬌。」

「全是騙人的。爸爸也說過一模一樣的話，明明一點也不了解我。」

我在亂發什麼脾氣啊。我今天會找他出來，就是為了撒嬌、填補內心的空洞，不是嗎？如今又死不承認，真是蠢到家了。

千尋往後退開，抓住我的雙肩，直視我的雙眼。

「瑠花，聽我說。」

肩膀上的手凝聚著力量。

「我是認真的，假如妳不想去上學也不想回家，希望我帶妳遠走高飛，我現在就會立刻開車帶妳走。」

「真的？」

「真的，之後全權由我負責照顧妳，錢和三餐總有辦法解決的。只是，瑠花，在妳決定拋棄一切之前，請想清楚再決定。倘若妳認為這麼做是最好的，我就帶妳遠走高飛。只是，我希望妳做出不後悔的選擇。」

我剎那間無法回應，想著想著，眼淚竟滴滴答答地掉下來。我感到喘不過氣，用嘶啞的聲音緩緩地問：

「不後悔的選擇……是什麼？」

「做妳認為正確的事。」

「正確的事？」

「心裡質疑的事、覺得不能放任不管的事，千萬不要忽視這些內心的小聲音。」

質疑的事、不能放任不管的事？我在內心複誦著。

「我怕你討厭我。」

「我不可能討厭妳，因為，妳是做妳認為正確的事情。」

「我怕你會罵我。」

「那麼，我保證會站在妳這邊。」

「也許你從此無法再珍視我了。」

「我答應妳，我這一生都會珍惜保護妳。」

千尋的手離開肩膀，輕撫我的臉頰。

「別擔心，無論結果是什麼，有我陪妳一起面對。可是，瑠花，妳得想清楚，就這樣逃開，真的好嗎？」

語畢，千尋從口袋拿出手帕為我拭淚。向日葵花束被我握得太緊，變成皺巴巴一團了。

遠走高飛真的好嗎？

老實說，爸爸那邊，我認為少了我比較好。沒有我這個拖油瓶，他就不用額外負擔生活費和學雜費。至於可可那邊，我有一股報復性的衝動，但我沒膽面對那種喪心病狂又精蟲衝腦的傢伙。未能了結此事，日後我或許會有所遺憾，但總覺得逃跑才是正確決定。

可是，安西同學不一樣。

她會變成這樣，和我脫不了關係。與她初次見面那一天，我若是多聽她說說，也許她就不會一時想不開跑去援交。

沒錯，這確實是我的責任。

「我……」

千尋小聲「嗯」了一聲，耐心等我開口。我還沒把思緒整頓清楚就起了頭，忽然之間找不到重點，只能靜靜地把想到的字詞拼湊出來：

「我、我不知道。我向來只關心自己，從來不曾像千尋一樣，為了拯救別人而行動。也許對方、根本不希望、我去救她……」

「為了拯救別人，是嗎？」

千尋突然失笑，摟住我的肩膀，把臉湊近，彷彿就要吻上來。

我內心一驚，急忙抽身退開。

「喂，太近了喔！」

「如果這麼做能拯救妳，我當然很高興。但實際上我和妳一樣，只是為了自己而行動，選擇愛妳也是為了我自己好。動不動就替別人著想，只會變得一事無成喔。」

「什麼意思？」

「瑠花，妳可以活得更任性妄為，不用擔心自己認為正確的選擇會妨礙到別人。面對喜歡的人就說喜歡，面對討厭的人就叫他去死，面對火大的傢伙就揍他一頓。妳從來都不骯髒，跟男人夜遊有哪裡不對？我不會因為這種事情責備妳。如果覺得哪裡失敗了，隨時都能重新開始。所以，瑠花，妳一定要把自己想做的事情擺在最前面。妳現在最想做的事情是什麼呢？」

我可以更任性妄為？我覺得自己已經很任性了，難道還不夠嗎？可是，千尋說，選擇愛我是為了他自己好，那就是他的任性嗎？

我閉上眼睛，在黑暗中思考。

我現在最想做的事情是——

水原瑠花　七月二十六日　星期五　早上八點

「只有這麼一點？塞牙縫都不夠！唉，妳說這樣子要怎麼交差啊？」

「對、對不起，我再去賺一次錢，請你原諒我。」

「嗯，好吧，這樣一來，學長應該——」

「二宮？」

「哦，算了。謝啦，我很感謝妳喔。記得要常常拿錢進貢我喔。我很高興呢，由紀。來，抱一個。」

「嗯，嗚……」

「那就麻煩妳囉。」

「呃？」

「呃什麼呃，妳會為我再去賺一次吧？」

「啊、嗯，會、會……」

「這次希望有二十萬呢，不然連生活都過不下去啊。」

「二十萬？不會吧？這、這麼多錢，我沒辦法立刻準備！」

「嗯——？這樣好嗎？那我得去打工囉，以後就不能常來學校陪妳囉。」

「不行！求求你，不要離開我！」

「很好，懂事的孩子。那就麻煩妳好好替我去賺錢囉。由紀啊，我很仰賴妳喔。」

我想殺了這傢伙。

我躲在逃生梯的樓梯間暗處，偷聽到上述對話，整個人氣得發抖。我用智慧型手機，把二宮威脅安西同學的畫面錄了下來。

時間還早，二樓往三樓的樓梯間不會有人來。加上今天是結業典禮，社團沒有晨練，校園內靜悄悄的，被人從外側看見的可能性極低，沒人知道我躲在這裡，見證了二宮勒索安西同學的一幕。

我無法原諒他。

二宮正在脅迫安西同學替他援交賺錢。

我想救安西同學。

這件事因我而起，必須由我了結才行。

影片錄到這邊應該就夠了，繼續待著會被發現，先回去吧。

我停止錄影。

眼見二宮準備從三樓走回教室，我也從二樓的樓梯轉角躡手躡腳地離開。這時，安西同學的聲音令我駐足。

「二、二宮，我們今天一起回家吧？」

這句話引來二宮嫌棄的一聲：「啊？」他轉過身來，我再次躲回牆角靜觀其變。

「抱歉，我今天有事。」

「有、有事？」

「嗯，有事，很重要的事情。」
「那、那麼……暑假呢？我們暑假要不要出去玩？」
「唉——下次再說。」
「等、等等，二宮。」
安西同學輕輕拉住二宮的手臂，卻被他不耐煩地甩開了。
那是什麼態度？我有股衝動想衝出去，但先握拳忍下來。
「妳到底想幹麼！」
「對、對不起。那、那個……我們是男女朋友，對吧？」
「啊？對。」
「那、那就請你多陪陪我呀。」
「為什麼？」
「呃？因、因為……」
還問為什麼。
這不是理所當然的嗎？
憤怒到達頂點，我向前踏出一步。
「她喜歡你，想要跟你多相處不是理所當然嗎？」
二宮和安西同學目瞪口呆地看向我，我急忙將手機藏進口袋，緩步朝他們所在的樓梯間走去。

我為自己的沉不住氣感到後悔。我本來只想從旁觀察兩人的互動，尋求對策並找可信賴的大人商量，再看看要怎麼救她，這下被我搞砸了。

「水原，妳怎麼在這裡？」

「其他同學告訴我，你們常常在這裡鬼混。」

「混帳東西，妳害我後來被學長狂揍了一頓！」

他說的是我在遊樂場刺了可可一刀之後。

當時，可可嘴角扭曲，露出一口黃牙，痛苦的喘息夾帶著菸臭味。

回想起那一幕，我差點腿軟。

不行，我提不起勇氣。

就算現在嚴正警告他，他一定也會向他的老大可可告狀，兩人一起來攻擊我。不僅如此，還可能害安西同學身陷相同的險境。

衝動地跳出來是一回事，但聰明的做法是按兵不動，日後從長計議。我要自己冷靜下來，用深呼吸安撫劇烈的心跳，看著二宮的眼睛，慢慢地說：

「對不起，我不知道會變成這樣。當時我很慌張，不小心就出手了。我本來就打算找一天去好好向可可先生道歉。」

要低聲下氣、有禮貌。

二宮似乎沒料到我會這麼說，頓時張口結舌。我面向安西同學。她怯怯地望著我。

「安西同學。」
呼喚她的名字，她跟之前一樣，身體震了一下。
「之前很抱歉，我不應該說二宮同學的壞話。」
「咦？」
「這是你們兩人之間的問題，我不應該插手。真的很抱歉，我想好好向妳道歉。」
安西同學不再發抖，儘管還是一臉泫然欲泣，但她似乎察覺了什麼，回視我的眼神中多了份堅毅。
「我只是來向你們道歉的，就這樣。我先回教室囉。」
說完，我繞過樓梯間的兩人，走樓梯前往自己班級所在的三樓。
二宮雖然嘀咕「那傢伙搞什麼」，但沒有追上來。我暫時鬆了一口氣。
就在我爬上三樓，準備推開教室門時——
「把我的錢……」
彷彿一陣風就能吹散的細小話語聲傳來，我沒有漏聽。除了她之外，當然還有二宮的聲音。
我折回樓梯間查看，只見安西同學緩緩走向二宮，揪住他的襯衫。
「幹麼？」
「把、把我的錢還來。」
「啊？為什麼？」

「我不想給你錢，這、這樣你就會去打工了。我、我其實無所謂，我不害怕援交，可、可是，水原同學說得沒錯，這是兩個人的問題，只、只有我一個人努力也太不公平了。如、如果你想要錢，就靠自己的力量去打工賺錢。」

片刻的靜默中，蟬聲支配了世界。

她成功接收到我的訊息了嗎？

眼前的安西同學雖然還是結結巴巴，但將自己的心情告訴了二宮。

即使被使喚去援交，身心受到了傷害，她依舊喜歡他。

真是不可思議。

人為什麼會喜歡傷害自己的對象呢？

二宮笑了出來，安西同學見了也露出微笑。

剎那間，現場響起氣球破掉般的清脆聲響。

安西同學跌向後方。

「我不跟妳要錢，被罵的人就是我啊！」

二宮甩了安西同學一巴掌。安西同學摸著被打的左臉，臉上流出鼻血。

「二宮……？」

「妳不是喜歡我嗎？那就把錢交出來，這是妳應盡的義務！」

「義、義務？二宮，收手吧。」

「麻煩死了，這裡不就有現成的提款機嗎？我何必自己去賺錢？」

二宮繼續脅迫安西同學。
我彷彿坐在電影院，看著眼前上演的家暴電影。
我感到害怕不已，身體無法動彈。
親眼目睹只在動漫或戲劇中看過的暴力場面，令我恐懼至極。
宛如看著高畫質電影，我完全成了局外人。
感覺二宮的腳步聲隆隆地環繞在耳際，自己身上則迴盪著劇烈的心跳聲。我克制住逃跑的衝動，瞥向位在大銀幕一角的安西同學。
她也發現了我。
眼眶中盈滿淚水。
那明顯是求助的眼神。

頃刻間，我飛了起來。
飛？

這個問題值得商討，但總之，身體擅自衝出去了。
我從逃生梯的三樓用力往下跳，狠狠地踢裂大銀幕。下一秒，意識才猛然回到現實，風的味道令人心曠神怡。
原來今天的陽光這麼耀眼？

夏天到了。

我把二宮踢飛之後，竟茫然地思忖這些事。

咚！

我向下起跳後踢中了二宮，自己則跌在樓梯間。

二宮的頭撞擊到樓梯扶手。

糟了！該不會死了吧？我焦慮地起身查看。

二宮既沒流血，也有淺淺地呼吸著。

太好了，他沒死。

應該只是引發輕微腦震盪，昏倒了而已。

「你……你爛透了！人渣！」

我雖然還在激烈喘息，但總算把心裡憋了許多的話說出來了。這種爛人，把他丟在這裡就可以了。

我看向安西同學，她撲簌簌地掉著淚，被打的左頰又紅又腫。我從裙子口袋拿出手帕，走過去為她拭淚。

「水、水原同學。」

「安西同學，請聽我說。」

我一邊替她擦眼淚，一邊在她面前蹲下來，吸氣吐氣之後說：

「第一次見到妳時，我若肯好好聽妳說，妳或許就不會去援交了。對不起，我得好好向妳道歉。」

說完，我輕輕擁抱她。

此刻，我終於明白美希為什麼喜歡抱人了。

當人的心情澎湃洶湧、想要傳達愛的時候，就會想要給予擁抱。

「我、我也對妳說了很過分的話，對、對不起。是我弄髒了自己，二宮並不愛我。我、我接下來該怎麼辦……」

懷裡的安西同學話聲顫抖地努力說著。

我往後站，用力握住她的肩膀。

「妳不髒，不要覺得自己髒。不用自己一個人悶著煩惱，我們一起想辦法吧。別擔心，他要是敢再欺負妳，我們就亮出這個。」

我取出手機，播放剛剛錄下的威脅畫面。

「這是……」

「我不會再讓他傷害妳了。走吧。」

「回、回家嗎？」

「不，應該說，我們必須趁二宮醒來前逃走。啊，要不直接蹺掉結業典禮，去遊樂場玩？就在大馬路上。」

「咦！現在嗎？我、我沒有蹺過課。」

「偶爾蹺一次不會怎樣啦。要不要跟我當朋友？」

我站起來，朝她伸出手。
安西同學看了倒地的二宮一眼，想了想後，怯生生地握住我的手。
我使勁一拉，協助她站好。
我微微一笑，她則用自己的手輕輕抹著臉，說：
「請、請多多指教。」

第四章　少年

石田武命　七月二十六日　星期五　下午二點

救救我。

拜託誰來救救我，我好難受，我受夠繼續待在這裡了。我到底為什麼要這麼努力，把自己弄成這副德行呢？

救命，誰來救救我——

好吧，要是真能稀鬆平常地大聲呼救，我就不用這麼辛苦了。

現實是，一旦來錯人，反而會害慘自己。隨便暴露出弱點，很可能陷自己於死地。被瞧不起、被威脅，或被一腳踢開。覺得全世界都會來幫助自己的想法真是大錯特錯，我早就親身領教過了。哈哈、哈哈哈……

嘎啦嘎啦嘎啦……腳踏車的車輪發出空轉聲。

右手似乎磨破皮了，在炎熱的天氣下，格外地熾熱火辣。

幸好我是摔在草原，如果摔在柏油路，恐怕會傷得更重。唉，不過啊，要是能就此一死百了也不壞。

不對，只是腳踏車騎太快，在柏油路上打滑而已，應該死不了吧。

草木圍繞的感覺真舒服。我深吸一口氣。

結業典禮在上午結束，拜此所賜，平時總在夕陽路踏上歸途的學生們，難得能在如此的大好晴天離開校園。

閉上眼睛，感官隨即變得敏銳。青草的味道、蟬的叫聲。啊，不知哪裡還有烏鴉叫著。微風迎面吹拂，明明日正當中，感覺竟然滿舒服的。

現場只有我。只有我一人。

每次都找我抱怨家人，你煩不煩啊？

老是露出一張苦瓜臉，你還要不要臉？真以為自己是全天下最不幸的人？

你知道我也承受了許多壓力嗎？不要以為只有你自己很痛苦！

最近別來找我講話，我受夠你了！

對，星期一的時候，我跟好友照史吵架了，他對我撂下狠話。

他那天似乎心情不好，我卻揪著他一個勁地抱怨家人，結果踩到他的地雷，被他狠狠罵了一頓。我們未能和好如初，而今天就開始放暑假了。

我被最好的朋友嫌棄。可是我無法跟打工地方的人商量心事，現在也不想回家。

無能為力……但又不能怎樣。

即使如此仍要活下去。暑假已經排了打工，假期結束照樣要上學。如果可以，我想一直躺著這裡，但世界不會允許。人總是不得不活下去。

我用力坐起身。

摔倒時似乎撞到了石頭，肩膀、腰和側腹都微微發疼。果不其然，右手掌破皮流血了。

我呆望著流出的血，用制服把血擦掉，白襯衫隨即染成紅色。無所謂，反正明天放暑假，洗一洗就沒事了。

我站起來，扶起倒地的腳踏車。

附近連個路人都沒有。不意外，社會人士這個時間通常在上班，這一帶跨區讀龜谷高中的只有我一人。

唉——真無聊，要是能跟瑠花一起回家就好了。我跟她雖然不像跟照史那樣無話不談，但相處起來很愉快。想到這裡，我發現自己還是很需要人陪，並覺得空虛起來，於是叫自己不要再想。

我跨上腳踏車，奔馳在人煙罕至的田間小徑，只是拚命騎著。

我其實很空虛、很寂寞嗎？不過，我還笑得出來，能夠嬉皮笑臉。因為，親和力是人緣的重要武器。

我的優點就是笑口常開，佐知子姊也稱讚過我的笑容。

沒錯，武命，千萬記著。

笑吧，隨時隨地都要笑。

不這麼做的話，會想起自己的不幸。

推開家門。

從氣息可知有人在家。上次是髒女人，今天大概是廢物吧。

「髒女人」是指我媽，「廢物」是指我哥高貴。附帶一提，我爸是「混帳老頭」。

菸味顯示廢物在家。

我沒有呼喊「我回來了」，直接走去洗臉間。

嘎啦嘎啦地推開通往洗臉間的門，打開左手邊的洗衣機蓋子。很好，裡面還是空的，趁現在。我脫下沾滿泥土和血漬的襯衫，丟進洗衣槽。

我將個人使用的洗衣精和柔軟精倒入洗衣機的專用溝槽。家裡的洗衣精和柔軟精分成四種，造成空間上的雜亂，大家各用各的。

我們的衣服不會一起洗。

洗衣機發出叩隆聲開始旋轉，噪音蓋過了蟬聲。

今天蟬聲特別囂張，連在家中都能微微聽見。由於旁邊就是田地，有時棲息在那裡的青蛙也會加入合唱，擾人清夢。

身體流汗變得好黏，直接去沖澡吧。

回頭走進浴室前，我的視線轉向左側。

我想殺死的其中一人——廢物站在那裡。

彷彿慢動作重播般，我的臉被賞了一拳，眼冒金星。

「臭小子，我正要用，你想插隊啊？給我遵守秩序。」

好痛……

遵守秩序？有這種規定？這個家不是毫無章法嗎？

我沒流鼻血，沒折斷鼻梁，但是痛到蹲下來。啊，滲出眼淚了。我氣自己沒用。

「媽的，這樣我工作服要怎麼洗？你說啊？我本來打算上工前洗的，哈，你跟老子開玩笑？」

可惡。可惡。可惡。

最近不知怎麼搞的，廢物特別地焦躁。聽說他在外面也是惡名昭彰，多虧有這麼一個同樣是龜谷高中畢業的廢物老哥，學校老師有時候會怕我。他這人沒什麼耐性，動不動就揮拳相向，任何人都拿他沒轍。廢物從小就有暴力傾向。

可惡。可惡。可惡。可惡。我為什麼非得被他揍到想哭啊？這種人怎麼還不死一死啊？我到底為什麼要活得這麼痛苦？

「可惡……」

「啊？」

我下意識地脫口而出。

內心一驚。之前我從沒犯過這種失誤。你知道自己在做什麼嗎？你想反抗他嗎？別了吧，下場會很慘的。今天也嘻嘻哈哈地蒙混過關吧？武命，你懂吧？在世間走跳，有時逃跑是必要武器啊。

「這個家沒分先後順序吧？休想用你的爛規矩來教訓我！」

一陣衝擊。

好熱。

不是氣溫造成的熱，也不是稍早摔車那種破皮疼痛。

側腹有強烈的壓迫感。在我縮起身體、側腹出現破綻時，廢物狠狠朝那裡踢下去。

「咕、啊……」

好痛苦，無法呼吸。

每當我想大口吸氣，被踢中的部位就會受到壓迫，無法順利換氣。接著頭髮被人扯住，向上拉。

廢物汙穢的嘴臉近在眼前。

「誰准你說話的？小武，勸你不要太囂張，找死是不是？」

我沒再頂嘴。正確來說，是因為呼吸不過來，無法開口。

我可能會死在這裡。哈哈，不賴嘛。這是我第一次反抗，心跳得很快呢。

我開始有點崇拜自己了。我想著如此白痴的事情，同時瞪著廢物，對他訕笑。

壓迫感再次傳來，這次換成肚子被揍。這下真的快不行了，胃部咕嚕咕嚕地翻攪。為什麼流氓老喜歡攻擊身體呢？之前看黑幫火拚的電影時也有這種感覺。

我悠哉地想著無關緊要的事情，抱著肚子低下頭，這時，一件滿是汗臭的工廠制服從頭頂罩上來。

「在我回來之前，給我洗好晾好！」

他強制中止我洗到一半的衣服。

我想大吼「搞什麼」，但聲音出不來。不過，也許這才是萬幸。

廢物出完氣似乎滿足了，就這樣走出家門。

「呼……呼……嗚、咕！」

我調整呼吸，結果馬上吃痛。同時，我也感到些微的情緒。

我動怒了。

洗衣機停下來後，蟬聲擾攘刺耳。我緩緩起身，把工作服甩在牆壁上。

「去死一死！」

說出來後，我總算察覺自己的心情。

沒錯，我以外的所有人，都去死一死算了。

毆打的餘波未消，我輕微地吐了。早上吃的甜麵包從胃部逆流，我整個反胃到不行，只好猛灌水。我直接從洗臉臺對著水龍頭喝，喝了又吐，吐了又喝，直到終於舒服一點，整個人也筋疲力竭。我直接走回房間，倒頭就睡。

我決定不要再想。

水原瑠花　七月二十六日　星期五　晚上九點

「爸爸，對不起，事出突然，我今天有話想對你說。深夜回來也沒關係，我會醒著等你。因為一些原因，我把門鎖上了，你回來時請按門鈴。愛你。」

我傳 LINE 給爸爸以後，四個小時過去了。我垂頭喪氣地坐在熟悉的餐桌前。爸爸工作時總是很忙，基本上不會回訊。上面顯示已讀，表示他至少看過了，但我總覺得坐立難安。

掛在客廳牆面的時鐘指向九點，爸爸就快回來了。我一邊對於打擾他工作感到內疚，一邊趴在桌上靜待時間流逝。

滋滋……手機震動了一下，我有點反應過度。不一會兒，手機再次震動，這次是連續震動的電話。

是安西同學打來的。

「喂？」

『啊，那個……喂？是我，安西……』

「怎麼啦？」

『那個，我想為今天的事情好好向妳道謝。謝、謝謝妳幫我。』

「小事，太好了，妳總算敞開心房了。」

『嗯，謝謝妳。那個，水原同學，我忽然很後悔當時為什麼跑去援交，為什麼能麻木地做這種事。我覺得很害怕，覺得自己是個糟糕的人。我應該更珍惜自己的，總之，我真的好後悔……』

「是啊，妳沒想清楚。援交是違法的，千萬不能做喔。」

『是的，對、對不起。』

「不過，我也半斤八兩。」

『咦？』

「我也跟許多男人發生關係，玩火自焚。我騙他們自己成年，和年紀大的男人約會碰面。我也很爛，我們是一國的。」

『原來、是這樣……妳後悔嗎？』

「嗯……後悔呀。之前明明覺得沒什麼，雙方各取所需，好像不錯嘛。直到最近我才醒悟，發現自己只是被玩了。」

『被玩了……』

「如今回頭想想，裡面很多人都很粗魯，尤其在我坦承未成年後，有人會臨陣脫逃，有人則會露出禽獸般的眼神……」

『妳都沒有抵抗、嗎？』

「沒有。不是不敢，而是沒想到。因為，我當時真的太寂寞了。」

『寂寞？水、水原同學，那個，妳是因為寂寞，才做這種事嗎？』

「對，我是單親家庭，家裡只有我跟爸爸，從小沒人可以撒嬌，又不敢跟同學訴苦，總覺得很丟臉嘛，憋著憋著就憋壞了，某天開始亂上交友網站。我覺得這麼做很輕鬆方便，又能見到許多人。」

『原、原來是這樣。』

「我不會找藉口，因為，我已經知道這麼做是不對的。還有，安西同學，我想去警察局自首。」

『是、嗎……妳還是要去？』

「嗯，回來的路上，我不是跟妳提過嗎？我被一個叫可可的傢伙盯上了，我不小心刺了他一刀。他把我的影片上傳到色情網站，還在底下備註了我的學校。老實說，他真的很惡劣，但我也不該拿刀刺他。我想把一切和盤托出，當作反省。」

『妳要、自首？』

「嗯，只要去警察局自首、道出一切，警察就能一併幫我處理可可的糾纏及偷拍影片。因此，我有一件事想跟妳確認，關於二宮的所作所為，我上網查過了，他這樣是脅迫別人賣春，只要跟警察說明，他就會立刻被抓。可是，如此一來，妳援交的事情就會曝光，在家裡和學校傳開來。如果妳不想，我就不會跟警察說。」

『不、不用隱瞞，說吧。』

「真的嗎？可能會引發軒然大波喔？」

『沒關係，自己做的事，要自己承擔。如、如果妳選擇前進，我也想一起前進，再加上——』

「加上？」
『好、好不容易交到的朋友遇到了困難，我不想成為絆腳石。我雖然很重視自己，但水原同學現在一樣重要。』
「是嗎？謝謝。我明白了。」
『妳什麼時候要說？要不要我也一起去？』
「其實，我正打算晚點向爸爸攤牌，把至今發生的一切都跟他說，包括可可的事，還有我跟男人約炮的事。我想先被痛罵一頓，然後再去警察局報案。所以，第一次做筆錄，應該是跟爸爸去。」
『這、這樣啊……妳要跟家人說啊。』
「是啊，我會把話說清楚，也會一併提到妳的事情，妳之後應該也會跟我一起去做筆錄。」
『好、好的，我明天在家等消息。』
「嗯，麻煩妳了。我和爸爸到警察局後，會再跟妳說……啊，等等，安西同學，我還有事情想問妳。」
『什麼事呢？』
「妳喜歡過二宮嗎？」
『……我想是的。二宮同學雖然向我勒索，但我曾經喜歡過他。因為，至今從沒有人願意跟我說話，只有二宮同學主動找我。也許，他一開始接近我的目的就是想敲詐，即使如此，我還是很高興。』

「是嗎……」

『他跟我說錢不夠用，要、要我去援交時，我真的嚇壞了，但隨即便放棄思考。我知道一旦拒絕，二宮同學就會離開我，我又會變得孤單一人。不過，其實我一直都知道這麼做是不對的，為了不清醒，我要自己別再想。老實說，就連此刻，我心裡的某個角落或許還是喜歡他的，很矛盾吧。』

「……妳真善良。」

『不是的，我只是不夠果斷。』

「不管是二宮，還是出賣身體的事，我們一起慢慢克服吧。」

『好、好的，謝謝妳。』

我們就此結束通話。

選擇不想——我也是啊。我和安西同學一樣，藉由麻痺思考來逃避問題。

害怕跟爸爸撒嬌會被討厭、害怕跟美希說實話會被討厭，因為害怕被討厭，所以告訴自己不要多想，造成的結果如今就攤在眼前。

僅限一晚的娛樂變成了惡習，影片被上傳到網路。我聲稱這麼做是為了保持內心平衡，但明明還有其他更好的方法。

我想，其中也有自虐的成分在吧。

對，自虐。不敢面對自己的真心，於是不斷苛責自己。取得心靈平衡的同時，也反覆苛責自己。國中畢業典禮那一天，以及心靈崩壞的每個時刻，我都很想死，覺得怎樣都無所謂了。

在此之前，我都認為死了也無所謂。

一會兒後，手機再次震動。

拿起手機，螢幕躍出千尋的 LINE 訊息通知。

「我寫信給成人網站的管理員了，應該可以移除影片，我收到消息會第一時間通知妳。」

太好了。

昨天，我在千尋的車上和盤托出自己正在承受的種種壓力。

我把偷拍影片被上傳網路的事情告訴他，並不只是為了找他商量。

而是因為，面對一個願意對我說「我這一生都會珍惜保護妳」的人，我若是有所隱瞞，就太失禮了。起初千尋有些訝異，聽完我的煩惱後，二話不說就答應幫忙。

我告訴他，我在遊樂場被一個叫作可可、本名不詳的男人騷擾，那群人裡也有學校同學，我擔心可可隨時跑來襲擊我。

千尋專注聆聽，時而憤怒地顫抖。聽完之後，他只貼心地問了一個問題：「我可以幫妳做什麼？」

於是，我請他幫忙處理我不擅長的成人網站侵權回報。

這次的一連串風波，全是我自食惡果造成的。如果我還貪心地要求千尋做得更多，就太卑鄙了。

我必須坦承地面對自我。同時，千尋在我心中所占的分量也越來越重。思索到一半……

叮咚。

門鈴聲使我回神，心臟劇烈跳動。

終於回來了。

等一下應該會挨罵。不過老實說，我心裡滿高興的。因為，總算能把自己的心情好好告訴爸爸了。

慢慢說吧，把一切毫無保留地說出來。

一時半刻間，爸爸恐怕難以消化，但只要一步一步慢慢來，一定能有所突破。

這是我必須完成的責任，我要正面迎戰。

別擔心，沒什麼好怕的。

好好將隱藏至今的心情說出來吧。

我放下手機，從餐桌前站起來，走去玄關，就這樣不疑有他地開了門。

接著，我飛了出去。

太大意了，應該先從貓眼確認來者是誰的。

腦門震盪，視界搖晃，身體向後飛去，摔倒在走廊的地上。喀嚓……門應聲關上，我暈頭轉向地抬起身體確認玄關，來者是可可。

「唷！」

死定了。

身體本能性地感覺到危險，瞬間僵住，無法動彈。臉頰傳來劇痛，耳朵嗡嗡作響，嘴唇破皮流血。

死定了死定了死定了死定了死定了死定了死定了死定了。

沒想到他真的跑來我家。

「海豚，別來無恙啊。哈哈，我很想妳喔。」

可可扯住我的衣襟，這次換左臉被呼了一掌，接著依序是右臉、左臉、右臉。我痛到發不出聲音，強烈的恐懼奪走了行為能力。

「唉，虧我到處找妳，每天去龜谷高中堵人呢，結果連個鬼影也沒瞧見。本來想說乾脆算了，然後是昨天？還前天？我偶然看見妳穿著便服出沒在保齡球館，真走運啊。哈哈、哈哈哈，然後我就跑來啦。」

可可咧嘴露出低級下流的笑容，口中可窺見菸焦油造成的大黃牙。

「要是有其他人在家就傷腦筋了，我在附近埋伏了一陣子，才想起剛見面時，妳說過自家媽媽去世了，爸爸每天很晚回家，都不理妳嘛。那就沒啥好猶豫的，我直接上門啦。哈哈、哈哈。這是妳之前哭著告訴我的，真懷念啊。哈哈、哈哈哈哈！」

笑聲越來越大，我被甩了數個巴掌，從剛才就一直耳鳴，無法聽清楚他說什麼。

情況不妙。我一心顧著要跟爸爸攤牌，結果緊張到忘了確認是誰按門鈴。一樓大廳沒鑰匙應該進不來，但只要跟其他住戶一起走，就能輕鬆侵入大樓。我想得不夠仔細，疏忽了最基本的人身安全對策，我真蠢。

突然，可可粗暴地拉扯我的裙子，布料傳來劈里的撕裂聲，裙子被撕破，露出了內褲，他直接拉下我的內褲。

「不要！」

我拚命揮舞雙手抵抗，卻被他輕鬆甩開，私密部位就這樣悽慘地攤開在他面前。

「這樣玩果然最嗨，哈哈。海豚，妳刺了我的大腿，我現在就回敬妳。竟然敢捅那種地方，妳也真夠大膽。哈哈，我現在就捅進妳的深處。」

語畢，可可脫下土色的運動服和內褲，骯髒的性器從他的大腿間裸露而出。

好想吐。

他想強暴我。

禽獸。

這個人是禽獸。頭髮如同倒刺，下巴流淌著口水，急促地喘著氣。

要被吃乾抹淨了。我終於按捺不住，嘩啦啦地淚如雨下，用過度換氣的嘶啞嗓音哀求道：

「不要，求求你住手。」

「啊？為啥啊？哈！海豚，妳不是因為喜歡我才猛戳我的大腿嗎？我當然要好好回敬妳啊，抱歉囉。」

「對不起、對不起。」

「道什麼歉？哈哈，我們正要好好相愛呢，不要哭，好好享受嘛，哈哈哈。」

不行，他並不打算收手。我感覺到可可的性器抵住自己的性器。

可可想強行塞進來，好痛。

好難受、好難受！好難受！不要！好可怕！

即使如此，我依舊發不出聲音。神啊，求求祢救救我。是我不好，我不會再亂約炮了，也不會偷懶不做家事，更不會擺臭臉。

救救我、救救我。

聰明哥、佐知子姊、武命、美希、安西同學、千尋。

爸爸。

快來救我。

正當我在內心呼救時……

喀嚓一聲，玄關的門打開了。

可可停下動作，我和進來的人四目相接。可可慢慢轉向後方，剎那間寂靜無聲。

我迅速掌握現況，用氣音喊著：

「救我……」

同時，爸爸舉起公事包，像揮棒一樣狠狠毆打可可的側腹，可可發出呻吟，倒在地上。

爸爸迅速抱起我，遠離可可身邊。

「爸、爸爸！」

因為是眨眼間發生的事，我看不見爸爸的表情。他將我放在客廳旁邊，隨即折回玄關猛踹可可。

「嗚啊、嘔……」

一腳、兩腳、三腳。

臉、腹部、腿。爸爸一次又一次不停踢他，可可像隻鼠婦般抱頭蜷曲身體，即使如此，爸爸還是狂踢猛踹，我甚至開始同情他了。

「夠、夠了，爸爸。」

我覺得太過火了，於是出聲阻攔，爸爸這才驚醒般停下動作。我總算看見爸爸的臉，表情滿溢著憤怒。

「嗚、嗚嗚……」

可可發出慘叫，血從口鼻滲出來，但是意識清醒。

「瑠花，妳先去美希家，我有事情要問他。」

爸爸瞅著哀號的可可，用平時的語氣冷靜緩慢地說。

「可、可是，爸……」

「別擔心，只是說幾句話，不會有事的。」

爸爸面帶微笑，但眼神裡毫無笑意。

快去吧。

總覺得爸爸這樣暗示。我不再多說，抓起客廳桌上的手機和錢包，繞過可可和爸爸，奪門而出。

水原瑠花　七月二十六日　星期五　晚上十點

真不敢相信，我在家中被可可襲擊了。我叫自己不要再想，沒命似地向前跑。

我的確想過這個可能，只是沒料到他會實行。那張汙穢的嘴臉烙印在腦海，甩也甩不開。

「咦？瑠花！這麼晚了，發生了什麼事？」

「美希！」

我不顧一切地衝進美希的家門，緊緊抱住她。美希似乎剛洗完澡，身上傳來好聞的洗髮精味道。

「嗚哦！瑠花？妳怎麼了？」

「請讓我暫時待在妳家，拜託。」

我放開美希，正經地看著她說。

美希看見我的表情，立刻察覺情況不對，回聲「好」，回給我一個擁抱。

「瑠花，妳還好嗎？」
美希帶我進客廳坐下休息，還端來冰涼的麥茶。
「能告訴我發生了什麼事嗎？」
美希輕拍我的背，柔聲問道。
不能繼續瞞著她。我一口飲盡麥茶，做個深呼吸。
「美希，聽我說……」
正當我要開口時，美希家的電話突然響起，我反射性地震了一下，全身僵硬。
美希說：「等我一下。」並接起電話，邊聽邊點頭，看向我這邊。
「瑠花，是妳爸爸打來的。」
「我爸？」
我急忙從美希手中接過話筒，對著耳朵。
『瑠花，妳沒事吧？』
「爸爸！我沒事，你呢？」
『冷靜點，都沒事。』
是一如既往語氣斯文的爸爸。我和美希交換眼色，點點頭。
「爸爸，現在的情況呢？」
『我在他勉強清醒時，警告他以後不准再靠近妳，如果再犯我會報警。』
「他答應了？」

『他向我道歉，說不應該對妳下手，也發誓不會再出現，說完就走了。』
太好了，但真的沒問題嗎？總覺得放不下心。他可是瘋狂到會跑來家裡耶，會不會只是隨口說說？
他被揍得那麼慘，會這樣就善罷甘休嗎？我不過刺了他大腿一刀，他就真的跑來了，感覺有很高的機率報復。
我並非不信任爸爸，只是覺得事情無法輕鬆解決。
「真的這樣就好？我覺得應該報警。」
『沒事，不需要弄到報警，爸爸有好好拜託他了。』
「你、你們沒打架嗎？」
『嗯，起了點爭執，家裡現在有點亂……我得打掃一下。』
「不會吧，有沒有打破碗盤？你有沒有受傷？」
『沒事，我打掃完就去美希家接妳。』
我用手按住話筒，看著美希說：
「怎、怎麼辦？」
「先觀察看看？」
美希小聲地說，我點點頭。
「爸爸，對不起，真的很抱歉。」
『沒關係，都沒事了，妳也嚇到了吧。我去打掃，晚點去接妳。』

「咦、啊，好的。」
『妳要乖乖等著，不要亂跑喔。爸爸愛妳。』
然後，我還來不及回話，電話就被掛斷了。我慢慢放下話筒。
「瑠花，妳還好嗎？」
「說不上來，至少現在心情是放鬆的……」
我跟美希坐回沙發，美希重新替我添滿麥茶。
「謝謝。」
美希將麥茶冰回冰箱，吁氣後坐下來。
「目前都沒事了。瑠花，妳願意從頭告訴我嗎？」
「我明白了。美希，那個，全部說出來有個條件，就是妳不能和我絕交喔。」
「我怎麼可能和妳絕交呢。」
美希穩穩的語調讓我吃了一顆定心丸，我將至今發生的事情娓娓道來。
——從國中畢業典禮那天起，直到今天發生的所有事。

午夜十二點過後，一輛車停在美希的家門前，數秒後，傳來電鈴聲。我們兩家的距離其實很近，他卻特地開車過來，想必很擔心我吧。
開門的時候，美希的母親從屋內走出來。
「是不是有人來了？」

「對啊，瑠花的爸爸來接她了。我出去一下。」
「哎呀，媽媽得去打聲招呼。」
「媽，等一下，今天不要，我去就好。」
美希制止了母親。她雖然有點訝異，但沒說什麼，走去客廳收拾了我們用過的杯盤和點心。
我走去玄關，美希跟在後面，推了我一把，我在門外看見了爸爸。
「爸爸。」
「讓妳擔心了，過來吧。」
爸爸從西裝換成了便服，表情疲累地站在屋外，我撲進他的懷裡。
「哦！」
爸爸差點失去平衡，但仍穩穩地接住我。是爸爸的味道。啊，總覺得好久沒被爸爸緊緊抱在懷裡了。爸爸輕柔地撫摸我的頭。
「直人叔叔。」
「啊，美希，今天真抱歉。」
我往後站，回頭看著美希，發現她瞪著爸爸。
——彷彿把他當成了敵人。
「美希……」
她從以前就不喜歡爸爸，認為爸爸不負責任，把家事丟給我。因為這樣，美希不尊稱他「伯父」，而是直接叫他「直人叔叔」。我有點擔心她會衝動行事，下一秒卻看她彎下了腰。

「直人叔叔，請不要責備瑠花，拜託。」

美希哭了，我是第一次看見美希哭。我離開爸爸，迅速跑回她身邊。

「美希，對不起，瞞著妳這麼久。」

「沒關係，我才要道歉。直人叔叔，瑠花就麻煩妳了。」

爸爸給了美希一個微笑。

「謝謝妳。來，回家吧，瑠花。」

「啊、嗯……美希，謝謝，我到家就跟妳說。」

我對於爸爸異常沉著的態度感到不太對勁，不過還是坐進了車裡。

美希不惜送我到屋外，直到車子開遠都深深低著頭。

她不但沒有覺得我噁心，還耐心聽到了最後。不僅如此，更為未能察覺我的心事向我道歉。

我真笨。

透過夜遊來填補心靈的空虛本身就是一件奇怪的事，而我之前竟然完全無感。我把自己當成瑕疵品，一心只想滿足心靈。

連自己瀕臨極限都沒察覺，最後才會爆發衝突。我如此愚蠢，美希卻沒責怪我。

離開美希家後，我由爸爸開車護送回家。上次坐爸爸的車，已經是小學的事情了，我聞到一絲菸味，察覺車內擺著菸灰缸，裡面有抽完的菸屁股。仔細觀察才發現，後照鏡上掛著貓咪造型的鑰匙圈。

我不知道爸爸喜歡貓，更不曉得他會抽菸。

我口口聲聲說愛爸爸，其實一點也不了解他。也許心裡下意識地迴避他。

「爸……」

我不自覺低語。爸爸駛過黑夜的巷道，伸出左手摸摸我的頭。

我將自己的右手疊上爸爸的左手，觸碰自己的臉頰。

「真的很抱歉，爸爸。」

「沒關係，妳什麼都不必擔心。」

車子遇到紅燈停下來。

午夜十二點的街區萬籟俱寂，沒有人也沒有車，只有我們彼此沉默著。

發生了這件事，我原先的計畫被打亂了。時間已晚，或許應該明天再說，但我不想繼續拖延問題。

我決定道出一切，於是將身體轉向爸爸。

「爸，我──」

「瑠花，沒關係的。」

正當我要開口的瞬間，爸爸馬上打斷我。

「妳什麼也不用說。」

「咦？」

不用說？

一般遇到這種事，不是會問前因後果嗎？

他不想聽我說？

我愣住了。爸爸自己接下去說：

「沒關係，什麼也不用說，什麼也不用擔心，爸爸一定會設法解決問題。」

語畢，爸爸對我展露笑容。

我笑不出來。

設法解決問題。什麼也不用擔心。什麼也不用說。不需要每件事都跟我交代。

爸爸向來如此，總把責任獨自往肩上扛，彷彿當我是局外人。

對於家事的態度也是，沒跟我商量便擅自決定要請人幫忙，完全沒考慮我的立場。

「……解決什麼？」

我低著頭，話語不小心脫口而出。爸爸小聲地說：「咦？」我盯著自己的大腿，感覺身體、肌膚和頭逐漸變冷。憤怒使我的思路變得清晰冷靜。

「你要解決什麼？具體來說，你到底要幫我做什麼？」

爸爸靜默不語。

相對地，他的手從我頭上移開，我抬頭瞪著他。爸爸什麼也沒說，引擎聲和冷氣聲支配了整個空間，他越是沉默，我的怒氣就越燒越旺。
為什麼？為何不肯聽我說？你知道我在想什麼、在煩惱什麼、遇到什麼困難嗎？說啊！你知道嗎？剛剛可是有個男人跑到家裡，想強暴我耶？你怎麼都不問呢？太奇怪了，這不合理啊。
替我擔心啊！聽我說話啊！責備我啊！把我狠狠地罵一頓啊！我不是乖孩子！
「你老是這樣，滿口說愛我、為我好，卻不肯聽我說。我問你，你到底知道我什麼事情了？」
「瑠花？妳怎麼了？瑠花？」
「你知道我想要怎麼做嗎？知道我至今做了什麼嗎？」
我順著怒氣用力扯住爸爸的衣服，把臉靠過去，硬是親了他的嘴。有菸味。
爸爸果然會吸菸，在家時明明一次也沒抽過。
他刻意瞞我？因為怕我討厭嗎？
我氣壞了。我怎麼可能因為爸爸抽菸就討厭他呢！
我吻了三秒，強行探入舌頭時，被爸爸制止了。
「妳做什麼？」
爸爸板起臉孔淡淡地說，溫柔地推開我。我不打算反省，甚至覺得難過，但淚水已在剛剛流乾了。

「這不是隨便用『我愛妳』就能打發的事情吧？你若是真的愛我，就多聽我說話啊！不要每次都拿工作當藉口，不來參加教學觀摩，畢業典禮也都缺席！這叫哪門子愛啊！」

我真正想說的其實不是這個。

但是停不下來。在心中積壓已久的東西終於潰堤了。

「爸爸，我會晚上溜出去，跟交友網站上認識的男網友做愛。你懂嗎？做愛！因為爸爸總是不理我，不肯擁抱我！我只好跟其他人上床，填補內心的空虛！你都聽見了嗎？我很惡劣吧！光靠一句愛是不夠的啊！」

爸爸維持著僵硬的表情，緘默不語。我握得太用力，把爸爸的衣領都扯皺了。

無止境的沉默蔓延，紅燈終於轉為綠燈。

爸爸冒著冷汗，不知為何，只是靜靜望著我。

我對於爸爸的無言感到生氣，當場開門下車。

石田武命　七月二十七日　星期六　早上七點半

不知幾年以後，城鎮化作了廢墟。

我被無數不明的黑色霧靄追趕著。

我沒穿鞋，腳被玻璃碎片和石頭刺到破皮流血，但我依舊不停地跑。

即使已經喘不過氣、眼前朦朧一片，我還是拚命逃亡。然而，終究來到路的盡頭。瓦礫山形成高牆，我再也無法前進。

回頭一看，黑色霧靄一寸寸地逼近，我因為恐懼而過度換氣，意識變得模糊不清。再仔細看，黑色霧靄變成了清晰的形體。

一部分的霧靄變成了廢物，一部分霧靄變成了混帳老頭，一部分的霧靄變成了髒女人的臉。

眼前擠滿了無數的家人臉孔，沒救了，我即將死在這裡。一人孤單地上路，沒有任何人會來救我。忽然，過度換氣平息下來，因為我徹底心死了。

我閉上眼睛等死，左等右等，卻等不到死亡造訪，甚至不覺得痛。

五秒、十秒、二十秒、三十秒過去了，我終於睜開眼睛。

神降臨了。

他身穿白袍，振臂一揮便將那些黑霧吹散。霧靄在飛散時，化作血淋淋的碎肉。

太厲害了，這個神太厲害了。

我興奮地大叫，神聽見大叫，轉過頭來。

因為逆光的關係，我看不見祂的臉。

蟬的聲音。

現在幾點？

我睡到滿身大汗。因為是趴著便失去意識，脖子也痠痛不已。

我沒有爬起，直接看向牆壁的掛鐘，時針指向七點半。早上七點半？不會吧！沒記錯的話，我昨天下午四點左右倒下，所以，我睡了超過十七個小時嗎？

難怪喉嚨爆渴。

乾燥的喉嚨被痰噎著，我些微地嗆到。

閉上眼睛想了想，今天的打工從早上十點到晚上六點，只要一個小時就能準備出發，出門之前，我要先沖澡，找東西填肚子才行。對了，說到沖澡，我昨天沒洗澡。

我這才猛然想起昨天的記憶。

完了！那傢伙的衣服還沒洗！

昨天雖然鼓起勇氣頂了嘴，但我還是很怕被他報復。印象中，我把那傢伙的衣服扔向走廊牆壁了。

我想去洗把臉，立刻察覺家中不太對勁。

沒聽見鼾聲。

真奇怪，平時廢物的鼾聲都會從隔壁房間穿牆而來，他中午以後才會去工作，照理說這個時間應該還在睡覺。

我害怕地走出房間，躡手躡腳地前往隔壁房，把耳朵貼上房門。沒有動靜。

我放棄思考，輕輕推開他的房門。嘎嘰一聲，門開了，一股熱氣頓時撲上來。他沒開冷氣？

我走進牆壁被菸焦油燻成黃色的骯髒房間，地上到處扔著空啤酒罐與香菸盒，裡面甚至還有抽過的菸屁股。萬一引起火災怎麼辦。

往棉被一看，廢物不在。

之前從來沒這樣過。

不，應該說，他放假的時候會出去住，但他只有星期一、二放假，除此之外，他倒是一個每天會規律回家的小混混，一起住久了，自然對他的生活節奏瞭若指掌。

所以，他不在的星期一晚上到星期二早上，是我最充實愉快的放鬆時間。

其他日子則像無止境的地獄，只要稍微對上眼，他老子一個不爽就爆打我一頓。

總不可能是我睡太久，睡到了星期二早上吧。

天要下紅雨了。不過我也懶得深究，還是趕緊離開這個骯髒的房間吧。

我小心翼翼不碰到任何東西，輕輕地離開。

換好衣服走去客廳，我和混帳老頭對上眼。混帳老頭是我替父親取的外號。

正確來說，是感覺對上了眼。混帳老頭正在看報紙，察覺我走來，手中的報紙似乎動了一下。

混帳老頭很在意自己的頭銜和外在觀感，所以只在外人面前裝成一個好父親。

他是我恨不得咒他去死的第二人。

我總是對這傢伙言聽計從，不知為何就是無法反抗。但其實，他對我絲毫不感興趣。上國中之前，他對我實行高壓教育。直到見我成績不進反退，知道了我腦袋不好，從今以後便稱我為「失敗品」，對我失去興趣。

但是，為了不讓我像哥哥一樣誤入歧途，他現在仍對我管東管西。

我的母親——那個髒女人在廚房洗碗，想必是從昨天放到今天的吧。我無言地走去廚房打開冰箱。

「你暑假有什麼計畫？」

混帳老頭說。我看向他，他的視線未從報紙上移開。應該是在問我吧，總不可能是對報紙說話。

「……我會買一些參考書，趁打工的空檔去圖書館念書。」

我當然不打算這麼做，只是這樣回答比較安全省事。

「也是，用功點，都高二的暑假了，不管你以後要不要升大學，為了將來好，你都應該趁現在多讀點書。」

混帳老頭好像多關心我似地說了一堆，頭卻連抬都不抬一下。

你連我現在看你的眼神有多憎恨都不知道，因為你只關心你自己。

我在內心調侃，避開冰箱裡冰著的食物，從最深處拿出寫著自己名字的甜麵包。

當我拿起麵包想走回房間時……

「那是什麼？」

又被叫住了。

混帳老頭這次把眼睛從報紙移開，斜睨著我——正確來說，是我手上拿的麵包。

「我想回房間，邊念書邊吃。」

「你說什麼？安奈不是有做早餐嗎？那東西你什麼時候買的？早餐是為了營養健康，叫你吃你就給我吃。」

他眼神不悅地說。

我沉默了片刻，靜靜走回廚房，把麵包丟進垃圾桶。期間，髒女人什麼也沒說，只是默默用吸水布擦乾洗好的餐具。

嘖，應該趁他們不在家時先吃的。

無可奈何之下，我從冰箱拿出做好的早餐，裡面有炒蛋、香腸、青花菜和自製優格。

「要不要加熱？」

關上冰箱門，我才發現髒女人站在旁邊。雖然小小地嚇到了，但我故作鎮定。

「不用。」

我淡淡說道，走去混帳老頭的對面坐下。

髒女人盛了一點白飯和味噌湯，走到我面前，陰沉地說：「吃吧。」

「我開動了。」

我姑且小聲說。

我並不感謝這一頓飯，純粹是因為不說「開動」會被罵。用完早餐不久，混帳老頭就去上班了，髒女人跟個奴隸一樣，幫他把公事包送到門口。

我獨自將「豐盛的早餐」塞入口中。

吃完後，我疊起餐盤，端到廚房。

髒女人用陰沉的表情默默洗碗。

我沒吞下香腸，直接走去廁所，用力將手指戳進喉嚨。胃部一陣翻絞，腹部的肌肉開始收縮。我再次將手指插進喉嚨深處。

吐出來了。

白飯、蛋、青花菜……剛剛吃的食材都吐出來了。我再次催吐。

從胃部逆流而上的嘔吐物尋求著出口，從鼻孔噴出來。我吐了再吐、吐了再吐，直到再也吐不出東西才沖水。然後，我走去洗手，喝水龍頭的自來水。

活過來了。感覺只有這個水龍頭的水，是家裡唯一沒有被汙染的東西。

髒女人是我恨不得咒她去死的第三人。

她有時會趁混帳老頭沒注意時，在我的食物裡加髒東西。因為高貴那個廢物會反擊，所以只有我的被加料。

所以，自從我上高中開始打工、有自己的零用錢以後，無論髒女人端出的餐點看似多麼色香味俱全，我都極力不碰；或是在混帳老頭面前假裝吃下，之後再去廁所吐出來。

在飯裡加髒東西的女人——所以叫髒女人。

除此之外，我還曾目睹她趁混帳老頭不在，邀他的下屬來家裡，堂而皇之地在客廳沙發上做愛。
有夠髒，整個人都是垃圾。
誰吃得下這種偷情女做的食物啊？混帳老頭也真夠笨，完全沒發現，還悠哉悠哉地去上班。
這個家裡沒有愛。
找不到任何一絲對我的愛。

東千尋　七月二十七日　星期六　早上九點

右手好痛。與其說是痛，不如說是壓迫感。我睜開眼睛，發現瑠花的頭枕在我的右腕。我用空著的左手揉揉眼睛，鼻子嗅到她頭髮的香味。我用左手輕摸她的頭，同時挪動被壓到發疼的右手。
瑠花發出咕噥聲，我似乎吵醒她了。
「抱歉。」
我輕聲道歉，只見瑠花用力眨了眨眼，力道之大，甚至在她的眼周擠出皺紋，她閉著眼睛吁了一口氣。
「現在……幾點？」
她用氣音輕聲問。我有點懶得動，不過還是伸手拿起枕頭旁的手機，確認時間。
「我看看喔……九點十二分。」

我用能聽見的最小音量說，瑠花登時張開眼睛。
「什麼，九點？超過九點了？」
「嗯。」
瑠花用力彈起，抓起自己的手機，一邊搔著頭髮，一邊猛眨眼睛。
「糟糕，打工要遲到了。怎麼辦？沒有替換用的內褲，得趕快去買。」
瑠花昏昏沉沉地站起，重心一個不穩差點摔倒。我立刻抓住她的裸臂，把她拉進棉被裡。
「不行！」
「有什麼關係，瑠花，穿我的衣服就好啊，內褲也可以穿我的。」
「喂，你在胡說什麼？是說，你有胸罩嗎？」
「啊——沒有……」
「就說了吧！唉，這下麻煩了。不過，算了，你有OK繃嗎？」
「為什麼要OK繃？妳受傷了？」
「拿來當胸貼。」
哦，原來如此。我放開瑠花，趴在床上摸索床底下的收納箱，我沒特別看，憑感覺摸出一個小盒子，交給瑠花。
「這給妳……」
「那是能量補充食品的空殼。」

我微微睜開眼睛確認手中的物體，真的是空殼。這垃圾怎麼會跑到收納箱裡？我把它往地上一扔，下床仔細確認收納箱，終於找到了ＯＫ繃。

「來，拿去。」

「謝謝，那個，千尋，不好意思，我可以行使『拜託權』嗎？」

「好啊。」

「送我去打工地點。」

我坐在床上揉眼睛。今天冷氣好涼，不對，原來是我沒穿衣服。

「交給我。」

「路上可以繞去附近超市嗎？我要買化妝品。」

「好的。」

我茫茫然地望著虛空發起呆，腦袋一時半刻無法清醒，身體也殘留著倦怠感。反觀瑠花似乎已完全清醒，迅速且明確地展開對應。

「還有，我想快速沖個澡，可以嗎？一下下就好。」

「我也要洗。」

「咦，那快點過來呀！動作快！」

這時，手機震了一下。唉，什麼事？

看了看丟在床上的手機，是江原店長傳來的訊息。

「我是江原，不好意思，在假日時吵你，我有問題想問你，晚點回電給我。」

就這幾句。喂，至少也用敬語吧。我把手機丟回床上，走去找瑠花。
瑠花在浴室裡洗戰鬥澡。
昨天夜裡，瑠花突然跑來我家，我們順勢上了床。我猶豫著要不要提這件事，最後決定日後再說。
做愛的時候，我問她：「要不要和我交往。」我清晰地記得她隨口回說：「好啊。」這個記憶非常鮮明。

石田武命　七月二十七日　星期六　早上十點

我在「鳳仙」的後院撥開草叢，停放自己的腳踏車。
好，今天也要認真工作！通往後門的一路上，我不停按摩臉部肌肉。
笑啊、笑啊、笑啊、笑啊、笑啊！
「大家早——！」
我發出今天最朝氣蓬勃的聲音問早，雖然聲音有些中氣不足，但效果還行吧？
聰明哥和佐知子姊看見我來，隨即綻放笑容。
成功，今天也順利扮成開心果了。
「唷，武命！」
「早安，武命，今天也這麼有精神啊。」
兩人笑咪咪地向我問早。啊，笑臉真棒，看了真開心。人在笑的時候，果然最開心、最耀眼了。
「好，今天是星期六，應該有得忙了。」
我邊說邊打卡，走去休息室。
「沒錯！要來大賺一票啦！」
聰明哥正常發揮的大嗓門穿牆而入。我拿起自己放在休息室的圍裙，先聞一聞會不會臭。嗯，沒問題。穿上圍裙，前往廚房，徹底洗手之後，再用酒精消毒。
「店長，今天要備什麼料？」
「嗯，我看看，蔥花和叉燒。」
「真假？我最不擅長切叉燒了。」
探頭看向廚房，確實擺著一個叉燒用的大鍋子。
經過無數次的練習，我雖然學會了怎麼切叉燒，俐落程度還是遠遠不及聰明哥。
聰明哥是身高將近一九〇公分的巨人，手卻相當靈巧。
「沒關係，當作是練習，切壞的叉燒儘管抓起來吃下去！」
「店長，你當真？」
「老公，你胡說什麼？我要生氣囉。」
佐知子姊在外場摺著小毛巾，朝裡面大喊。
當作是練習。
換作我家老爸，不管錯幾次，只要錯了就會挨一頓罵。聰明哥完全不一樣，即使一錯再錯，弄到自己都心情沮喪，他也會開朗地鼓勵我，要我再接再厲。

佐知子姊雖然口頭上會碎念一下，但總是特別關心照顧我，發現我處在狀況外時，會溫柔地提醒我應該注意哪些地方。

「那麼，我先來切蔥花吧！」

「哦！交給你囉！三十分鐘後開店！麻煩你在那之前盡量備料囉！」

「交給我吧，店長。」

宛如父子間的對話，令我舒適自在。

佐知子姊笑呵呵地回去外場掃地。

啊——舒服輕鬆。好想一直待在這裡，好想當他們的小孩。我想要一個跟聰明哥一樣，開朗可靠的父親；想要一個像佐知子姊一樣，溫婉聰慧的母親。

待在這裡的時光，彷彿我真的成了他們的小孩，總是很開心。因為這樣，我才能做超過一年。我想當他們的小孩，不知畢業以後，能不能來這裡工作呢？為了他們兩個，我什麼都願意做。

只要能跟他們成為一家人——

停。

我斬斷思考，專心切蔥。

別抱期待吧。你忘了不久前才從照史身上學到的教訓嗎？傻子。

開店前的三十分鐘，我默默地切著蔥。

武命，快想起教訓啊。

你就是太相信照史，向他吐了太多苦水，才會被他討厭的。你是個可悲的傢伙，過度暴露自己的弱點、過度找人商量心事，只會惹人嫌。若是不想被討厭，就只能一輩子藏起弱點。你怎麼還不懂得從失敗中記取教訓啊？

接下來的時間，我戴起笑臉面具，心無旁騖地切著蔥。

「武命，辛苦了。」

待尖峰時刻和休息時間都結束後，我邊用手機看漫畫，邊吃員工拉麵時，今天小小遲到的瑠花在我隔壁坐下。

「瑠花，妳也辛苦啦。那是什麼？」

「豚骨拉麵。」

「會胖喔，大姊。」

「揍你喔，小鬼。」

「噫！老爺不要！」

我們一邊打鬧，一邊交換吃彼此的員工拉麵。

廚房裡，聰明哥和佐知子姊聊著天。現在店裡只剩三三兩兩的客人，他們聊天的音量毫不顧忌。

「真熱鬧。」

「是啊，對了，瑠花，妳昨天有去學校嗎？還是又請假？」

前幾天——正確來說，是瑠花提到被人告白的那幾天，她似乎人不舒服沒去上課，昨天結業典禮也沒看到人，害我有點擔心她。

「啊，謝謝你關心我，我沒事了。我昨天也請假，不過已經好多了。」

「真的嗎？太好了。都怪妳之前跟我提到告白，害我以為妳涉入感情糾紛了。」

「涉入感情糾紛是什麼東西啦！沒有喔，什麼事也沒發生。武命，你呢？有沒有什麼大事？」

「大事？沒有啊。」

「我想也是。」

「不要自己問了自己決定！」

「因為你總是笑哈哈的啊，感覺身邊一片祥和。」

沒有……這種事。

照史的事情影響了我，導致我更加說不出口，只好先吸了幾口拉麵。瑠花的好朋友岸本是照史的女朋友。不是我不信任瑠花，但也許我的事早就走漏風聲了。

就在這時，手機響起通知聲。我的嗎？看向手機，不是我，是瑠花的。只見她一邊吃煎餃，一邊專心盯著手機，似乎有什麼重要的事。

水原瑠花　七月二十七日　星期六　下午二點

安西同學，午安。有事報告——應該說，我想找妳商量。

昨天可可跑來我家襲擊我，幸好爸爸臨時到家救了我。

爸爸叫我先去美希家避風頭，所以我不清楚後來的詳情，只知道爸爸成功說服了可可——我想應該是用暴力勸服的吧，總之，爸爸已經要求可可，從今以後不得再靠近我。

依照我對可可的認識，他不會就此善罷甘休，但是爸爸跟我說不用報案。事情結束後，我本來想對爸爸坦承自己的所作所為，爸爸為了哄我安心，叫我「什麼都不用說」，這句話惹毛了我。

他總是不聽我說，對我漠不關心，這次也是直到惡徒闖入家裡他才處理，我就是受不了他這點，所以跟他吵架了。

總之，昨天趕走可可以後，我們因為這件事發生爭執，結果本來計畫要說的都沒說——就是我刺了可可大腿一刀、可可的同夥裡有二宮這號人，以及他威脅妳的事情等等。

安西同學，抱歉。

可以再給我一點時間處理嗎？

我必須再跟爸爸詳談。可是，昨天鬧成這樣，我暫時沒自信跟他說話了。不過，我一定會說的。

所以要請妳等一下，我再想想怎麼跟他溝通。

我是由紀。我現在才看到訊息，水原同學，妳沒事吧？我很擔心妳。有沒有受傷？感覺事情很嚴重。

想不到我們昨天通完電話以後發生了這麼多事。

關於報警，我也有事想找妳商量，妳何時有空，我再打給妳，這樣好嗎？

今天早上，我抓緊千尋送我到「鳳仙」的時間，用 LINE 將昨天發生的經過告訴了安西同學。

進入休息時間時，安西同學終於回訊。

她想跟我說什麼呢？我傳 LINE 告訴她下班後會回電。

——好喔。對不起，我八點左右打給妳，抱歉讓妳等這麼久。

回好訊息後，我放下手機，嘆了一口氣。

「男朋友嗎？」

武命在旁邊吃味噌拉麵，鼓著雙頰問道。

我不知道該怎麼回答，同時想起昨天和千尋上床的事。

「不知道。」

「不知道什麼？」

「我跟一個類似男朋友的人在一起了。」

瞬間，武命咕嚕一聲吞下麵，上半身向右旋轉，對著廚房裡的聰明哥和佐知子姊大喊：

「聰明哥，瑠花交男朋友了！」

本來正在夫妻愉快聊天的聰明哥一聽，臉色驟然大變，怒髮衝冠地轉過頭來。

「啊？你說什麼！」

他氣呼呼地大吼。

店裡的數名客人聽見那大嗓門，紛紛將視線集中到廚房。

「咦，真的嗎？瑠花，恭喜妳！」

佐知子姊馬上接道。

「是哪個混小子？有沒有前途啊！」

「呃、呃，前途啊……武命，大嘴巴！」

「交了男朋友，當然要跟父母報告啊。」

「你當『鳳仙』是老媽子嗎！」

武命決意裝傻到底，嘶嘶嘶吃著味噌拉麵。這個臭小鬼！

我就是不想把事情搞大嘛！

「不是男朋友，只是關係類似情侶而已。」

「類似是什麼意思？情侶關係不就是男朋友嗎！」
「唉，反正不是啦，武命！」
我對武命送出懇求的眼神。
他看了我一眼，咧嘴一笑，然後恢復正經的臉孔吃拉麵。
臭小鬼！

石田武命　七月二十七日　星期六　晚上六點

「武命！可以下班囉！」
「咦？已經這麼晚了？」
我在聰明哥的提醒下，瞄向廚房掛的時鐘。
六點五分。時間到了啊，真不想回家。但要是這樣耍賴，肯定會給他們帶來困擾。我頓時感到心情低落，但努力維持笑容不讓他們察覺。
「好耶——！我走囉！」
「你又要打電動？」
「哦，對啊，我最近沉迷一款遊戲！」
我對瑠花說了謊，走向休息室，脫下圍裙。
「武命，要不要打包食物帶回家？」
「啊，我想想……我想包兩人份的煎餃，可以嗎？」

「好喔！」
這跟肚子餓不餓無關，我只是想找理由再待一下。這裡很舒服，我不想回家。
「武命，我有事情想要確認，方便耽誤一下嗎？」
佐知子姊從後方搭話。好險，差點忘了笑。
「好啊，大姊怎樣？」
「八月班表出來了，我看你排了許多全天班，真的沒問題嗎？」
「安啦！學校放暑假了，我想多賺一點。」
我想趕快存到錢，離開那個家。
「謝謝喔，真不好意思……如果想跟朋友出去玩，記得要跟阿姨說喔。」
朋友啊──我的朋友全在這裡了。
照史已經跟我絕交，我不會再去找他了。
「沒關係啦，學生的本分又不是玩，趁打工的時候多接觸社會也很重要，對吧！」
「真的嗎？好吧，那就麻煩你囉。千萬不要勉強喔。」
「勉強？大姊，妳言重了，儘管放一百二十個心！我為鳳仙而生！為鳳仙而亡！」
「呵呵呵，嘴真甜呢。謝謝你！想休息時，隨時和我說一聲喔！」
「感謝大姊。那麼，我需要衝遊戲進度時，會大方跟妳說！」
「遊戲不要玩太多喔。」
我哈哈大笑營造氣氛。

不過那句「我為鳳仙而死」，算是真心話吧。
我不想死在那個家，我想死在這裡。
「武命！煎餃好囉！」
聰明哥的豪氣嗓門迴響在整間店面，他從廚房交給瑠花，瑠花走來交給我。餐盒裡放著兩人份的煎餃。
「來，武命，拿去。吃胖一點喔。辛苦了。」
唉，已經做好了啊，非得回家不可了嗎？我好想再待一下。
我端出最燦爛的笑容，結束這一天。
「姊姊真壞心，那麼，小弟告辭囉！」
「辛苦了，趕快趁天黑之前回家喔。」
「武命，辛苦了！」
我笑笑地跟所有人打完招呼，從後門離開。
走出去的瞬間，我立刻板起臉孔。身體熱到快融化了。
僅僅一秒，我便從幸福的世界回到現實。
離開「鳳仙」以後，我沒有立刻回家，來到車站前的「BOOK OFF」二手書店商場閒晃。
我花了三十分鐘挑選今天想看的書，最後用二千圓買了十本漫畫和五本小說。

接著，我騎腳踏車朝南方騎了一公里左右。

熊越市是個鄉下市鎮，不用騎多久，道路兩旁就出現田地。駛過便利商店和大型超市所在的大馬路，再過去就是山。

柏油路在半途漸漸變成砂石路，腳踏車越來越難騎，我改成牽著車子往山上步行。在山腳下能見的零星民宅，來到這裡已幾乎不見蹤影。

有時會在路上遇到登山客，但入夏之後很少看到了。

我找到自己用來做記號的藍色絕緣膠帶，把腳踏車停靠在樹幹上，拿起車籃裡的二手書、裝了煎餃的餐盒和背包，撥開小徑前進。

我不停地走、不停地走，穿梭在不成道路的樹叢之間，不久後，終於來到一小片空地。

這裡是我的祕密基地。

說是祕密基地，其實也只搭了一座僅能容納兩人的小帳篷。

打開帳篷的拉鍊，裡頭暑氣蒸騰，我迅速從背包裡拿出兩個電池式的小電風扇。

我將一個電風扇吊在帳篷的天頂，另一個拿著吹自己。

帳篷裡鋪著四條毯子，擺了一張小矮桌，除此之外還有一個睡袋，擺設就這樣而已，其他都是我買來丟著的小說漫畫。

我用力甩掉鞋子，把整袋東西重重放在睡袋上。帳篷搭在土地柔軟、草叢茂盛處，直接躺下背也不會痛。

我伸伸懶腰，打個呵欠，隨便從袋子倒出今天買的戰利品，並挑出一本漫畫。

接著，我把小桌上散亂的書本全掃到地上，在桌面放下煎餃。因為早餐都被我吐掉了，今天一整天，我只吃了「鳳仙」的拉麵和煎餃，老實說，肚子早已大唱空城計。我一邊看著新買的漫畫，一邊用筷子吃著兩人份的煎餃。

這一帶是小學時我加入的童軍團用過的露營地。

因為團員太少，童軍團最後和其他團合併，營地據點也移去其他地方了。

從小，混帳老頭便以「學習社會經驗」為由，逼迫我加入許多團體和才藝班，童軍團是其中之一。

他認為學問就是一切，為了孩子的將來好，實驗性質地幫我報名了童軍團。結果，在童軍團學的不是學問。除非世界再也不能使用電器產品，必須在大自然中求生，否則在童軍團學到的知識大多派不上用場。混帳老頭發現以後，就趁合併時強迫我退團了。

除此之外，我還補過習，學過游泳，練過劍道；但老實說，沒一樣感興趣，唯一讓我發自內心喜歡的只有童軍團。

這是我發揮野外求生本領打造的祕密基地，不過也是最近才蓋的。

這是和照史吵架，在學校和家裡都失去安身處的我，擁有的最後堡壘。

我在人煙罕至的深山裡搭起了帳篷，買了便宜的二手小桌，運到山上。老實說，搬運過程最艱辛。為了待起來更舒適，我還準備了裝電池的小電風扇與回程用的手電筒，即便待到深夜也沒問題。

雖然只會在這裡待上數小時，但我輕鬆簡單地創造了屬於我的小天地。

夏天雖然悶熱難熬，但我最早也是傍晚五點才來，氣溫已經下降許多，只要帶幾個小電風扇，不至於待不下去。不過，真的只是勉強能待，我也曾熱到差點暈過去，最煩的莫過於時不時會有蒼蠅和各類小蟲飛進帳篷。

然而，這麼做彷彿回到了小時候，令我興奮又愉快。

屬於我一個人的堡壘。

一塊榻榻米大的野外城堡。

我把煎餃吃得一乾二淨，為了防止長蒼蠅，裝垃圾的袋子紮了兩層，妥善收進背包裡。之前有一回，我不小心把垃圾留在這裡，隔天來時長滿了蒼蠅。若是一個弄不好，可能會遇到被臭味引過來的野狗群。想要在大自然中求生，一定要格外小心處理廚餘垃圾。

我吃得飽飽的，直接躺在睡袋上，用數本漫畫充當枕頭，躺著看新買的漫畫。

內容好眼熟。對了，這不是我早上做的夢嗎？

如神一般的存在降臨，在廢墟世界四處救人。現實中當然沒有這種美好的情節，所以我特別喜歡有虛構英雄登場的漫畫。

我將漫畫攤開放在胸前，眺望帳篷的天頂。

啊——越來越暗了，該開手電筒了。剛吃飽有點睏，先瞇一下吧。

驀地，我留意到周遭的動靜。除了蟬鳴，好像還聽見烏鴉叫聲。荒郊野嶺的，也有烏鴉啊。此外還聽見風聲呼嘯。還沒到最熱的時節，晚上的溫度滿舒服的。

儘管注意力被周遭動靜吸引，但沒有人聲氣息。

只有我，獨自一人。

我開始進入妄想。

下山後，城市被惡徒占領，家裡的人全死光了。我不安地前往「鳳仙」，那裡成了避難所，聰明哥、佐知子姊和瑠花正在煮拉麵給居民吃。

然而，敵人終究殺進店裡，我拿起拖把上前抵抗。

我迅速做掉了幾個敵人，但敵人不斷湧現，沒完沒了。正當我以為不行時，神出現了，救了大家，敵人潰不成軍。

神回過頭來，仔細一看，那不是照史嗎？

哈哈，蠢斃了。差點忘記已經不能仰賴照史了。

以前真快樂啊，放學後大玩特玩，青春得不得了。我們會去電子遊樂場玩對戰遊戲，好像還玩過手機的定位遊戲，走了好多路。

因為知道那有多快樂，現在才會更形悲傷。

以後我該怎麼活下去呢？我很想死，但更怕去死。

我沒有憧憬的未來，也沒有想做的事。
我需要一位神來引導我。
雖然我不信神。
哈哈、哈哈哈。

水原瑠花　七月二十七日　星期六　晚上八點半

明日的備料遲遲未結束，結果打工拖到了八點半。我向聰明哥和佐知子姊高喊「辛苦了」，敬禮後從後門離開。
我將鑰匙插進停在後院草叢的腳踏車，還沒跨坐上去便心急如焚地撥電話給安西同學。
「喂喂？安西同學？抱歉，拖到這麼晚！」
『水原同學，啊，沒關係的。昨天辛苦妳了！一切都好？』
「嗯，訊息裡也有寫，已經沒事了。昨天和妳通完電話後，發生了好多事情。」
『我大致掌握方向了。那個，關於報警……』
「嗯，我打算好好跟爸爸談，只是時間點有點尷尬，可以再等我一下嗎？我會盡快說的，這樣也算是在心情上做一個了斷，我也不喜歡自己走到這一步，跟爸爸的溝通又裹足不前……」
『不不，我沒有催妳的意思。那個，剛好相反……』

「相反？」

『我昨天也想了很多，報警這件事，可以等暑假快結束時再去嗎？』

「咦？快結束時……也就是八月底嗎？」

『嗯對，那個，還記得嗎？我跟妳提過媽媽住院……』

「記得，可是，那不是用來隱瞞二宮勒索的謊言嗎？」

『不，我媽住院的事情是真的，她要做胃癌手術……只是醫藥費沒有不夠。那個，我想至少在暑假期間多陪陪她……』

「原來是這樣。抱歉，第一次見面時，我說得太過火了。」

『不，沒關係，是我自己說謊接近妳的。那個，我們要去報警對吧？我怕報警後要做筆錄，我就不能陪媽媽了，想著想著就覺得很難過……』

「我明白了，我們等暑假快結束時再去吧。」

『真的嗎？我本來以為不行，謝謝妳答應。抱歉，昨天才說不想絆住妳……』

「坦白說，我也需要一些時間調適，總之狀況我明白了。就延到八月底吧，具體日期，嗯——之後再決定。」

『好、好的，謝謝。』

「妳媽媽的病情……不樂觀嗎？」

『嗯，不樂觀……』

「原來啊……我相信一定會沒事。」

『謝謝妳。那麼，保持聯絡。』
「嗯，了解。對不起，拖到這麼晚……」
『不會，我才想謝謝妳呢。晚安。』
「嗯，拜拜。」
結束通話後，我忍不住嘆氣。
原來住院的事情是真的啊，我不應該口出惡言的。
不過，能改到八月底真是太好了。說真的，我今天還不想跟爸爸說話。雖然想繼續借住在千尋家，但那裡沒有換洗衣物和保養品，我真的該回家了。不，也許只要說一聲，他就會買給我？總覺得他是真的願意為我赴湯蹈火。
察覺自己有這種自私的想法，我又陷入低潮。
昨晚跟爸爸吵架後，我一時衝動逃去千尋家，和他發生了關係。
還順勢答應要跟他交往。
不過，我是因為當時心情低落，才會隨口答應的。
我必須找時間好好跟他談。問題不斷冒出來，我自己都覺得煩。接著，我乖乖回到家，在專用停車場停好腳踏車。
走進大樓，搭電梯來到三樓，推開自家大門。
「啊，瑠花小姐嗎？」
咖哩的味道。

好想吐……

客廳裡有一位戴眼鏡的中年婦人，擅自使用我的烹飪器具和我的瓦斯爐煮了晚餐。

還真的請人來了……我不動聲色地注視對方。

「您好，我是LIFE HOME的簽約人員，宮根。這是您父親交給我的信。」

叫作宮根的家事阿姨自我介紹後，從圍裙口袋拿出一封信。

我冷淡地點了個頭，避開她，在椅子坐下。

拆開封口，裡面放著爸爸寫給我的信。

瑠花

我請了家事阿姨，這麼做是為妳著想。

我拜託對方一週來五天，每天從晚上六點做到晚上十點。

晚餐若是在家，不妨跟她一起吃吧。

瑠花，我直說了，妳昨天親我的行為是不正確的。

不過，是我把妳逼成這樣。真的很抱歉。

請原諒我。

我是真的很愛妳，這是肺腑之言。

瑠花，我愛妳。

特地寫了封信，文字量卻跟平時的字條差不多。

結果爸爸只想跟我道歉嗎？

我瞞著正在煮飯的家事阿姨的耳目，悄悄把信紙揉成一團，丟進旁邊的垃圾桶。

啪嘰、嘰、嘰、嘰、嘰、嘰。是瓦斯爐點火的聲音。

「瑠花小姐，您肚子會餓嗎？我煮了咖哩，不嫌棄的話請用。」

「……好，我要吃，謝謝您。」

「我明白了，請稍等喲。」

我簡單回應，宮根女士也輕輕回頭微笑。

我靠在椅背上，望著天花板。

煮飯的不再是我了。家裡請了幫傭，我不需要做家事了，不需要努力了，不需要洗衣煮飯了……通通不需要了。

不需要我了。

感覺糟透了。

我逐漸麻痺自己的感官。

閉上眼睛後，只知道整間屋子充斥著咖哩味。

啊，對了，可可。

希望今後不會再見到他了。

石田武命　七月二十八日　星期日　凌晨一點

有聲音。

不是蟬，不是小溪，也不是小型電風扇，更不是青蛙的叫聲。

我用力睜開眼睛，躺著專注聆聽。

是挖土聲。怎麼回事？有動物嗎？

我小心翼翼地不發出聲音，輕輕摸索褲子口袋，拿出手機。手機顯示電力還剩百分之五十，時間是深夜一點。

糟糕，我睡著了？回去會被罵翻。不，現在應該先擔心人身安全。我重新閉上眼睛，集中精神確認聲音。

沙……沙……沙……沙……

沒錯，是挖土聲。

難道是童軍團的人來山區巡邏嗎？不對，應該不會三更半夜跑來吧。如果是野狗的話，為什麼要挖土呢？藏食物嗎？啊，也許是山林管理員？我擅自在這裡搭帳篷，說不定會挨罵。

我爬起來，從背包裡拿出手電筒。

好可怕，不知道是什麼狀況，直覺告訴我「去看看吧」。如果真的是山林管理員，老實道歉就好。就算不是，假如這裡真的有人定期巡邏，視情形我可能得拆掉祕密基地。如果是野狗或是熊……就全力逃吧。雖說死了也無所謂，但我還想多活幾年。

我一方面覺得恐懼，一方面又覺得好奇難耐。

我用手掌包住手電筒，輕輕按下開關，這麼做是為了不發出太大的聲音。微弱的「咔」聲響起，手電筒亮了。

我慢慢走出帳篷，用光照亮腳邊。我怕照太遠會被發現，所以盡可能只照腳邊，並且靜待眼睛適應黑暗。

星空好漂亮。宛若金平糖的小星星灑落夜空，我每次都趕著回家，還是第一次欣賞到如此燦爛的夜空。

這裡地處偏鄉，離車站很遠，附近也沒幾家便利商店，我老覺得沒什麼優點，卻遺忘了漂亮的星空是鄉村才有的優勢。

我「嘶──」地用力吸氣，朝山路邁進。

聲音傳來的位置不遠。我穿過稱不上路的樹林間，躡手躡腳地走著。

沙……沙……沙……沙……

聲音越來越大，果然不是腳步聲，應該是有人拿鐵鍬挖土的聲音。怎麼選在這種時間？

隨著聲音變近，我的心也越跳越快。倏地，我瞥見了微弱的亮光。

我躲在樹幹後面觀察動靜。沒錯，是燈光。樹林間有小一塊開闊的空間，有道人影在那裡挖土。誰會在黑夜裡挖土？

我緩緩走近，隔著距離蹲下來。這裡草木茂盛，不容易被發現。

從遠方看不清楚，只知道人影專心地挖著土。我從口袋取出手機，用相機鏡頭放大看。

發出亮光的物體是智慧型手機，對方似乎用手機鏡頭附的燈充當照明，藉著微光挖土。

我拿相機對準人影的臉部，將鏡頭放大。是男人。

現場太黑，男人在夏天刻意戴著連帽外套的帽子，我看不清他的臉。

突然，挖土聲停了。被發現了？我緊張地繃緊身體。不對，人影只是將鐵鍬插在土裡，輕輕倚靠在上面休息。

他摘下帽子，用衣服擦汗。趁現在。我再一次用搖晃的相機鏡頭對焦。

啊？

我愣住了。這張臉我認得。

是和髒女人搞外遇的傢伙，我在家裡看過這個人。

內心湧出更多疑惑。那傢伙為何跑來這裡？該不會髒女人也在吧？不過，現場感覺只有他一人。

總不可能剛好是山林管理員吧？

沒記錯的話，他是混帳老頭的下屬，是普通的上班族，我趁他跟髒女人偷情時聽到的。

印象中，髒女人都叫他……

想不起來。我繼續觀察男人，他似乎覺得附近不會有人來，或者純粹太熱，就這樣脫下帽子開始挖土。

我冷靜地觀察男人。來拍照吧。我啟動快門消音APP，照了一張相，仔細盯著照片。

地上有東西。

肉眼看不見，但鏡頭的確拍到了什麼。

位在畫面左下角，離男人很近，被他的腳擋住了。我本來以為是堆起來的土，卻見男人將挖起的土放在相反方向。

我重新舉起相機，這次不是對準男人，而是拍他的腳邊。

那是乍看像是泥土的褐色衣服。衣服？怎麼是衣服？我睜大眼睛用力瞧，每當男人挖一次土，腿部都會稍稍移動，我趁這個空檔猛看。

凝固的血，黏在廢物的——我哥哥高貴的臉上。

什麼？

看見那張扭曲醜陋的臉，我關掉手電筒站起來。男人似乎專注在挖土，絲毫沒察覺我的動靜。

腦中彷彿有蟲子嗡嗡作響。

響著、響著……腦子一片空白，我緩緩踏出腳步，繞到男人身後。

沙……沙……沙……沙……

沙……沙……沙……沙……

每當森林響起男人的挖土聲，我便悄悄地走幾步，慢慢繞到男人背後。接著，我在橫躺的屍體前蹲下來。

鼻梁凹陷，眼球轉向左右不同的方向，張開的口中可見黃牙缺了門牙。我用手指輕戳肩部，毫無反應。

「真的死了。」

我想也沒想就脫口而出。男人猛然回頭，往後退了幾步，差點掉進洞口才停住。

「是誰？」

他聲音顫抖地問。我沒回答，只問了一句：

「是你殺的？」

男人沉默下來，緊緊握住手上的鐵鍬。

他想殺了我嗎？等了半晌，他慢慢將鐵鍬刺入地面，低頭喃喃細語：

「沒錯，我殺的。」

聽到這句話，我情不自禁地慢慢漾起笑容。

我正在笑。

我可以笑。

我已經好久沒有發自內心地笑了。

這個笑容不是裝出來的。

男人因為低著頭，應該沒看見我的表情。他繼續說：

「瞞也沒用，是吧……快結束了。」

語畢，男人彎腰撿起放在地上的手機。

結束？

結束？你說什麼？

我忍不住撲上前抱住他。

「哇！」

男人大叫，我們雙雙跌入挖到一半的洞穴裡。

我坐起來，俯視男人。男人藉著月光，總算看見我的表情，吃了一驚。

我哭了。

邊哭邊笑。

喜極而泣。

不是結束，一切正從今天開始。

我始終深信並耐心等候，等待有人拯救我脫離困境。

啊，對了。我想起來了，你叫作——

直人。

直人叔叔。

不過，對我來說，你不是直人叔叔。
我一直在等你降臨。
對吧？
「神。」

第五章　八月

水原瑠花　八月一日　星期四　下午四點

聽說耳洞穿在哪一耳，具有不同的意義。

左耳象徵了勇氣和驕傲，右耳代表善解人意與成年女性——只是聽說喔。因此，這些意義也漸漸演變成男性在右耳穿耳洞是同志，女性在左耳穿耳洞是蕾絲邊，就像一種自我主張吧。

那麼，如果兩耳都打呢？我好奇地搜尋了一下，好像沒有特殊意義。對，沒有特殊意義。所以、所以……拜託放過我吧！

「不行，這對我來說太困難了！」

我忍不住大叫，聲音響徹咖啡廳，周遭的客人微微行來注目禮。而我呢，正雙手顫抖地舉著耳洞槍，對準千尋的右耳。

千尋本人則一臉期待地望著我。

「沒關係，用力打下去就對了，我自己打過一次，其實沒那麼痛。」

「那你自己打不就好了？我做不到。這是肉耶？把針刺進肉裡耶？」
「由妳來打才有特殊意義啊。」
簡直莫名其妙！
我連自己的耳洞都沒打過，為什麼要在這邊幫人穿耳洞啊！
「你左耳不是自己打的嗎？右耳也自己打嘛。」
「拜託，我想要瑠花幫我打，留下美好的回憶。」
千尋的語氣像小朋友一樣天真可愛……才怪！這樣很可怕好嗎！
我不想幫他打，雖然不想……
但他當過爸爸的替代品，對我有恩，我一直想找機會還他人情，只是沒想過會是打耳洞。
我先深呼吸、閉氣。
「好！」
耳垂剛剛已經消過毒了，就只差打下去。我左手扶住發抖的右手，將耳洞槍對準耳垂的位置。
「不准怨恨我喔。」
「絕對不會。」
再次確認後，千尋秒答。
好，已經獲得口頭擔保了喔，未來不管他的耳朵因為什麼原因爆炸、融化，或是聾掉，都不關我的事喔。沒我的事、沒我的事！

我一面在心裡大叫，一面手指用力一按。嘎鏘。

「穿過去了、成功穿過去了！會不會痛？有沒有流血？我可以把手放開嗎？」

「痛是不會，有沒有流血我不知道，我自己看不到。」

戰戰兢兢地睜開眼，耳針確實穿在耳朵上了。嗚哇。

我如釋重負，慢慢放鬆手部力道，鬆開耳洞槍。

「看、看起來還好嗎……？」

我雖然在施力時閉上眼睛，但意外打在一個不錯的位置。千尋用手機的自拍鏡頭確認自己的耳洞。

「瑠花，謝謝妳，我好開心。我會好好珍惜這個耳洞。」

「不、不用客氣……」

千尋滿心歡喜地望著我，我只覺得全身疲倦，直接趴在桌子上。

我們就這樣爽快地開始交往了。

只是心情上一點也不爽快，根本是烏雲密布。

我們在暑假的第一天正式交往。那天，我和爸爸吵架，跳下他的車，直接跑去千尋家，一時衝動地和他發生了性行為。我覺得一切都糟透了，實在沒有力氣花腦力思考，便隨口答應了他的告白。

沒錯，我是一時衝動跟他交往，但是說到後不後悔，那倒是還好。

千尋願意把我擺在第一位，在我寂寞的時候，隨時飛奔到我身邊。最近因為家裡請了新的家事阿姨，所以我也不是很想回家，沒有特別的事情，都直接住在千尋家。

而且，爸爸還是不肯和我說話。我們晚上見過幾次面，但或許是雙方都被那天發生的事情影響，頂多彼此打個招呼、說兩句話就沒了。

與其待在沒有立足地的家裡，還不如跟千尋一起睡覺，這樣就會有人向我問早、在身邊說愛我、陪我一起吃飯，幸福多了。

爸爸不肯做的事，他都願意為我做……唉。

有這種想法真的很糟，我忍不住嘆氣。讀到高二，我終於進入叛逆期了嗎？

我們今天上街約會，一起逛街、看電影，中間千尋去用洗手間，照鏡子的時候，突發奇想說右耳也想穿耳洞，這樣就能戴兩邊耳環，然後去附近的美妝雜貨用品店「唐吉訶德」買了耳洞槍，找了間咖啡廳坐下。

我們坐在人少的角落，他當場把耳洞槍拆封，「來」一聲就交給我，頭殼撞到似地說：「來都來了，幫我打吧。」事情就是這樣來的。

手機突然震動，我丟下開心地戳弄耳環的千尋，拿起倒放在桌上的手機。是美希傳的 LINE。

『下星期天就是夏季廟會了，超級期待！我領到打工費了，我們去盡情揮霍吧！』

對喔，夏季廟會在下週末登場，我和美希約好星期天要去玩。
「千尋，你對廟會有興趣嗎？」
我隨口一問，千尋馬上有反應。
「有。」
「那麼，你八月十號有空嗎？十號到十一號連續兩天放煙火，我們要不要十號一起去？我十一號約了朋友，但十號有空。」
「我要去。我從來沒去過廟會，一直很想找機會去看看。」
「呃，從來沒去過？」
「嗯，我沒有能一起出去玩的朋友，但我其實一直很想去。瑠花，我們去吧。」
千尋在桌上輕輕握住我的手，但我突然介意起旁人的目光，下意識地把手移開。
千尋顯得有些受傷，把手縮了回去。我小小地嘆氣，站起來。
「我去續冰咖啡，你要點什麼嗎？」
「不用，啊，等一下，我拿錢給妳。」
「沒關係，不需要每次都你請客。」
我無奈地說完，下樓走到咖啡廳的一樓櫃檯前，向可愛的女店員加點了冰咖啡。
接著，我邊滑手機邊等。咖啡很快就來了，我點頭致意，接過咖啡，正想回到二樓時，偶然在樓梯旁的座位撞見了……
剛剛下樓時，我一心注意著櫃檯的方向，沒發現這個死角，上樓時正好和那傢伙對上眼。那傢伙戴著眼鏡，桌上放著一堆參考書，感覺判若兩人，但無庸置疑。
是二宮。

「妳……！」
我們緊張地瞪著彼此，二宮把參考書收進包包，朝我衝過來。
「我報警喔。」
他一過來，我便小聲警告。二宮皺眉，停下動作。
「水原……混帳，把安西還來。」
把安西還來？他還有臉說這個？我忍不住向前一步反駁：
「你在說什麼？安西同學不是你的所有物，你還想強迫她去援交嗎？」
「不、不是！當時我是因為沒錢繳給學長，怕被揍才出此下策……」
學長——他說的是可可。
你還有臉裝可憐？知不知道自己幹了什麼事，又說了什麼啊？
「你從安西同學身上騙錢，只是為了跟那些傢伙鬼混，爛透了。」
「真的不是！水原，聽我解釋！」
他猛力拉住我的手臂，我一時踉蹌，潑了一些冰咖啡出來。
「放開我！」
「學長失蹤了，我聯絡不上他，他之前從沒失聯超過兩天。其他學長也找不到他，所以我想趁這機會洗心革面，遠離那票人！」
「啊……？可可失蹤了？」
「咦？喔對，可可是學長的網名。我對安西做了很差勁的事情，但我真的只剩她了。我沒有朋友，所以才會跟她在一起。我們兩個都沒有朋友，所以才要在一起！」
二宮想要說服我，他的音量越來越大，不用說，其他客人都看向我們。我焦急地想要甩開他，但他抓得意外地緊，無法輕易掙脫。
「水原，我想道歉！求求妳，把安西還給我，她後來完全不回我的訊息！」
「不要，放開我、快點放開我！走開！」
我忍無可忍地抬高音量，說時遲那時快，千尋從二樓氣勢洶洶地衝下來，將我一把揣進懷裡，接過我手中的冰咖啡，直接就往二宮身上潑。
「嗚！」
二宮失去平衡，當場蹲下。
「不准再靠近她一步，否則下次可不只是冰咖啡。」
千尋狠狠瞪著二宮給他下馬威。至此，二宮終於拾回冷靜，察覺自己成為目光焦點，尷尬地低下頭，抱起東西快步走出店門。
現場一片死寂，店內播放的爵士樂清晰地迴響著。
所有人都在看好戲。
「千、千尋，謝謝你。呃，可以放開我了嗎？」

「抱歉……」

我拍了拍緊摟著我的手臂，千尋旋即放開我。

「小姐，妳有沒有受傷？」

剛剛替我沖咖啡的女店員拿著拖把跑來，關心地詢問。

「對不起，我沒事。我們要走了，真的很抱歉。」

我速速說完，從千尋手中拿起空杯子，還給店員。

「抱歉，飲料潑出來了。千尋，我們走吧。」

「啊、嗯。」

我拉起千尋的手，匆匆忙忙地走出去，往二宮離開的相反方向，也就是千尋位在車站前的家前進。

在通往車站和大馬路的巷道走到一半，我才意識到自己還牽著他的手，不由得輕輕地放開。

千尋關心地望著我，不等他開口，我自己說：

「千尋，謝謝你，剛剛很帥喔。」

「瑠花，那小子是誰？他對妳動粗嗎？」

他說的是誰呢？我忽然混亂了。二宮和可可是一夥的，整起事件解釋起來有點麻煩，我無論如何都不想讓千尋知道那天差點被可可強暴。

「他是學校同學……我們交惡。」
我隨口搪塞，眼神飄移。
本來以為說完就沒事，我錯了。
眼前突然一暗，千尋把我整個人擁入懷裡。
「喂！」
「瑠花，沒事就好。」
哪有這麼誇張。
他抱得相當用力，我推不開。察覺他的身體微微震顫，我把手繞到他的背後，想要拍背安撫他。
「對、對不起。」
內疚的情緒使我不小心道歉。
這畫面要是給熟人看到就太丟臉了。不過，我們一路上都握著手，可能早就來不及了。
咫尺下，可以感覺到千尋的香水味混合著汗味。
誰叫他救了我呢。
心頭微微小鹿亂撞。和爸爸不一樣。香水味、寬闊的胸膛、大大的手掌，全都跟爸爸不一樣。
我好像有點喜歡他。

我靠在千尋的懷裡，閉上眼睛，沉澱心情。
因為如此，二宮剛剛說的話一下就被我拋到了九霄雲外。
可可失蹤了。
沒人有他的消息。

石田武命　八月四日　星期日　晚上六點

「我吃出食物的味道了。」
我一邊大啖牛排，一邊對直人叔叔說。直人叔叔沒碰眼前的定食，緊張地盯著我。我今天找他出來吃飯，替表示沒胃口的他點了定食套餐。
直人叔叔的眼神透露出敵意，我不以為意，繼續說我自己的。
「肉味、鹹味、奶油味，全都吃出來了。我本來很挑食的，對吃沒啥興趣，反正所有東西吃起來味道不都差不多嗎？但是，想不到肉這麼好吃呢。能吃出肉的美味，全要感謝叔叔呢。」
直人叔叔聽了，總算緩緩拿起杯子喝水，一口氣喝到底，再顫抖著手放下杯子，這幅光景令我失笑。
「哈哈，直人叔叔，不用那麼害怕，我可是把你當英雄——不，當作神來拜喔。」
「……世界上沒有神。」
「有，我不停、不停向神許願，拚命、拚命、拚命地求神派人到我家，把我解救出去。我一直求、一直求，中間雖然曾經放棄，但求的次數多更多。我始終沒有真正放棄，所以神才會派人來救我。」

語畢，我用左手的叉子指著直人叔叔的飯碗。

「來，快吃吧。對了，差不多該告訴我前因後果是怎麼回事了吧？」

直人叔叔遲疑片刻，見我笑著不動，終於放棄抵抗，從頭開始說。

「我沒想到自己殺的人是你哥哥……而且還是石田分社長的兒子。」

對喔，直人叔叔是混帳老頭的下屬嘛，難怪這麼坐立難安。

那天，直人叔叔回到家裡，驚見男人想侵犯自己的女兒。他讓女兒去朋友家避難，接著殺了男人。

他說，不是一開始就起了殺機，本來只想警告一番，就把男人轟出去，但身體自己動了起來。

女兒不知道他殺了人。直人叔叔開車接女兒回家時，在車上和女兒發生爭執，女兒下車，說要去睡其他朋友家，當天晚上沒回家。

總不能把屍體留在家裡，他用布層層裹住屍體，先搬到車上放，就這樣放到隔天下工。

停放在戶外停車場的車子在暑氣下蒸騰了一天，要開車回家時已散發出微微腐臭，直人叔叔受不了那股臭味，直奔雜貨店買了大鐵鍬，接著便把車開往荒郊野嶺。
我就是在那裡遇到直人叔叔的。
水原直人。
水原——跟瑠花同姓。
無巧不成書，他用那雙酷似瑠花的眼睛畏怯地看著我。

總之，我乾脆威脅直人叔叔，不告訴我聯絡方式，就要把整件事情抖出來，並在一週後的今天約他出來。
「居然載屍體去上班，太威了吧，請受我一拜。」
我樂不可支。聽完故事的來龍去脈後，我也把牛排嗑光，悠哉地靠在椅背上。
「你在說什麼？我做的事不可原諒。」
「別瞪我了，我不會抨擊你的所作所為。我們不是一起埋土的夥伴嗎？」
語畢，直人叔叔的眼神再次飄開。「埋土」說起來很好聽吧，其實是我們一起埋了我哥那廢物的屍體。
「哈哈，直人叔叔，我就把話說開囉，我今天找你出來，是有一事相求啦。你看，時間都過這麼久了，如此天載難逢的大好機會，還好你沒傻傻跑去自首。」
「……你要拜託我什麼事？」
既然他都主動問了，我也大方地開口：

「可以請你順便殺了我父母嗎？」

「啊？你說什麼？」

時機不湊巧，店員走來收碗盤，把我的鐵板端走。直人叔叔乾咳幾聲，恢復鎮定後再次瞪著我。

「全是那對父母害的，他們害我感受不到任何幸福。交個朋友都失敗，每天假笑也快到極限了。只要他們死了，我會過得更好更幸福，也許就能變成普通人了。」

「少胡扯了，我不可能幫你殺人。」

「我不想戴著父母的枷鎖長大。哈哈，你要是肯幫我殺了他們，我願意幫你扛起罪名，包括你失手殺死的傢伙。」

直人叔叔的眉毛動了一下。我揚起嘴角，繼續這可笑的話題。

「真的啦，我不會提到你，是我自己殺了他、埋了他。你有你的殺人動機，我也有滿滿的動機啊。我恨透了自己的家人，身上還有虐待的痕跡喔？你看。」

我將衣領向右扯，露出右側肩膀，直人叔叔震驚地注視著。

那裡有一大片怵目驚心的黑青。

「啊，其他地方也有喔。」

我邊說邊拉開左側衣領，直人叔叔溫柔地制止了我。

「我信，不用給我看。那是石田分社長幹的嗎？」

「嗯——有些是，但大部分是我哥高貴的傑作，他只要看見我就一定會揍我。哈哈、哈哈。對喔，我老爸是你的頂頭上司呢。你也挺有一手的嘛，竟敢對上司的太太出手，很行啊。」

我順口說出這件事。這可不是威脅，我是發自內心尊敬他。

直人叔叔和我媽那髒女人搞婚外情，我親眼目睹過他們的偷情現場，所以一直知道有直人叔叔這號人物。

給一般人看，也許會覺得他很爛吧。但是，倘若他連跨越道德邊界的勇氣都沒有，我也不會拜託他殺人。

直人叔叔一臉尷尬，欲放開我的手，我卻反過來抓住他，進一步說：

「喂，直人叔叔啊，你忍心讓瑠花變得孤苦無依嗎？」

「你怎麼知道我女兒的名字？」

一搬出瑠花的名字，他的眼神變得銳利，聲音也低了幾階。

猜中了。

「啊，猜對了？哇，太巧了吧！你姓水原嘛？仔細看，眼睛長得跟瑠花超級像，我就猜你們可能是父女。」

「你是瑠花的男朋友嗎？」

「男朋友？不不不，才不是，我和瑠花在同一個地方打工，知道她單親，家裡只有爸爸，所以想說問問看啊。唉，直人叔叔，這樣真的好嗎？你要丟下唯一的女兒，不知道坐幾年牢嗎？就算可以出獄，也一定會被討厭喔。」

直人叔叔狠瞪我大半天，最後終於用力嘆氣，甩開我的手，喃喃低語：

「……什麼時候動手？」

棒呆了。

我竊笑著喝完果汁，把冰塊含在嘴裡，嘎嘰嘎嘰地咬碎。

「不用立刻動手，學校剛放暑假，我想把握難得的機會，好好過完這個暑假。我去頂罪會被警察帶走嘛？這樣高中最後的暑假就得在拘留所或牢房裡過了。我想在暑假最後一天晚上或開學典禮早上下手，如何？」

「好吧，你先向我保證，絕對不會告訴瑠花。」

「我不會說。瑠花是我重要的朋友，我不會把你殺了我哥的事情告訴她，也不會提到這場交易。」

「……那好。」

「哈哈，謝啦，神。」

我對直人叔叔展露笑顏。直人叔叔沒有看我，拿出手機低語：

「我不是神。」

聽到這一句，我猛力抓起直人叔叔的手腕。他震了一下，僵住不動。

我不改笑容，慢慢從他手中抽出手機。

「你是神，你就是我的神。有人不殺人卻是壞人，有人殺了人卻是好人。真是學了一課呢。神，再請你多幫忙囉。」

東千尋　八月五日　星期一　早上十點

跟平時一樣，我用門卡打開員工專用後門，走進店鋪。

「早安。」

佐田聽到我的聲音，隨即衝來，攔住正要前往休息室換衣服的我。

「幹麼？」

「喂，東，你幹了什麼？昨天店長特地打電話給我，盤問你的事耶。」

「啊？為什麼？」

「我哪知道！店長來了，你去問他啊。他剛出差回來，臉很臭喔。」

真麻煩。

我決定先去店長室，回頭再去換衣服。雖說是店長室，其實也只是稍微做出隔間的簡易小房間，讓客人無法從外側望進裡面。

「店長早。」

「東，好久不見。」

江原店長察覺是我，霎時吃了一驚，但臉色一樣難看。他「嗯哼」地咳嗽，叫我進去。他去總公司研習的這一陣子，我們度過了一段耳根清靜的生活，好日子結束了，可惡。

「你為什麼不接電話？」

「電話？」
「我不是有傳簡訊要你打給我嗎？我等不到電話，自己打了，你沒接。」
啊，經他一說——
我要跟瑠花洗澡前收到了簡訊，但因為滿腦子都是瑠花，就忘光光了。
但這沒什麼問題吧？不要在假日打電話過來啦。
「抱歉，我假日忙私事，不方便回電。」
「那至少回個訊息吧。」
「……」
「算了，上班前我有話要問你，坐下吧。」
江原店長拉來一張摺椅，打開遞給我，我放下公事包，在摺椅上坐下。
「楠田辭職了。」
「楠田嗎？」
「她不是最近一直請假嗎？我接到她的電話，說要辭職。現在是最忙的時期，我問了辭職原因，她說不想跟你一起上班。」
「喔……」
「我建議她調店，但她說想跟你斷乾淨，拒絕了我。東，你做了什麼？」
「我怎麼知道……」
「你們因為感情問題吵架了？我不想干涉員工隱私，不過楠田哭得很慘，以防萬一我確認一下，你沒對她施暴之類的吧？」

我低頭沉思，梳理我與楠田的關係。

楠田志保。

我和她發生了關係，發現**「還是不對」**，做完當天就把她甩了。

這種分手方式的確很爛，但我當時也處於恐慌狀態。

我抬起頭，對上江原店長質疑的雙眼。那副高傲的嘴臉。啊，他不相信我，覺得一定是我不對。好吧，這整件事是我不好，不過又關他什麼事呢？真令人火大。

你之前不是還問我要不要當副店長嗎？翻臉跟翻書一樣快。

我本來就對這個人沒啥好感，從來上班第一天就看他不爽。有夠衰，我為何非得在這種人底下工作啊？

等等？

對喔，我是看在薪水不錯的分上才做了這麼久，但不是非得在這裡上班不可。我現在有瑠花了。

不需要再死撐受氣了。

之前想到要換工作就覺得麻煩，所以刻意逃避不想。現在，我能鼓起勇氣了。

思及此，話語自然地脫口而出：

「我和楠田發生了一夜情。」

「什麼？」

「我對她說了過分的話。因此，我會負起責任辭職的。」

我拿起包包離席。江原店長似乎在後頭說了些什麼。我避開印刷機具，直接繞去後門，途中與佐田擦肩而過。

啊，我害佐田被店長騷擾，跟他說一聲吧。

「那個，佐田，我做到今天。」

「什麼！你說什麼？」

「很高興認識你，我們有機會再約吧。」

「嗯？喔。真假？你不做了喔？」

「真的，掰啦。」

我拍拍佐田的肩膀，把門卡插進後門，倏地，背後有人一把抓住我的肩膀，我以為是佐田，原來是江原店長。

「東，你在說什麼？沒必要辭職——」

我一秒甩開他的手，振臂一揮，賞他左頰一記痛拳。

江原店長向後倒去，狼狽地跌在作業臺下，佐田和其他店員傻眼地望著我們，江原店長扶著臉頰，整個人呆掉了。

這是我生平第一次揍人。

「這樣就能正式解約了吧。再見。」

江原店長似乎還在後面說什麼，我頭也不回地穿越後門。

接著，我拿出錢包和手機，塞進口袋，並直接把無用的公事包扔在員工通道。揍人的亢奮未消，嘴角無法克制地發笑。

不用再打這條悶熱的領帶了。我隨手扯開領帶，把它砸在通道上，領口的鈕釦也一併飛掉。

此舉引來路人狐疑的側目。

我走出大樓通往車站的出口。

涼快多了。

我自由了。

石田武命　八月六日　星期二　晚上六點

「瑠花，請妳和我交往！」

鳳仙的打工結束後，我在自行車停車場九十度彎腰，對瑠花伸出雙手。我們今天都是六點下班。

「什麼？你是跟我開玩笑？」

瑠花維持牽腳踏車的姿勢，聲音嚇到分了岔。

我因為低著頭，看不見她的表情。

「不是玩笑，我是真的喜歡妳！」

「整人遊戲？」

「也不是！」
我用聰明哥和佐知子姊聽不見的音量小聲說。腰開始痠了，好累啊。
「武命，你先抬起頭。」
「好、好喔。」
我依言抬起頭，看到瑠花一臉又氣又好笑。
同時也很困擾。
「抱歉，那個……我很感謝你的心意，但是我現在有算是正在交往的對象，只能拒絕你了。」
「是嗎？好吧。」
我裝出無奈的笑臉，一面打開腳踏車的鎖。大概是心情切換太快，瑠花露出傻眼至極的表情。
「什麼？就這樣？你果然是開玩笑？」
「不是玩笑！我是認真的！但是被拒絕也沒辦法啊！」
「所以這樣就好嗎？一般人會這樣嗎？」
「嘿咻。」我坐上腳踏車，笑著說：「一次就好，我想要告白看看！」
「咦？什麼意思？你等等喔，給我說清楚。我被拿來做實驗了？」
「不是，我真的喜歡妳！我喜歡妳！」
「既然喜歡我，可以表現得再傷心難過一點嗎？」

「妳怎麼有辦法說得一本正經啊。」

瑠花困惑歸困惑，不忘解開自己的腳踏車鎖，把車牽過來。

「武命，我完全把你當成朋友，所以從來沒想過喜歡或是討厭的問題。不過，和你在一起很開心。」

「好吧。」

「不過，我很感謝你的心意。對我來說，鳳仙的人就像真正的家人。」

「啊，我也這麼想。這是真心話？」

「嗯，真心的。希望我們以後還能做朋友，友情不會因此受到影響。」

「我們是一般朋友還是好朋友？」

「好朋友喔。」

我們面面相覷，「欸嘿嘿」地傻笑。

夕陽灑落，照亮她臉頰上薄薄的汗珠，真可愛。

「哈哈，那我走囉。」

「咦？怎麼今天是這個方向？」

「嗯，我今天要去車站附近辦事。」

「這樣啊。那麼，我們明天鳳仙見。」

「好，明天見。」

我們互相道別，踏上歸途。

我騎著腳踏車，直到來到看不見鳳仙的地方才停下來。避開人來人往的地方之後，我從背包拿出那張紙。

願望清單

一、一個人去吃燒肉。
二、吃遍鳳仙的所有菜單。
三、送禮物給谷藤夫婦。
四、看煙火。
五、告白。
六、街頭演奏。
七、當一次扒手。
八、遊戲全破。
九、和照史和好。

我用原子筆畫掉第五項，重新把紙放進背包，繼續往車站的方向騎。

我一面奔馳，一面在腦中快速計算接下來的計畫。

我已所向無敵。

神——直人叔叔會在夏季的尾巴替我終結這一切。

我好想要像直人叔叔這樣的父親。瑠花，我好羨慕妳。他雖然是髒女人的偷情對象，但也比我家那群垃圾好太多了，能不能跟我交換啊？

不過，廢物老哥怎麼會跟瑠花產生交集呢？

我也想過他們是不是曾經交往，但馬上覺得不可能。我不認為那傢伙能跟一位女性健全地交往。

他曾經帶女人回家。記得那天我睡到一半，被女人的抽泣聲吵醒，心驚膽顫地到走廊查看，撞見女人鼻青臉腫的奪門而出。

他似乎有暴力性行為的傾向，瑠花若曾跟他交往，不可能毫無跡象。

儘管想不通，但如今這些也不重要了，我決定放棄思考。

喔對，我今天之所以向瑠花告白，絕不是想利用交往藉機觀察她。我做了最後一個暑假的願望清單，然後莫名就把「告白」寫上去了。論起我最喜歡的女孩子，當然是瑠花了。

我們一起打工了一整年，說我對她毫無感覺絕對是騙人的。

但若問要不要進一步交往，老實說，都無所謂。

如果真的在一起了，她遲早會發現那個男人是我哥，我們應該就會分手了。對我來說，重點在於付諸行動「告白」。我想蛻變成男人。

仔細想想，瑠花正處於相當不得了的暴風中心，只要我替直人叔叔頂罪，她應該就能迎向普通人的生活。

我希望她得到幸福。無論她有任何苦衷，我都有義務把她推往幸福的道路。

騎了三十分鐘的腳踏車，總算抵達車站了。我步入站內，打開大型寄物櫃的鎖，從裡面搬出吉他。昨天我特地把吉他鎖在裡面，方便今天打工結束後直接過來。這是我用去年在鳳仙領到的第一份打工薪水買的便宜吉他。

接著，我移動到車站正前方最熱鬧的位置，把身上背的吉他盒放在地上。

六點半了，現在正是通勤族的下班時間，加上放暑假，四處是小學生和國中生，是最理想的狀態。

我用雙手拍拍臉頰，深呼吸，組起在「BOOK OFF」買的便宜譜架，夾上幾張手寫的吉他和弦譜。

接著打開吉他盒，取出一把木吉他，頭穿過背帶，把它背在肩膀上。

「呃——回家的人，大家好，我叫武命，現、現在要為各位帶來演唱。請多指教。」

沒有路人回頭看我。

我想也是。我雖然緊張，但不覺得丟臉。

這是僅屬於我一人的現場演奏。

我用音準欠佳的吉他彈奏C和弦，曲子是井上陽水的〈少年時代〉。

這是本來要跟照史一起練的曲子。

我從沒想過今後要靠音樂維生。只是想說，以後可以偶爾和照史見個面，悠哉地玩音樂，慢慢長大成人、步入社會。

已經無法回到那段日子了。

不，打從我在那個家誕生的那一刻，便註定沒有幸福人生。無論在哪裡、做什麼，家庭環境的陰影都如影隨形地圍繞著我，就連此時此刻也是。我沒辦法改變命運。因為害怕被討厭，所以總是裝出笑臉。

打從一開始，我就沒有幸福的結局。

不過，至少讓我把握此刻——

在街頭自言自語、自彈自唱過了一小時左右，當我為下一首曲子調音時，突然被人叫住。

「小子，別唱了。」

有人從後面拍拍我的肩膀，回頭一看，是兩位警察。

不妙，警察來了。

我知道街頭演唱是違法的，只是沒想到這麼快就被趕，我還有歌想唱。其中一位警察瞪著我。

「為什麼不行？我又沒給別人造成麻煩。」

說起來，這一小時根本沒有路人停下來。既然沒人在乎，我在這裡唱礙著誰了嗎？走開啦，我想唱下一首歌。

「本處規定不能進行街頭表演。」
「為什麼這裡不行，其他地方就可以？」
我不耐煩地加大音量，行人交頭接耳地端詳我。我不想用這種方式引人注目啊。
「這裡是道路正中央，會妨礙行人通行。」
「我有刻意站在角落，你是哪隻眼睛看到我妨礙行人通行？腦袋有病嗎？」
我全力反擊，另一位警察向前一步。
不妙，來硬的？我擺出防禦姿勢。
就在這時……
那傢伙突然擋在我跟警察之間。
「那個，抱歉！是我朋友不對！我馬上帶他離開！」
雖然只是背影，但我不會認錯那顆小平頭。
「咦？照史？」
我訝異地叫出他的名字，他微微轉頭看了我一眼。
照史為什麼跑來這裡？
警察瞬間皺起眉頭，但隨即露出得意的笑容。
「太好啦，朋友來接你囉。還不快走？我會在這裡盯著你離開。」
「為什麼啊！」
警察挑釁的言詞使我忍不住回嘴，這一回換成後面有人拍我肩膀。

是照史的女朋友，岸本。

「武命，聽話，我們走囉！」

「呃，美希？」

「警察先生，謝謝你們！武命，走！」

照史和岸本雙雙阻止了我，我只能無奈地收起吉他，摺起譜架，塞進背包。

照史牽起我和岸本的手，帶我們跑向車站另一側的大馬路。

我們跑了一小段路，直到看不見警察，三人才上氣不接下氣地停下來。照史輕輕放開我和岸本的手。

「照、照史，還有美希，你們怎麼會在這裡？」

「我們在車站前面的麥當勞吃晚餐，剛好看到的。」美希說。

「這麼巧？」

我覺得很尷尬，不敢看照史的臉。除此之外，表演被迫中止也很傷腦筋，這樣算是完成願望清單了嗎？

到底算不算數？我確實在街頭演唱了，應該可以算吧？雖然沒有唱到完，但的確做過了……

我喃喃自語，煩躁地抓頭蹲下來，照史似乎看不下去，主動開口：

「武命，冷靜。」

我一時語塞，閉上眼睛深呼吸數次，終於能夠冷靜回應：

「啊、嗯……對不起。」

我靠在路邊的護欄上，手摀著臉。照史跟我一起靠著護欄休息。

「呃——武命，好久不見，你剛剛在車站前幹麼啊？」

「如你所見，我在街頭演唱。」

「咦？街頭演唱？真的假的？大概多久啊？」

「一小時左右……？」

「所以才被警察驅趕？太強了吧！」

太強了？這答案令我始料未及。

我放開掩面的手，眼前出現照史熟悉的臉龐，旁邊還有岸本擔心地望著我們。

「武命，你很猛耶！我還沒有勇氣街頭演唱，太酷了！」

「有、有嗎？很酷嗎？好吧，這樣結束也不壞。」

既然別人覺得這樣很厲害，那應該算數吧。晚點來把這一項清單劃掉。

「你彈了哪些曲子？」

「呃——柚子的〈夏色〉、Whiteberry 的〈捉迷藏〉，還有愛繆的〈金盞花〉這類的……啊！和井上陽水的〈少年時代〉。」

「〈少年時代〉不是說好我們要一起彈嗎？你怎麼自己偷跑！」

「因為你叫我以後都別再跟你說話啊。」

話一出口，我才驚覺失言。笑容逐漸從照史臉上消失。
「阿照，我需要先迴避一下嗎？」
「不用，妳留在這裡就好。」
照史沒有要岸本離開，他坦然面向我，伸手輕擁我的肩膀。
「武命，抱歉，我後來有好好反省。我說了過分的話，傷害了你。」
咦？
我完全沒料到他會跟我道歉，整個人愣住了。
「那個，你聽起來可能像藉口，但我當時跟美希吵架了，心情也很糟，所以遷怒到你身上……你總是和我商量家裡的事情，我卻突然把你推開，對不起！」
「該、該不會是我害的？武命，抱歉！我前陣子跟阿照吵架，把你們搞得烏煙瘴氣的，對不起。」
岸本來到我面前，深深低頭道歉。我用很慢的動作遮住臉，這次照史用清晰的口吻說：
「武命，真的很抱歉，我還想跟你做朋友。」
這句話使我的意識逐漸轉黑。
我以手遮臉，閉上眼睛。
哈哈、哈哈、哈哈哈哈哈哈、哈哈哈哈哈哈哈哈。

愚蠢。

愚蠢、愚蠢，愚蠢至極。

無聊透頂。真是夠了。現在？現在才來跟我說這些？太遲了啦。

照史。

儘管心裡覺得沒希望，我還是想和照史重修舊好，所以把它寫在願望清單上。我以為這個願望一定不會實現。只有這個願望不會實現。

這樣好嗎？我可以坦然感到高興嗎？

我用力抱住照史。

「嗚哦？」

「武、武命？」

連岸本也被我的一百八十度大轉變給嚇到。

「我也是，我早就想跟你和好了！」

如此回應之後，照史扭捏而確實地回抱了我。

「喂，你有沒有好好吃飯啊？感覺瘦了一點。走，要不要去吃飯？」

「等等，阿照，你又要吃？」

「我還吃得下，完全沒問題。武命，要來嗎？」

「你請客？」

我放開照史，照史露出「被你擺了一道」的表情說：
「唉，好啦好啦，今天我請客！那麼，你願意繼續跟我當朋友嗎？」
「當然好啊！照史，我完全沒生氣，我很想你！」
我邊說邊再度深深擁抱。
我的擁抱不是因為高興。
不行，我沒辦法卸除假笑。
照史，已經太遲了。
我曾傻傻地把你當朋友、把你當神一樣崇拜。
不過啊，現在才來救我，似乎太晚了喔。
懂、嗎？

第六章　煙火

東千尋　八月十日　星期六　傍晚五點

「來，笑一個！好喔，我看看，嗯……這樣應該可以？來，這是ＩＧ。」

瑠花把我的手機拿去用，自拍之後操作了一會兒，再把手機還給一頭霧水的我。

剛剛拍的照片似乎被上傳在一個叫「ＩＧ」的網站上面。

瑠花終於願意吃她的草莓糖葫蘆，我也吃起我的蘋果糖葫蘆。她說要先拍照才能吃，害我等了好久。

「說穿了，ＩＧ就是一種社群網站啦，和推特不一樣，要放照片才能貼文。在ＩＧ上看起來美美的照片就叫『網美照』，這樣懂嗎？」

她一面小口啃著草莓糖葫蘆，一面偷笑，那模樣實在太可愛了。

稍早，我眺望著廟會攤販時，瑠花低語：「好像可以拍出網美照。」我反射性地問：「網美照？」瑠花面露訝異，接著實際教我怎麼做。

說到社群軟體……我的 LINE 上只有紀惠子阿姨和佐田，等於完全沒什麼使用。

啊，不過拍到了瑠花可愛的照片，真不錯啊。
我把手機放入口袋，舔拭蘋果糖葫蘆。很好吃。
我從來沒跟別人一起逛過廟會，回憶起來，這應該是我人生第一次吃糖葫蘆。
傳統廟會音樂伴隨著喧囂，自遠方傳來。時間是傍晚五點，距離放煙火還有兩個小時。
「嗯——要去哪裡逛呢？」
瑠花含著草莓糖葫蘆，口齒不清地左顧右盼。我之前從沒想過能跟瑠花來夏季廟會玩。
「瑠花！妳怎麼也來了？」
忽然間，有人喊出瑠花的名字，打斷了我的思緒。瑠花先是一震，接著吃驚地望向聲音傳來的方向，我也跟著轉頭。
我看見一個女生和兩個男生。
瑠花迅速拍拍我的背，套好說詞。
「聽好囉？從現在起，我和你是親戚。你是我爸的弟弟，我是你哥的女兒，我們是叔叔和姪女的關係，懂了嗎？」
瑠花語調認真地說，沒等我回應便轉向朋友。難得出來約會，我覺得很掃興，氣惱地咬碎糖葫蘆，跟著瑠花走。
「美希！嚇我一跳，我們不是約好明天要來嗎？想不到妳今天也來了！」

「明天要跟瑠花約會呀，所以今天先跟阿照約會。阿照還約了武命，我們三人一起過來玩。」

「真的耶，武命和照史也來了！」

「嗨，瑠花，好久不見。」

「照史，好久不見。這是我放暑假以來第一次見到你呢。」

我站在瑠花的身後聆聽對話，大致掌握了狀況。短髮、穿浴衣的女孩叫作美希，理平頭的男生是照史，跟在他們後頭那個不知傻笑個什麼勁的瘦巴巴男生叫作武命。

「瑠花，這位是？」

「啊，他是我叔叔千尋，我爸的弟弟。」

「喔？名字聽起來很中性呢。瑠花，原來你跟叔叔感情好到會一起來逛廟會啊。」

「啊哈哈……喏，難得連續兩天舉行煙火秀，我今天也想看，所以就臨時叫叔叔陪我來啦。」

「是喔，那我們今天也一起行動，當作暖場，明天再來正式約會吧。」

「一起行動？」

我忍不住發出疑問，這下眾人的視線全集中在我身上。

一來是我想跟瑠花單獨約會，二來是我跟這些孩子年紀相差太多，擔心處不來。不過看瑠花的反應，似乎並不覺得哪裡不妥。

「可以嗎？我叔叔也在，沒關係嗎？」

「當然沒關係啊，武命，你說對不對？」

「嗯啊！人多才熱鬧嘛！」

叫作武命的男孩在後方朗聲回應，看來他們似乎都歡迎我加入。

「謝謝，那就打擾大家囉。」

「今天我叔叔請客，想買什麼儘管開口喔！」

瑠花一說，三人立刻高聲歡呼：「好耶！」

唉，瑠花，我還來不及跟妳說，我剛辭職，找到下一份工作以前必須節省開銷啊。

「我想玩射擊遊戲！」美希提議，全員便往射擊攤販移動。瑠花回眸，笑吟吟地邀我，說：「走吧。」

剎那間，記憶回到了國中時代。腦中出現雜訊，與那一日的笑容重疊。

石田武命　八月十日　星期六　晚上六點

這傢伙當真是直人叔叔的弟弟嗎？

第六感亮起了紅燈。

瑠花和岸本著迷地玩起撈金魚，照史、我和千尋哥則在一旁的攤販挑戰糖果脫模遊戲。

照史試了好幾次都失敗，開始糾纏攤販老闆問技巧。我和千尋哥坐在旁邊架設的桌椅，熱衷地挑戰遊戲。不，我只是假裝熱衷，老實說，這種遊戲不玩也罷。

「啊！」
啪喀一聲，千尋哥的糖片破掉了，只見他悔恨地額頭靠在桌上。
「啊，真可惜！只差一點就成功了……」
我姑且安慰。
大概是語氣太敷衍，千尋哥勉強笑了一下。
「這好難啊……休息一會兒吧。」
千尋哥把破掉的糖片含入口中，望著在金魚攤前撈金魚的瑠花。
趁現在探聽一下吧。
我想確認他是不是直人叔叔的弟弟。感覺年紀太輕了，長得也不太像。
我不是質疑瑠花的說法，我是怕，假如他真的是直人叔叔的弟弟，也許會知道直人叔叔誤殺了我哥……此外也擔心直人叔叔會找他商量。
「那個——你們是不是感情很好？」
「我和瑠花嗎？」
「是的，你看起來很保護她。」
「嗯，畢竟是寶貝姪女啊。」
「瑠花小時候是怎樣的小孩？」
「這個嘛……她國中時被班上同學欺負，不過是個懂得自己抵抗的堅強女孩，感覺像是野丫頭？個性大剌剌的。」

哦？這倒是初次耳聞。那麼開朗的瑠花，國中時曾經被欺侮？

「我很高興她現在這麼常笑，當時她的表情總是帶著一抹憂傷。」

「是喔……啊，我跟瑠花在同一個地方打工，她工作時總是很大方，我很訝異她曾經被欺負。」

「是嗎？她個性愛逞強，不會主動說出來吧。」

千尋哥一邊說，一邊用關心的眼神守護瑠花，看起來的確像個疼愛姪女的長輩。

他知道瑠花的過去，所以真的是親戚囉？

倏地，我想起瑠花在鳳仙說過的話。

——有了類似男朋友的交往對象。

那個人也許就是這傢伙。這個推論相當合理。也許瑠花在意年齡差距，所以故意說是親戚？

不過，即便知道瑠花的過去，也不表示一定就是親戚吧？灰暗的往事也滿容易跟男朋友提起的。

唉，不行，光靠這些無法判斷。

「有機會來光顧我們打工的拉麵店吧，我請客。」

「真的嗎？謝謝，我一定去。」

「千尋哥，可以和我交換 LINE 嗎？」

「咦？LINE 嗎？好、好啊。」

很好，順勢要到LINE了。

我停止剝糖片，拿出手機，跟千尋哥交換了LINE。

贏了。之後定期跟他保持聯絡，就近監視吧。

沒問題，反正就剩這個暑假，只要忍到殺死父母就行了。

「好，這樣我們就是朋友啦！」

我輕浮地說，發現千尋哥盯著手機不動。

怎麼了？

「千尋哥？」

他目不轉睛地瞪著我的LINE頭貼，那是我小時候的照片。我因為覺得好玩，刻意從小學相簿挑了一張照片放在LINE上。

他對我小學時候的照片有反應？

然後，他端詳起眼前的我本人。

「請問，我們在哪裡見過面嗎？」

他的眼神銳利到彷彿會把人射穿，剛剛為止的笑容不見了。

遇到突發狀況，我的假笑鬆弛了一些，幸好平時鍛鍊有素，勉強用面部肌肉撐住。

「咦？應、應該沒有吧……等等？難道有嗎？」

「……我也不清楚，抱歉。」

千尋哥道歉之後，恢復了微笑。

怎麼搞的？我雖感到奇怪，但沒有繼續追問。

東千尋　八月十日　星期六　晚上七點

縈繞一整天的蟬鳴聲戛然而止，遠方傳來煙火升空的聲音。

「千尋，快一點！叔叔！」

我才二十幾歲耶。

我在瑠花的催促下，穿著不適合攀爬河床的運動鞋，登上河堤坡道，撥開茂密的草叢與攢動的人群，好不容易抵達高處。

天空中百花齊放。

絢爛的花朵盛開又凋零，我彷彿置身宇宙中心。

我們尋找著大家都能坐下的地方，好不容易在邊邊找到一個空曠的位置。在雜草叢生的河床坡道上，我、瑠花、美希、照史和武命從右到左依序坐下，抬頭看煙火。

「煙火秀是熊越市的一大活動，連續絢麗綻放一小時的夜間花田，會替熊越市民帶來幸福，聽說施放的煙火將近一萬發喔。」

「一萬發？阿照，你認真的？好厲害啊，這已經不是煙火，而是『炸彈』了吧。」

「哪有這麼誇張，不過真的很酷耶……喏，武命，我們來拍照！」

「嗯？好喔，交給我！大家靠近一點！」

武命把手機調成自拍模式，伸長左手。我大膽地貼向瑠花，總算全員成功入鏡。

「來，笑一個！」

我配合瑠花比了個「耶」。「讚喔！」武命按著手機。驀地，放在口袋裡的手機發出叮鈴聲，LINE 上跳出一個群組邀請，群組名稱叫作「炸彈」。

「我把照片發到群組了，你們加一下！」

「咦？武命，你什麼時候跟千尋哥互加 LINE 好友了？千尋哥，我也想加你，可以嗎？」

「阿照好詐，偷跑！千尋哥，我也要加！」

「好、好喔……」

我無法拒絕，只好按下確認按鈕。

哦，不得了，LINE 的好友數變成六人了，有紀惠子阿姨、佐田、瑠花、武命、美希和照史。雖然是被迫加入，但老實說，我滿高興的。

還好我有注重打扮。我想成為配得上瑠花的男人，所以特別改變了造型，拜此所賜，他們也願意自然地跟我搭話，不覺得我很陰沉。

瑠花，全是妳的功勞。

因為妳再度出現在我面前，我才能下定決心，重新出發。儘管我還不習慣嚮往已久的耳環和褐髮，但從今而後，我都願意為了妳改頭換面。

我很自然地把手擺在瑠花的肩膀上。瑠花瞬間露出惱人的表情，但其他人都正在看煙火，沒有發現。

「鏘鏘——！」

突然，武命和照史同時出聲，拿出某樣東西。

「這是我們剛剛在路上買來的，大家一起吃吧。」

照史亮出沿途從攤販買來的大量食物。我一直想他手上那包東西是什麼，原來是小吃啊。

「讓我來公布陣容！有章魚燒、炒麵、起司熱狗、香腸、超長薯條，你們要選哪一個？」

「我要炒麵！」美希立刻舉手，接過後說聲「我要吃囉」便開動。

「你要吃什麼？」瑠花率先問我。

「啊，那我要……起司熱狗。」

「OK！」

起司熱狗經由大家之手，從另一邊傳過來。我咬了一口，熱騰騰的起司牽起長長的絲。

我第一次吃起司熱狗，感覺會上癮呢。

「誰想吃章魚燒？」

「我！」

武命一問，身邊的照史迅速舉手。照史接過章魚燒，一邊說：「我已經餓癟了。」一邊拆下章魚燒盒上的橡皮筋。

這時，瑠花也眼明手快地說：

「武命，我也想吃章魚燒！分我！」

章魚燒？我內心一陣疑惑，戳了戳瑠花的肩膀。

「怎麼啦？」

「瑠花，章魚燒有加美乃滋喔。」

「對啊。」

「妳不吃美乃滋，不是嗎？」

「咦？我吃啊。」

什麼？

不對不對，不可能啊。

妳以前不是說，很討厭吃加了美乃滋的三明治嗎？

不只美乃滋，妳討厭所有乳製品，包括牛奶、奶油，通通不行。

也不吃優格。

武命把整盒章魚燒傳了過來，我仔細盯著看，上面的確擠了一堆美乃滋。

「看起來好好吃～～」

「瑠花，我也要一個。」

「我先！」

瑠花撢掉美希的手，拆開橡皮筋，用附的竹籤戳起一顆章魚燒，放入口中。

只見她津津有味地嚼著章魚燒。

看起來吃得一臉幸福的樣子。

我抓住她的肩膀。

「咦？怎麼了？你也想吃？」

「不是，那個，瑠花，妳以前不是最討厭吃美乃滋嗎？什麼時候變得敢吃了？」

「什麼？我以前不吃美乃滋？」

瑠花傷腦筋似地靠過來，用哄小孩的溫柔眼神看著我，小聲地說：

「哎唷，你不需要太認真演我的叔叔啦。不愛吃美乃滋？這是哪門子人設啊？」

「不對……不只美乃滋，妳不是討厭所有乳製品嗎？」

「沒有啊？我們第一次見面時，我不是吃著優格口味的冰淇淋嗎？不用勉強增加設定啦，跟平時一樣就可以了。」

瑠花說完的同時，一朵大大的煙火在夜空綻放，緊接著有許多細小的煙火隨之升空，五顏六色的光照亮她的臉。

與腦中的她出現歧異。

宛如蒙太奇剪輯，眼睛、鼻子、嘴巴、耳朵……五官的位置逐漸模糊。

接著跳出初次見面的她。

優格口味的吻。

頓刻間，我感到頭暈目眩、胃液逆流。

「抱歉，我去一下洗手間。」
「咦？你沒事吧？」
「嗯，沒事。」
瑠花抓住我的手，但我擺動手臂甩開她，逕自離場。
「啊，千尋哥，你要去廁所？等一下，我也要去。」
「阿照，順便幫我買蘋果糖葫蘆。」
「我要先去廁所，肚子好痛。不然妳一起來啊。」
「好吧，我一起去。瑠花，武命，你們留在這裡占位置喔。」
美希和照史站起來，跟著我走。我其實想要一個人獨處，看來是沒辦法了。
我們三人一同前往神社附近的廁所。
後方的河岸不斷傳來煙火升空的絢爛聲音。

水原瑠花　八月十日　星期六　晚上八點

「瑠花，妳畢業以後想幹麼？」
照史、美希和千尋去神社附近上洗手間，河堤邊只剩我和武命兩人。
武命在我身邊坐下，一人負責占三個空位，一邊抬頭看煙火，一邊問我。
我倆肩膀相觸，想起那半帶玩笑的謎之告白，我突然有點尷尬。
「畢業以後啊……我沒具體想過耶，首要之務應該是搬出去住吧。」

「為什麼要搬出去？」

「我不能再給爸爸添麻煩了，升學會額外多出學費開銷，我寧願高中畢業以後直接去工作。」

「瑠花真了不起。」

「武命，你呢？」

「我還沒決定，因為覺得有點心慌，所以才想問問妳的意見。不過我跟妳一樣，也想離巢獨立。」

此時，我不小心窺見武命的表情。

煙火的光芒，照出一張憂傷的臉。

感覺武命最近心情特別好，所以我不免吃了一驚。雖說他之前就很愛笑，但總覺得放暑假後似乎更常笑。不過我們也只有打工的時候會見面，可能不準就是了。總之，我已經好久沒看見他心情不好。

我想要安慰他，於是用溫柔的口吻接話：

「這樣啊，你要出去工作嗎？還是想繼續升學呢？」

「我也不清楚。老實說，我沒有想做的事，但我討厭念書，所以不考慮升學吧。」

「是嗎？你的成績不錯，我還以為你喜歡念書呢。印象中，你國中讀的是有名的升學學校？」

「是啊……但是，我想天底下沒有人真的喜歡念書吧。除此之外，我也不太喜歡去學校。」
「不喜歡去學校？」
「我國中時曾被班上同學欺負。」
「騙人，真的假的？」
「真的，就是一般常見的霸凌。那種好學校對笨蛋相當不友善，我被拉扯過頭髮，還被全班排擠。上高中後，雖然沒再發生衝突，同學之間看似感情不錯，但我心裡其實一直很抗拒上學，因為會讓我想起國中時，所以我不考慮升學。」
「原來是這樣……我都不知道。」
「那、那妳呢？也被欺負過嗎？」
「我？我倒是沒被欺負過。」
「咦？可是……」
武命射來狐疑的目光，似乎對於我一口咬定「沒被欺負過」很有反應。
「嗯？」我觀察著武命。經過了片刻的靜默，武命低下頭，囁嚅道：
「唔……我不是那個意思，抱歉。原來啊。」
「那個，對不起，我說錯了什麼，惹你不高興嗎？」
「沒有沒有，我只是想，如果妳也有被欺負過的經驗，應該就能體會我的心情了。」
「也許我只是沒自覺吧。我光是自己的事情就應付不過來，沒有餘力注意那些……
回想起來，我的確跟班上同學不太熟呢。」

「是嗎？」
「嗯，美希一直是我最要好的朋友，現在也是。不過，我跟班上其他人已經幾乎沒說話了。這個話題好沉重啊，我從沒想過會跟你提到這些。」
「偶爾聊點正經的話題也不錯啊。」
武命看了我一眼，微微一笑。
我倆比肩而坐，臉的距離近到彷彿要接吻，我卻不小心「噗哧」笑出來。
「妳幹麼？」
「沒有啦，哈哈，只是覺得，我對你完全不會心跳加速呢。」
「太殘忍了啦，虧我還特地跟妳告白耶。」
「抱歉、抱歉。武命，謝謝你向我告白，我真的很高興喔。只是，我真的只把你當朋友，要好的朋友。」
「真可惜……不過沒關係，我的心裡已經不留遺憾。我希望瑠花得到幸福。」
希望我得到幸福。這句話使我心跳漏了一拍。
但不是出自戀愛，而是來自於罪惡感。
「希望我們畢業後還能經常見面。啊，和戀愛無關喔，我只是覺得和瑠花在一起很開心。」
「這是真心話嗎？」
「當然啊。」

「其實我也這麼想喔，不只有武命，還有鳳仙的大家。我喜歡聰明哥，也喜歡佐知子姊，當然一定少不了武命。可以的話，畢業以後，我想繼續留在鳳仙工作。」

「沒錯！」

武命驚喜地大叫，身體用力一晃，放在腿上的炒麵差點掉下來。

「我想的和妳一模一樣！畢業後想直接在鳳仙工作！」

想不到我們對未來的想法不謀而合，儘管覺得自己有點痴心妄想，但想到有人跟我目標一樣，我高興都來不及了。

「沒錯，這樣超讚的吧！不然，等快畢業時，如果我們的心意沒有改變，就一起去懇求鳳仙收留我們吧。」

「好主意，就這麼辦！」

我對武命伸出小指，武命馬上伸出自己的小指與我打勾勾。

「我倆在此對天立誓，今後絕不違背誓言，說謊的人要挨一萬次拳頭，吞一千根針！一言為定！」

許下約定後，我們放開彼此的小指，一朵特大號的煙火正巧升空，武命被震耳欲聾的爆破聲嚇了一跳，我也反射性地閉上眼睛，但隨即睜開眼，仰望夜空。

整場煙火秀裡數一數二盛大的紅色煙火綻放於夜空中。

我不禁發出喟嘆。在此之前，我看過如此美麗的風景嗎？激動的情緒使我滴滴答答地掉下眼淚。

好想跟爸爸一起看啊。

「武命。」

「怎麼啦？」

「跟你說喔，我有一段時間沉迷於約會網站。」

「咦，怎麼突然提這個？」

話題來得太突然，武命錯愕地望著我。

不知怎地，我有一股衝動，想把一切說出來，繼續這個沉重的話題。因為武命先起了頭，向我吐露被霸凌的經驗，我也忍不住想把內心的煩惱說出來。

「我家是單親，家裡只有我跟爸爸，我從小沒人可以撒嬌，有天不小心迷上約會網站，和許多男網友見面遊玩。之前我一直覺得這沒什麼，反正自己的身體不是那麼重要，但最近一口氣發生了太多事，我開始不知道什麼是對、什麼是錯了。」

美景當前，我的心情卻是愁雲慘霧，一定是因為沒說出真正的心聲的關係。武命沒有回話。我繼續說：

「武命，我好怕。我不知道活著的價值，明明身邊有這麼多朋友，每天卻過得好痛苦。我快受不了了。」

眼淚奪眶而出。

這個夏天發生了好多事情，我卻故意視而不見。這份罪惡感把我壓得喘不過氣。

「武命，我好想死。」

武命是用什麼表情聽我說這些呢？

即便煙火照亮了視野，眼前也因為淚水而朦朧，看不清武命的臉。

他只是靜靜聽著。

石田武命　八月十日　星期六　晚上十點

隨後不久，三人上完廁所回來，我們一起坐在河堤邊看煙火。

我在詭異的氣氛下想起一件事，活動散會後，急急忙忙從夜路奔回家，想確認心中的疑點。

瑠花突如其來的自曝弱點雖然使我嚇了一跳，但總覺得一切都通了。

我用力推開玄關大門。最近我幾乎都睡在祕密基地，所以已經好久沒回家了。

屋內一片漆黑，明明是假日，混帳老頭依然外出不在，只有髒女人在家，但她並不打算應門。

我快步朝自己的房間移動，但我要找的其實不是我的房間。學校放暑假以來，我花了幾天的時間把必要物資搬到祕密基地，目前什麼也不缺。

目標是隔壁廢物老哥的房間。我推門而入，在撲鼻的悶溼臭味中皺眉搜索。髒女人顯然不敢擅自闖進他的房間打掃，菸灰缸裡的菸屁股與滿地堆放的空啤酒罐跟我上次進來時看到的一模一樣，拜此所賜，不知哪來的小蒼蠅在房內盤旋飛舞，骯髒的程度簡直跟房間的主人一樣。

我一面撥開雜物堆，一面尋找目標。

有了，找到了。筆電還插著電源線，被亂扔的空酒罐和衣服堆埋住。我打開筆電蓋，按下電源鈕。按鈕黏答答的，這傢伙吃完零食手也不擦就直接用電腦。鍵盤的角落卡滿了餅乾屑，髒死了。

筆電呈現休眠狀態，但隨即跳出還在登入狀態的免費郵件信箱。

我調查收件匣，在二手交易平臺「mercari」的通知信與信用卡的刷卡認證信之間，不時夾雜看起來像是朋友寄來的信，我挑了幾封可疑的郵箱地址，點開信件查看。

裡面有一些用LINE的QR碼傳來的圖片，並且詢問年齡和職業。裡面也有女子裸照，談話的內容像是跟女網友約炮。

那廢物果然有約炮的習慣，難怪常常帶不同女人回家。

沒猜錯的話，他跟瑠花是在約會網站認識的。

奇怪的是，收件匣裡並未找到像是跟瑠花的通信內容。我改確認寄件備份。

「給我記住……？」

我不自覺地念出找到的第一封標題聳動的信。

接著，我點開郵件確認內文。

裡面附了一條網址，通往一個成人網站，不過頁面上的影片已被刪除。

他把成人網站的網址寄給了誰？被刪除的是什麼影片？

我感到一陣反胃，關掉網頁後，回到了桌面畫面。

我要找的資訊就塞在桌面上。

電腦桌面擠滿了亂七八糟的影片圖示，我點開其中一支影片，畫面躍出裸體的女人，看起來是由拍攝者為主要視角的性交影片。

「這、這是什麼鬼東西……」

好噁。

影片混雜著男人的吐息，是那個廢物的。久久沒聽見他的聲音，我只覺得猛烈想吐。

我再點開其他影片，裡面是不同女人被拍攝的性愛影片。

其中甚至有持刀脅迫的強暴影片。

他媽的、他媽的、他媽的、他媽的。

然後，我在桌面一角找到標題為「高中一年級」的影片。

我把它點開來看。

裡面出現了年紀比現在小一點的瑠花。

裸體的她被男人侵犯著。

我瞬間把筆電砸向牆壁，清脆的破裂聲充斥整個房間，螢幕和鍵盤的部位分了家。

我撿起破掉的螢幕，重新砸向牆壁。一次又一次，一次又一次。

直到螢幕完全粉碎，回過神來，我的手已被碎片刺傷流血。

高貴，你他媽的廢物！死有餘辜！

這個家到底有什麼毛病？到底是哪裡出了問題？

混帳老頭只在乎學歷和地位。
髒女人也是腦袋有病，對這種爛人言聽計從。
他們生下的廢物是性犯罪的慣犯。
我身上也流著一樣的血。我和這些人是擁有血緣關係的血親，真他媽的爛透了。
不行，沒救了，我一定要把這對父母殺了。
我的決心再也無可動搖。我的哥哥是怪物。眼神、行為、暴力傾向、長滿痘子的醜陋臉孔、布滿菸垢的噁心黃牙，全都像骯髒的野獸。生出他的父母也一樣。他們應該要為生下怪物而受到制裁。
等等。
我也是。
再向直人叔叔追加項目吧。
請他殺光父母後，連我一併殺掉。
在這個家誕生的我，身上流著怪物的血，必須盡快終結此生。
我必須受死。對吧，神。
沒錯，乾脆來計畫全家自殺吧。如此一來，就不會給神——給直人叔叔添麻煩。
我感覺自己的心變得汙濁黑暗，但在此時此刻卻是美好的。
暑假還沒結束。
趕快把願望清單做完吧。

東千尋　八月十一日　星期日　晚上八點

「紀惠子阿姨，我問妳喔，流花以前討厭吃美乃滋對吧？」
『美乃滋？』
「對，美乃滋。還有優格啦、奶油啦、牛奶啦，她不吃這些乳製品，對吧？」
『我想想喔……那孩子很挑食，只愛吃點心，但印象中，我的確沒看她吃過美乃滋和優格呢。』
「沒錯吧。」
『難得你會問這個呢。』
「抱歉，紀惠子阿姨，再問妳一個奇怪的問題。」
『什麼問題？』
「妳覺得流花還活著嗎？」
『她死了。』
「……回答得真果斷。」
『千尋，事過境遷這麼多年了，你怎麼會突然提這個？你不也接受了嗎？發生什麼事？是不是遇到不開心的事情啦？怎麼突然覺得她還活著呢？』
「我就是覺得流花還活著，感覺她在我身邊。」
『千尋，流花不在了，那孩子已經不在了喔。』

「但我沒有看到流花的屍體。」

『我有看到喔，我親眼確認過那孩子的遺體，我向你保證那就是她。千尋，你怎麼了嗎？』

「我認識了一個跟流花很像的女生。」

『很像流花嗎？』

「嗯，我甚至認為就是流花本人，即使名字不同字，但是本人沒錯。只是，記憶中的流花和我認識的那個女生有些地方不太一樣，她們明明長得很相似，但口味喜好不同，個性也不一樣。紀惠子阿姨，她到底是誰？」

『千尋，你先冷靜，慢慢深呼吸。』

「我很冷靜。」

『不，你的情緒並不穩定。千尋，我認為你已經走出陰霾了，只是現在仍為了過去的事情而後悔吧。對了，你每年都會回來掃墓，一定直到現在仍深愛著她吧。不過啊，阿姨跟你說，緊抓著死去的人不放，只是讓自己不幸喔。』

「死去的人？妳怎麼能一口咬定？紀惠子阿姨，她可是妳的女兒啊。」

『我也還沒完全放下呀。但我和你不同，清楚明白那孩子死了，並且接受了。千尋，聽好囉？那孩子死了。已經不存在於任何地方了。你說的那個很像的女生只是很像而已，並不是流花喔。你其實早已心裡有數，不是嗎？』

「對不起，我先掛了。」

『千尋！』
「對不起，晚安。」

石田武命　八月十四日　星期三　晚上七點

廟會結束後，夏日開始邁向尾聲。同時，氣溫也一口氣飆高，這星期每天的最高溫都突破三十五度。

只剩一週，暑假就要結束了。

我的人生也要隨之告終。

然而，我的願望清單還剩一項沒有做完。

「嘿嘿，太輕鬆了。」

照史如是說。他的口袋裡塞滿了十圓硬幣大小的巧克力。不妙，被他超越了。

我隨手抓起眼角瞥見的長條口香糖，趁店員沒留意時放入口袋，和照史一起衝出便利商店。

我們在比賽當扒手，看誰能在前往車站的沿途偷到比較多的東西。

提議的人是照史。

今天，我和照史約出去玩。我們去了遊樂場然後一起在鳳仙用餐。吃東西時，我半開玩笑地用閒聊的口吻說：「不知道順手牽羊是什麼感覺。」照史便教了我偷東西的方法。

我很訝異照史有叛逆的一面。

他邊走邊告訴我，自己從國中起就時常偷東西。問他為什麼要偷東西，他給了我「因為好玩啊」這個超酷的答案。

起初我也被他稀鬆平常的誇張言行嚇到，但因為是照史，我不認為他是壞人。

我訝異的是，我以為會偷東西的人都會抽菸、染髮，看上去絕非善類，而照史完全不是這種類型。

他總是理著小平頭，看起來很老實，對女友美希很溫柔，無論對我還是對學校同學都很好，學弟們也很親近他。我之所以向照史傾吐家中的煩惱，也是因為他長得一臉好人樣。

總覺得他會幫助我、體恤我的心情。照史散發出一種大愛光芒，感覺無論我做什麼，他都會溫暖地接納我。

然而，問我會不會因為照史意外的一面而失望？答案是不會。

我反而覺得安心多了。

人無完人。直人叔叔被我奉為神，純粹是因為利害關係一致，他的本質是惡。說難聽點，就是個殺人犯。但是，他的行為也是一種出自保護家人的正義。

即便是惡人，也有善良的一面。反之亦然。善與惡是一體兩面，沒有人是絕對的善與惡。

會偷東西很可愛啊。原來看起來是大好人的照史跟凡人一樣，有著不好的一面，我放心多了。這才是正常人。

照史提議我們來比賽誰能偷走較多的東西，說著便在車站沿途溜進便利商店，熟練地摸走架上商品。

我也不服輸，按照他教的方式偷走點心和零嘴。但論起俐落程度，當然還是照史比較行。

每次成功偷走東西，我都因為罪惡感而興奮。

店裡的工讀生本來就心不在焉、毫無幹勁。太簡單了，根本不可能被發現。

我們把偷來的東西各自裝進手上拎的背包裡，每路過一家店，背包都越來越重。

「哦，不相上下？」

在車站附近的長凳坐下後，我們望著彼此圓鼓鼓裝滿贓物的背包。

照史這傢伙真夠狠，只偷零食還不夠，還偷了原子筆、膠帶和衛生棉，令人質疑偷這些東西是要幹麼。但打從一開始，他偷東西的目的就不是為了想要，純粹是享受那股刺激的快感。就算被抓到，我們未成年，也不會真的被定罪。我現在可以理解這種「驚險通過危險吊橋」的心情了。

「啊，還是我險勝。」

照史來回比較兩個背包，露出得意的笑容。

「照史，你手腳超快，我看到都要笑了。沒想到你這麼有種耶。」

「喏，我們最後一戰去那裡吧。」

照史指著下一個目標，那是一間小型的永旺超市。我平時不搭電車上學，所以很少去這間位在車站前的超市。

我相視而笑，難掩心中的興奮。走吧。我跟著照史進入超市。

店員看了我們一眼，說句「歡迎光臨」。裡面沒什麼客人，只有零星的大叔和大嬸在買東西。

穩了。看來可以輕鬆搞定。

「這裡。」

照史小聲地說。

只見他快步走向零食區，抓起糖果放進口袋，我也不落人後地拿起小包口香糖塞進褲子。右、左、右，我宛如過馬路般確認左右，沒人注意到我們，店員也守在結帳臺。我們是最佳二人組！我一面心想，一面不自覺地越拿越多。

這時，照史突然「啪沙」地撕開零食的包裝袋。

不會吧？你在幹麼啊！

我頓時驚慌後退，照史笑嘻嘻地看著我，悠哉地吃起零嘴。

嗚哇，來這招。

照史接著走去飲料區，就這樣若無其事地拿起兩罐啤酒，塞在內褲和褲子之間。

「嗚！」

他發出被冰到的哀號，我忍不住發笑。

「你也試試看。」

「不行，會失敗的。等我熟悉了再試。」

「是嗎？明明很簡單啊？」

啤酒罐太大了，掉下來會被發現。我今天才第一次順手牽羊，沒自信能偷這麼大的東西。我是真的怕了。

接下來，照史一樣偷了原子筆和筆記本，把東西藏在衣服裡。他看起來比剛進來時胖了一圈，真的超級可疑。

「好，走囉！」

「啊、好。」

有了這麼多糖果點心，感覺我的暑假可以靠它們過活了。

我遵從照史的指示先去門口，就在我抬頭挺胸要走出去時……

背後傳來「鏗鏘啷」的聲音。

霎時間，眼前的景色彷彿變成了慢動作。

我直覺不妙，回頭查看，照史露出苦笑。他藏在褲管裡的啤酒掉下來了，滾到了地上。

這種時候客人不多反而對我們不利。店員一眼就發現我們，拔腿衝來。

「快逃！」

照史大叫。

我立刻往前，但一位大媽隨即雙手扠腰擋在面前。她是其中一位客人。

「小弟弟，你沒結帳吧？」

大媽笑咪咪地抓住我的手。她看起來像在笑，眼底卻毫無笑意，就是我平時裝的那種假笑。

我遇到傳說中的商場便衣警衛了。

我馬上掉頭。很遺憾，照史已被收銀店員逮到，雖然試圖抵抗，但店員牢牢抓住他的手，甩也甩不掉。

我看了看眼前的大媽，失去反抗的力氣，彷彿一個被警察拿槍指著的逃犯，直接高舉雙手投降。

我無法丟下照史自己逃跑。他人這麼好，每次都耐心地聽我吐家庭苦水，我怎麼可能丟下他呢。再說，我已經無所謂了。

我完成暑假的願望清單了。哈哈。

磅！辦公室的門被用力推開，包含正在對我們訓話的超市店長在內，全員都嚇了一跳。

定睛一看，門邊站著一位怒氣沖沖、氣喘吁吁、身穿圍裙、臉上彷彿寫著「我是他老媽」的胖大嬸。照史的媽媽——靜江阿姨駕到。

「蠢孩子！瞧瞧你，幹了什麼傻事！」

靜江阿姨咚咚咚地穿越狹窄的辦公室，朝照史直直走去，狠狠拍了他一記響頭。

「很痛耶！」

「媽媽不是有給你零用錢嗎！順手牽羊可是犯罪喔！聽懂了嗎？你這麼做是犯法的喔！我不記得自己生過這種笨小孩！」

她劍拔弩張的模樣連我都怕，整間辦公室迴繞著媽媽式怒吼。

靜江阿姨看了我一眼，先是微微一笑，接著使出她的如來神掌。

痛死啦——！

「武命，你也是！你們兩個都是！不覺得對不起人家嗎？店長，對不起喔，我家兒子和他同學給您添了好大的麻煩，真的很抱歉。」

「沒、沒有啦，媽媽您先冷靜。」

靜江阿姨彎下笨重的身軀，拚命道歉。照史不情不願地乖乖低下頭，我也跟著彎下腰。

我凝視著自己的鞋子，心裡產生的感覺竟然是不合時宜的「好羨慕」。

替自己拚命道歉的媽媽。氣呼呼地教訓孩子的媽媽。

我的母親從不做這種事，她只會按照混帳老頭的指示打理家務，心裡不爽也不吭一聲，結果搞到身心失衡就開始偷情。

我好想要靜江阿姨這樣的母親啊。

好羨慕啊……

這時傳來喀嚓一聲，門靜靜地打開。

心臟不安地加速跳動。

隔壁的照史馬上抬起頭，我則緩緩把臉抬起來。

目光如寒冰的混帳老頭站在那裡。

他走到我面前，我還來不及反應，整個人就往後倒。

腦袋震盪，視線旋轉，我無能為力地朝照史倒去。

照史扶住連同我一起倒下的椅子，我花了一些時間理解眼前發生的事情。

我的左臉被使勁揍了一拳，衝擊力道使我的口腔內部破皮，嘴巴裡都是血的味道，力道還強到鼻子噴出鼻血。

耳朵只聽見嗡嗡聲，眼睛痛得睜不開，但我沒有掉眼淚。

他接著扯住我的領口，甩了我一記耳光。左臉、右臉、左臉、右臉，他一次又一次地賞我耳光，宛如氣球爆炸的巨響響徹辦公室。每一次，我都瞪著混帳老頭的眼睛，他的眼裡布滿血絲，口中喘著粗氣。

就像野獸。

對了，和廢物老哥的表情一模一樣。

他氣到渾身顫抖，用憤恨的表情瞅著我。

「夠了！太過火了！」

照史撲上去對瘋狂呼我巴掌的混帳老頭叫囂。混帳老頭腳步搖晃地離開我，想把照史拉走，但照史用力抓住混帳老頭的手和衣襟，死也不放，我則痛到爬不起來。

靜江阿姨昂然起身，繞過倒地不起的我，走去抓住照史。

「照史，住手！」

照史被身軀龐大的母親從後方扣住雙臂，硬是拉離混帳老頭。即使如此，他仍想撲上去，但不敵靜江阿姨的力氣。

混帳老頭順了順西裝外套，輕咳兩聲，轉向超市店長。店長因為這些突發狀況而動搖，但仍站起來，靜靜地注視混帳老頭。

「小犬這次犯下大錯，由我在此賠罪。今後我定當嚴加管教，不會再讓他犯相同的錯誤。」

他用清晰、公事公辦的語氣道著歉。

「這是一點心意，請貴店收下。」

說著，他拿出一個信封交給店長，裡面裝的是錢，我看到就想吐。

這個人不是來當「爸爸」的，而是來明哲保身，想把兒子是扒竊犯這個汙點抹消。

我好久沒看到他了，這老頭就是這種傢伙。店長在對他說話，但我的注意力集中在混帳老頭身上，沒聽清楚。

我努力爬起，伸手摸臉，上面沾著自己的血。

血。流血了。哈哈。

我的身上到處是傷。

背部、胸口、肩膀、腹部、大腿……瘀青和凸疤全集中在這些看不見的地方。不過這次他打得這麼用力，想必臉上也會留疤吧。

我想起已經不在的高貴，那張猙獰的野獸嘴臉。從小到大，他都對我拳打腳踢。

哈哈，真懷念呢。

懷念？

蠢斃了，我懷念起他的暴力嗎？

唉，果然做壞了。竟然懷念被施暴，我果然不是正常人。

做壞了。失敗品。不是正常人。

頃刻間，煙火在腦中炸開。

那天大家一起看的，美麗、夢幻、優雅、和我一點也不搭的絢爛煙火。

忽地，我撲向混帳老頭，揪住他的胸口，把他壓倒在地上。

混帳老頭被我突如其來的失控舉動嚇到。

我直接掐住他的脖子。

殺掉吧、殺掉吧，只能殺掉你了，趁現在！

混帳老頭開始咳嗽，我加強按住喉頭的力道。

扭斷吧、扭斷吧、扭斷吧！死吧、死吧、死吧、死吧、怎麼不死一死！

「武命！不行啊，武命！」

照史的聲音拉回了我的注意力，使我瞬間鬆手。

又是慢動作畫面。混帳老頭瞄準空檔，狠狠踹了我的肚子。

「啊……」

我無法呼吸，就這樣被踢飛。

跌出去時，我一邊想著：「唉，好孱弱的身體！」

我從小就沒吃飽。自從發現家裡準備的飯菜不衛生，我就吃得很少。可惡，早知如此，應該多吃一點增強體力的！

照史在後面接住我並且用力護住我，讓混帳老頭無法接近，同時慢慢地後退。我整個人呼吸不過來，身體痛到動不了，只能任憑照史處置。

混帳老頭持續逼近，店長察覺情況有異，急忙上前阻止。混帳老頭一邊揮舞手臂欲甩開店長，一邊大叫：

「你是失敗品！我不需要這種小孩！成績爛，會鬧事，三天兩頭往外跑，現在還給我偷東西，想攻擊自己的父親！失敗品！本來想說你至少比你哥哥好一點，就對你睜一隻眼閉一隻眼，但別以為做壞事能被原諒！」

混帳老頭衝著我破口大罵，整間辦公室的人都聽見他喊的「失敗品」。

「我、我不是……我才不是、失敗品……」

我好不容易吸入空氣，擠出聲音抵抗。照史好像以為我想反擊，緊抱著我大叫：

「武命，不可以！」我不理他，一邊吸氣一邊痛苦地說：

「我也……我也努力活著，靠自己賺錢吃飯，成績不差，有朋友……你呢？你做了什麼？把家事全丟給髒女人，成天只會忙工作……我也……我也不把你當成爸爸。你才是失敗品！」

混帳老頭聽到這番話，氣得要衝過來殺人，店長用力壓制他，靜江阿姨也擋在我面前。

情緒至此已完全崩潰，我吸了好幾口氣，「啊——啊——」地試音。身體雖然很痛，但我還可以罵人。我吸飽了氣，咆哮大叫：

「你真他媽的有夠自私！去死、去死啦！怎麼不消失算了！我才不屑你這種爸爸！說我是失敗品？你自己呢？失敗品不就是失敗的父母生的嗎！失敗、失敗、失敗！幹，我們兩個一樣爛啦！」

大叫之後，身體終於恢復行動能力，我乘勢甩開照史，站了起來。

照史在叫我，我不理會他，繼續向前跑。不是往混帳老頭跑。我趁著大家愣住時抓起自己的背包，推門衝出去，就這樣朝超市的出口一路狂奔。

我邊跑邊拿出願望清單與原子筆，把第七項來回用力塗黑，接著把紙撕碎、把筆折斷，直接往地面扔。

想做的事都做完了！

我直奔祕密基地。

邊跑邊拿出手機，撥電話給直人叔叔。

他沒有接。

電話進入語音信箱。

我揮汗如雨地跑著，對著手機大叫：

「過來祕密基地！我要殺了那傢伙！」

第七章　神明

石田武命　八月十五日　星期四　凌晨二點

忘了曾在哪本書裡讀到，蟬變得會在夜間鳴叫，是近年才開始的現象。蟬的習性是在氣溫二十五度左右鳴叫。因為全球暖化的關係，現在夏季入夜後也持續著高溫，導致蟬誤以為是白晝。除此之外，隨著文明的發達，路燈和光害增加了，應該也是蟬混亂的原因之一吧。

我家位在遠離市區的郊外，附近是田間小徑，夜晚也經常聽見蟬鳴聲。不只是蟬，繁殖期的青蛙也會加入合唱。那是雄蛙求偶的叫聲。

我還真是佩服得五體投地啊。生小孩究竟哪裡好玩？組織家庭有這麼重要嗎？拜託確定能養好小孩再生好不好！

不要那麼自私！

我一面在內心咒罵，一面喀哩喀哩地咬著指甲。長度適中的指甲有利於拿取物品，大概是我最近太頻繁地啃指甲，指尖變得又短又禿，拿東西時都覺得怪怪的。

沙！後方傳來刺耳的腳步聲。

「不要製造聲響，走路輕一點。」

「抱、抱歉。」

我對著身後的高大黑影說。

他著一身黑衣，連背包都是黑的，裡面準備了鐵鎚與行凶後替換用的衣服。

反觀我，幾乎啥也沒帶。

我打算事成之後自殺。之前雖然考慮過偽裝成全家自殺，但偷竊被揍一事改變了我的想法。怪物的血緣必須由神連根斬除，我有義務見證這一幕。反正我的命很好解決，晚點再自殺就好。我會替直人叔叔頂下所有罪行，不會為他帶來麻煩的。

因此，我只穿了平時的T恤和五分褲過來，彷彿回到自己家。之所以用「彷彿」來描述事實，是因為我早已不把這裡當家。

整個暑假，我除了回來拿東西，其他時間幾乎待在祕密基地。

想淋浴就拿打工錢去附近的網咖便宜解決，洗衣服就靠投幣式洗衣機搞定，上廁所還不簡單？去公共設施或超市借用就好。這是我用一年存下的打工錢，只須度過一個暑假實在太容易。老實說，我本來不打算再次踏入家門，不過，這是結束人生的必要程序。

我在玄關前乾淨的石頭上脫下鞋子、收進背包，直人叔叔也比照辦理。屋內不能留下腳印，否則會給直人叔叔帶來嫌疑。

殺完他們之後，我還會仔細地打掃一遍，但若可以，最好現在就不要留下證據。

我關掉手電筒，握住門把。

我用力深呼吸，吞下唾液，豁出去開門前，先回頭看了直人叔叔。

「直人叔叔，我可以抱抱你嗎？」

「咦？喔……」

直人叔叔未置可否，我也不追問，直接給他來個深深的擁抱。

好溫暖。

「在我心裡，你就是我的神。謝謝，謝謝你。」

這是真心話。

直人叔叔是無預警來到我身邊的神，他是正牌的神，向他許願就會得救。原來奇蹟真的會平等降臨，連我這種人也會遇到。

直人叔叔默默無語，大概是緊張使然，感覺他的心跳速度加快了。我慢慢離開他，重新注視他的雙眼，輕輕一笑。

「麻煩你了。」

我回過頭，緩緩推開門。

我倆躡手躡腳、小心翼翼地不發出聲音前進。不用開燈我也知道房間的位置，相信直人叔叔也是。

他可是髒女人的偷情對象，在我家熟門熟路。

關上大門後，屋內陷入漆黑。

我牽著直人叔叔的手，一步步小心走著。待眼睛適應黑暗，眼前出現熟悉的景物。我穿過走廊，來到前方數來第二間的和室。

直人叔叔緩緩從背包拿出鐵鎚。這是我在器材行所能買到的最貴的鎚子。我怕便宜貨重擊時會碎裂，或是威力不夠。

這道拉門非常難開，不用力就打不開。沒辦法，只能稍微施力了。門如同呼應般發出「嘰——」聲，慢慢開啟。

這裡是混帳老頭的房間。屋內安靜到令人繃緊神經，連空氣都傳來賁張感。我開著門，與直人叔叔並肩站在門口。

麻煩你了。

我放開緊握的直人叔叔的手。

總算來到我盼望多時的這一刻。

直人叔叔一度轉向我，黑暗中看不見他的表情，但我用一千零一個微笑回應。

父親即將死去。他將被我們殺死。哈哈、哈哈、哈哈。

他一死，我就自由了。雖然負責動手的不是我，我還是忍不住緊張，心臟瘋狂跳動，彷彿快從嘴裡跳出來。

我把手放在胸口，安撫心跳。別慌，我要牢牢記住這傢伙臨終的模樣。

直人叔叔慢慢地、慢慢地對著沉睡中的混帳老頭高舉鎚子。

對，下手吧、下手吧、下手吧！

我想看這男人血花四濺的模樣。

想看這男人血肉模糊的臉孔。

但是，等了又等，直人叔叔都沒有揮下鎚子。怎麼了？喂，快點做啊，就差一步了。把他敲爛！

「不行……」

啊？

直人叔叔如此低語，緩緩放下高舉的鎚子。我瞬間聽不懂他的話語。

「我……我做不到。」

亢奮感一口氣消退，在全身沸騰亂竄的血液倏地冷卻下來。

什麼？你說啥？你在跟我開玩笑？你、你都不用顧慮我的感受嗎？我不是應該在今天得救嗎？

神，你倒是開口解釋一下啊。

「誰在那裡……？」

突然，客廳傳來髒女人的聲音，冷靜的心跳再次鼓譟。糟糕，她醒了！不能在這裡被發現！

我轉動腦袋思索對策時，直人叔叔悄然走到我身邊，抓起我的手。

「我們快逃。」
喂，騙人的吧？但他強硬地拉著我的手，帶我跑向玄關。
背後有燈光亮起，我們沒時間回頭，直接穿著襪子奪門而出。
狂奔至田埂時，我簡直氣到快炸開了，憤怒地甩掉直人叔叔的手。
直人叔叔對我大叫：
「你做什麼？我們應該繼續跑！」
他說著便想重新拉起我的手，我用更強的力道甩開他，向前踏步，揪住他的衣襟，用力一推。
我們往農田的方向倒去，壓斷了綠油油的稻子，咚地摔進泥巴坑。我拉扯他的衣服，強迫他抬起上半身，在近距離下惡狠狠地瞪著他。直人叔叔無力地垂下脖子，完全不抵抗。
「為什麼不動手！」
爆發的怒意使我丹田用力地大吼。
「你知不知道狀況？沒有我替你頂罪，你女兒會變得孤苦伶仃！為什麼不下手？」
我搖晃著他逼問。
直人叔叔任憑我搖晃質問，毫無抵抗地瞪著我，直到我的注意力被蛙鳴聲拉走，他才終於出聲道：

「抱歉……」

「抱歉？你以為道歉就能了事？我要的不是道歉，而是結果啊。我想看那對父母腦袋開花、腦漿四溢的模樣啊。」

我氣到一手用力抓住他的衣服，另一手握拳、揮了出去。

手指發出哀鳴，感覺又熱又燙。即便如此，我還是怒氣難消，又朝他揮了一拳。原來揍人是這種感覺啊，我好像稍微理解廢物和混帳老頭的心情了。

直人叔叔一樣沒抵抗，我一連打了他四拳，打到噴出鼻血才稍微冷靜，重新用雙手揪住他的衣服。

「為什麼不殺了他們！只要揮下鎚子，一定能置他於死地。為什麼？為什麼啊！」

我用比剛才更慢的速度，一個字、一個字顫抖地說，同時以額頭撞擊他的額頭。

直人叔叔流下眼淚。大顆淚珠滴滴答答地落下，他連嘴巴都在發抖，緩緩地說：

「不行，我不能再加重罪業……你的父親是我的上司，你的母親是我的床伴，他們對我來說，都是重要的人……」

「鬼扯！跟說好的不一樣！」

「武命，你也是，收手吧，這麼做沒有人能得到幸福。無論是你……還是我。」

「你確定？你不怕自己的女兒被嘲笑是殺人犯的後代嗎？你殺人的事情遲早會穿幫，無論他們再怎麼放縱自己的兒子，也差不多該開始起疑了，被抓到只是早晚的問題喔？」

「沒關係，被抓就被抓。在被收押之前，我會當好一個父親。」
「啊？父親？說得真好聽，你知道自己是殺人犯嗎？殺人犯怎麼可能當好父親？」
「我只想多陪伴自己的女兒，如果你想報警，可以再等一等嗎？我希望等那孩子畢業。我現在還不能離開她……」
直人叔叔的嘴臉使我呆住。
卑鄙小人——這才是最適合他的代名詞。臨陣脫逃、違背約定，現在還想自私自利地爭取時間？真卑鄙。給了我期待又潑我冷水，到底想怎樣啊？
即使被無情背叛，我卻無法回嘴。因為，那張堅定注視我的臉，是父親的臉。
我放開他的衣服。他往後倒去，跌進泥坑，全身沾滿泥巴。
我思考停滯，站了起來，踏著沉重的腳步爬出農田，在田間小徑一直跑、一直跑，身上的泥巴沿途飛散到風中。
「對不起、對不起——」
遙遠的後方傳來直人叔叔的哭喊。
給我開什麼玩笑、開什麼玩笑、開什麼玩笑、開什麼玩笑、開什麼玩笑、開什麼玩笑啊！
我把祕密基地裡所有可以摸到的東西都砸爛了。這段期間我完全靜不下來，時不時地氣憤大叫、撕裂書本、丟擲手電筒、踹倒小桌，還一度熱到快抓狂，脫下T恤隨手撕裂。
我真傻，期待越大失望越大。照史也是，上次認真找他談，他一個不爽就把我放生。瑠花沒興趣跟我交往。我恨所有人！你們通通去死算了！全部去死一死啦！喪失感轉變為憎惡的情緒，瘋狂肆虐著。當我累到無法動彈，才發現自己赤裸著上身，躺在半毀的祕密基地旁。
世界上……並沒有神。
我長大了。我又熬過一個暑假，逐漸長成對人生絕望的平庸大人，孤獨地活著，孤獨地死去。
「我不要！我不要！為什麼只有我？為什麼世界要把我丟下！沒有人來幫助我！我到底做錯了什麼啊？我不是一直很努力嗎？每天每天在人前裝出笑臉，拚命地裝沒事，但只要他們活著的一天，我就不可能得到幸福！」
原生家庭的暴力和陰影，將如影隨形地伴我一生。
每次受到暴力都會感到熟悉。
每次假笑都想大叫。
為了取悅家人而拚命假笑。
一輩子都感覺不到幸福。
誰快來接住我！
給我一個擁抱！

我好痛苦、好痛苦，為什麼是我啊！
把我的心掏走，給我一個堅定的擁抱！
拜託！誰來幫幫我！救救我啊！
「不會有人來啦——————！蠢蛋————————！」
哈，笑死。這是全天下最爛的笑話。大家都忙著顧自己，為了自己的人生、自己的將來燃燒殆盡。
既然這樣，我就學學你們，當個自私自利的人啊。
回過神來，天空已泛白，我看見自己細瘦的身軀。手上、腳上到處破皮流血，應該是破壞東西時不小心刮到了。紅色的太陽光使身體發熱。
沒有人會來救我，我只能靠自己了。
由我親手殺掉我痛恨的傢伙。
還剩兩人。
不，正確來說是三人。
混帳老頭、髒女人。
——還有我。
全都殺掉吧。

水原瑠花　八月十九日　星期一　晚上六點

我和後藤老師氣氛凝重地坐在麥當勞，與店內熱鬧的氣氛形成強烈對比。

三天前，老師打市話到我家，經由家事阿姨轉達，得知老師有事找我，於是，我們今天約了在這裡見面。

我對老師露出乾笑。從見面起，我們就不停試探彼此，直覺告訴我，大事不妙了。老師不會特地為了雙方面談，在暑假期間把學生叫出來，這種事通常會等開學再處理。

沉默流逝，後藤老師笑吟吟地閃避我的眼神。過了一會兒，我聽見她「呼」地吐氣，閉上眼睛，吞下口水，重新抬頭面對我。

後藤老師準備開口。

我先她一步說：

「妳發現了，對吧？」

不用明說「那支影片」，笑容便從後藤老師的臉上消失。

看見她的表情，我就明白了。

我本來就覺得事情遲早會穿幫。

千尋已經幫我向網站申請刪除影片，我也在幾天後確認時，確定影片已經拿掉了。

「妳怎麼發現的？」

「二宮同學……」

「二宮？」

「二宮同學在他的個人社群帳號上傳了色情影片。我自己有個人帳號，是用來跟感情比較好的老師私下聯繫的。那個，這件事有點難以啟齒，我有用私人帳號偷看學生帳號的習慣，這麼做是為了確保學生沒有遇到緊急狀況。是這樣的，我也看過二宮同學的帳號。」

老師拿出智慧型手機，打開推特畫面，給我看一個帳號。

帳號名稱是二宮的簡短拼音「ｎｉｎｏ」，自介欄明目張膽地放出二宮本人叼著菸的照片。

「這是二宮同學的帳號，他在這裡上傳了……上傳了妳的影片，還寫出校名和妳的本名。這件事還沒太多人知道，但班上幾個有加他的同學已經轉推。我已經立刻傳訊叫他刪文，也按了檢舉鈕，他沒回我。我想這件事不久就會傳開。」

二宮。

是嗎……那傢伙還是幹了。

我為了救安西同學踢了他一腳，後來千尋又在咖啡廳朝他潑咖啡，想不到他用這種方式報復我。

二宮和可可是一夥的，兩人都有影片檔案並不奇怪。可是，這麼做未免太超過了。

後藤老師關起手機螢幕，把手機放回口袋。我忍不住低下頭，沒有勇氣看她。

「他還在影片的推文猜測，妳和很多人做過一樣的事情。妳知道自己不應該這樣做嗎？」

不應該……

感覺心臟被刺了一針，心在流血。店內播放的輕快音樂在腦中嗡嗡作響，回音使思路變得更清楚。

來了……她終於跟我攤牌了。這一天終於來了。

還跟我說，不應該這樣。

妳懂什麼？我是保護自己耶！妳知道我寂寞得快死掉了嗎？什麼叫「不應該」？

不然，妳要我怎麼辦？

妳要我怎麼辦啊！

「發生了這種事，我不能裝作沒看見，這件事必須報告校長。報告之前，我想先跟妳一對一談過。水原同學，老師問妳，妳是自願的嗎？」

我無言地望著後藤老師。她臉上掛著苦笑。

笑什麼？

裝得一臉慈悲，像是要來開導我，其實心裡覺得我這種人很噁心吧？

她長得真有氣質，一定從小就在眾人的呵護疼愛下長大吧。有父愛、有母愛，有好多好多的愛。

妳這種人到底懂什麼啊？白痴。

啊，好久沒有這種神經斷裂的感覺了。

好寂寞、好寂寞。好想死、好想死、好想死。

「對，我是自願，不是被迫。」

「為什麼要這樣？總有原因吧？老師不會責怪妳，告訴我吧。」

「原因？為什麼一定要有原因？」

我乒乒乓乓地站起來，隔壁座位的男人嚇到似地覷了我一眼。

「沒有原因，我只是想做而已。」

「呃……水原同學，妳先坐下。」

後藤老師對周遭點頭致歉，抓住我的手想拉我坐下。我氣得甩開她，她好像嚇到了，還發出小聲的尖叫聲。

呀！就是這種叫法，真可愛，真狡猾啊。

「我只是做自己想做的事情，到底哪裡錯了？我沒給人添麻煩，沒有造成任何人的困擾，到底哪裡礙著妳了？反正爸爸冷落我，眼裡一直沒有我，我愛怎麼做就怎麼做！反正就算我死了，他也不會管我啦！我之前差點被人強暴，他還不是若無其事地照常生活！」

我掀起放著吃了一半的漢堡，以及完全沒碰的薯條和飲料的托盤，用力砸向後藤老師。她顯然沒料到我會爆炸，嚇到從椅子上跌下來。

「水原同學！」

我不理會她的吶喊，快步下樓梯，跑出去。一衝出去，眼淚隨之潰堤。我好久沒哭了。積壓已久的情緒不斷湧現，我只是裝作不在乎。其實我害怕得很，但是爸爸不肯聽我商量。我好害怕。

不過，一切都結束了。

東千尋　八月十九日　星期一　晚上七點

我這是自欺欺人。

一度擺脫的生活窒息感又回來了。這股窒息感究竟從何而起？因為流花變成高中生，重新出現在我眼前嗎？不。從我拋下故鄉舊土，來到這座城市開始的嗎？不。那麼，是從流花丟下我，擅自死去那一刻開始的？

也不是。都錯了。

是從親生父母棄養我那一刻開始的。

我無法接受被棄養的事實，內心生出一個巨大的窟窿，才想用盡各種方式，填補這股空虛匱乏之感。

我會痴痴迷戀流花，不就是為了填補這股沒有父母的失落嗎？我藉由依附流花，來讓自己忘記痛苦。此時此刻，我依然在這麼做。我始終沒有忘。

我會察覺這點，是因為想起流花第一次從我的生命消失後，我度過的那一大段孤單寂寞的歲月。

沒有朋友、搞不清楚狀況、不知如何跟人說話。總是不明白別人想些什麼、需要什麼。

假日終日關在家打電動，足不出戶。不學才藝，不和任何人遊玩。

我其實很痛苦。對於必須獨自承擔而痛苦不已。

電鈴響起，阻斷了我的思考。

我從床上起身，走到玄關開門。來者是瑠花，眼睛腫腫的，妝都花掉了，看起來哭過。

「瑠花。」

「不要過來。」

不要過來——我內心一揪，從沒想過會從瑠花口中聽到這句話。

想要擋住我的手停在半空中，隨後靜靜地放下。瑠花不肯看我。我稍微彎下腰，她的視線卻溜掉了。

「怎麼啦？」

「學校老師發現那支影片了。」

「影片？我請網站撤掉的影片？」

「有個討厭我的同學備份了檔案，傳到推特上。我們沒辦法在一起了。」

瑠花的聲音微微發著抖。

我想抱住一臉快哭的她，但她要我不要靠近，我不知道該如何安慰她。

「我們班導已經看到影片了，她說要報告校長。事情一定會鬧大，我們不要在一起比較好。」

「為什麼？我們可以一起面對啊。」

「喂，你聽不懂嗎？我未成年，你是社會人士。我們接吻了，也做愛了。這段關係要是被發現，你會被逮捕喔。」

她終於凶巴巴地看我了。

「我們在這裡分手吧。」

瑠花用手掌輕輕擋住我的胸口，掌心傳來溫度，纖細的手臂堅定地要我不要靠近。

我不想傷害她。我在向她告白那一刻便發過誓，從今以後要為她赴湯蹈火。可是，這樣一來，我該如何幫助妳呢？

瑠花揪住我的衣襟，像是叫我「快答應」。

「瑠花。」

「嗯？」

「妳名字怎麼寫？」

大概是沒料想到我會這樣問，她吃驚地睜圓眼睛。

她低頭沉思片刻，抬起頭。這是相遇時我就問過的問題，但我想再聽一遍。

「瑠璃的瑠，加上花，瑠花。」

「瑠花——」

我在腦中勾勒這兩個字。

「是嗎？很美的名字。」

我的手臂比她的手臂長，只要伸手，馬上就能抓到她。

然而，我沒有把手伸出去。

「我們分手吧。」我說。

她的眼睛變得溼潤，放下抓住我的手，看著我流下眼淚。接著，她輕輕揚起嘴角。

「謝謝你。」

她顫抖著說完，關上門離開。

我呆滯地望著門板好一陣子才緩緩回神，嘆氣走回房間。

我放鬆力氣，在床上躺下。

深呼吸、閉上眼睛思考。

紀惠子阿姨的話語重回腦海。

流花死了。沒錯，她已不在世界上。這個故事打從開頭，流花就死了。死人不會說話，不會責備我，所以長年以來，我都利用了她。

把自己的痛苦、自己的沒用怪到流花頭上。因為這麼想比較輕鬆。把自己的不如意怪罪到別人身上，日子多輕鬆啊。

像這樣，我日復一日地把過錯推給流花，進而對她產生了罪惡感。即使想要停止找藉口、試圖振作，罪惡感也會千方百計阻撓我。

總覺得若是忘了她、像個凡人一樣過活，似乎就會對不起她。因為這樣，我無法談戀愛、不注重外貌、不敢交朋友。

結果就這麼巧，瑠花出現了，簡直就像流花再世。

故事挺浪漫的，不是嗎？過度思念昔日戀人渾噩度日的主人公，有一天真的遇到了轉世的戀人。

我任由故事發展，以此當作改變自我的契機。

因為瑠花在，我可以改頭換面、可以積極向前。為了維持這個想法，我故意把瑠花當成流花。

事實上，我早已明白她們是不同的兩個人。

啊，原來我的人生一直都投機取巧。

我連自由選擇生存方式的勇氣都沒有嗎？不把自己的動機、改變的契機丟給別人就會不知所措嗎？

懦弱。對，我很懦弱。為了掩飾自己的沒用，所以想要瑠花陪在我身邊，結果因此深深傷了她的心。

「瑠花！」

我喊出她的名字，急急忙忙開門想要追上她，然而她已走遠。從公寓二樓向下望，到處都找不到她的身影。

我該怎麼活下去？

水原瑠花　八月十九日　星期一　晚上八點

好想死、好想死、好想死、好想死、好想死。

我踩著碎步快速走著，從千尋位在車站前的公寓走路回家。

雖然有公車剛好要從車站開往我家那邊，但我今天有一股衝動想要用走的。

穿越車站附近車水馬龍的大馬路後，眼前出現一條長長的鄉村小路，遠方微微傳來蟬鳴聲。真賣力揮灑生命啊，明明一週後就會輕易地死去。

我反芻著後藤老師說過的內容，思索接下來該怎麼辦。

已經結束了。

很快地，我做的事就會在全校傳開，連閒雜人等都知道。不，那些有追蹤二宮的人恐怕已經討論得沸沸揚揚了。

說起來，這件事到底該如何解決呢？

二宮受到懲罰，我向大眾謝罪「很抱歉，我保證以後不會再犯」，可可的惡形惡狀被抖出來，然後呢？誰來填補我心靈的空洞？表面上問題似乎解決了，但我的心情又要怎麼辦？

爸爸不可能辭掉工作多陪陪我，到頭來，我還不是只能走回頭路嗎？

做什麼都沒用，上天為什麼要這樣折磨我啊？

媽媽，全是妳害的。

妳要是活著，我就不會這麼寂寞、這麼痛苦，可以擁有平凡的小小幸福。都是因為妳死了，我這一生才會受盡罪惡感折磨。

可是，我沒有做壞事。我只是被妳生下來，是妳不夠堅強。為什麼要這樣對我？我沒有傷害任何人，平時還有好好打掃、做家事啊。

心變得醜陋黑暗，不斷向下沉淪。我在推卸責任。這就是我的本性嗎？

我越想越生氣，憎恨的情緒滿溢而出。我只希望在我用憎恨填補心靈空洞前，能有一個人、出現一個人，願意真正地愛我，願意緊緊擁抱我。還是說，我直接離家出走算了？走去陌生的土地，死了算了。反正沒有人在意我的死活。

儘管我身上沒錢，但反正肚子餓了就去商店偷東西，想上廁所就去公廁上。洗澡嘛……總有辦法解決。

待在這裡沒意義，這個地方容不下我。

我走了二十分鐘左右，繞過一個杳無人跡的巷弄轉角，街燈發出「滋滋、滋滋」的噪音不停閃爍，如同舞檯燈光，交錯著黑暗與光明。

閃爍之中，依稀可見有個人影蹲在那裡。

那個人穿著短袖帽T和黑色五分褲，以男孩子來說，頭髮長了些，感覺沒有好好洗頭，遠遠看過去，頭髮結成條狀黏在臉上。

我不禁打了個冷顫，躲回轉角查看。被可可攻擊的恐懼仍未消除。儘管時間還不到深夜，有人埋伏在偏僻的暗巷也是一件很詭異的事情，直覺告訴我：離他遠一點。

他是什麼人？

我躲在角落觀察著。

人影盯著圍牆上的野貓。是一隻白貓。想逗牠玩嗎？

我想看得更清楚，微微探出身體，但須臾之間，路燈暗下，我沒看見是怎麼一回事。

當路燈再次亮起，人影已經抓住野貓了。

呃！什麼？

我嚇得差點尖叫。

人影迅速捏住貓的脖子，把牠塞入身上帶的背包。街頭迴響著貓的淒厲叫聲，聲音逐漸消失在背包中。人影拉緊背包袋口，關上夾扣，轉動脖子東張西望。

就在這時，我看見了他的臉。

「武命……？」

石田武命　八月十九日　星期一　晚上九點

我掐住瘋狂掙扎的野貓的脖子，拿出那把反覆使用、血液凝結在上面的小刀抵住牠。壓制野貓的手被抓到流血了。可惡，野貓說不定會有什麼傳染病。啊，不過沒差啦，反正殺完父母我就要去自殺。

對不起，你是無辜的，但是請當我的練習對象。我舉起刀，猛力往下刺。手感太淺了。貓發出低吼，接著是震耳欲聾的尖叫。貓奮力扭動，我不小心鬆手，牠馬上迅速跳走。

不妙！

牠明明中了一刀，速度還這麼快，要是跑到鎮上被人看到，發現是虐待動物就糟了，事情可能會鬧大！絕對不行！

我判斷必須立刻解決，並高高舉起刀子。往上抬時，沾在刀面的血向前方飛濺。我豁出去，對準野貓擲出刀子，命中目標。

噢嗚！

貓發出嘔吐般的哀鳴，四周又回到鴉雀無聲。我慢慢走過去。

丟出去的刀刺中了頭部。

牠的身體還在抽搐抖動，似乎還沒死透，仍想掙扎逃走。不能再讓牠痛苦了。我抓住貓，把牠按在地面，拔刀，朝牠的頸部刺下去。

一刀、兩刀、三刀。

我刺了無數刀，直到頭與身體分家。

坦白說，捏熄生命火苗的感覺挺痛快的。

我決定要殺死自己的父母，並且訂立接下來的計畫。說是計畫，其實也只是在腦中推演流程罷了。

我的最終目的是殺害父母後自戕。

因此，我不需要構思完全犯罪或是詭計那些的。動腦不是我的強項，我不可能自己想出什麼詭計，只要拿刀猛刺就好，完成之後當場自殺。計畫本身很簡單，但我還是擔心會出錯。

這個擔憂很正常，我沒拿刀捅過人，身邊也沒認識殺人犯朋友可以請教，所以我有必要練習拿刀刺殺生物的手感。

我知道這是犯罪，但是為了達成目的，這是必要之惡。

於是，我用打工存的錢買了小動物來試刀。第一次用刀刺加卡利亞倉鼠時，我驚訝地發現肉比想像中硬。應該說肉嗎？還是骨頭呢？我以為倉鼠很小，一定很容易下刀，想不到比想像中困難，看來果然有練習的必要。我把屍體埋在山上，又去了一趟寵物店。

小白鼠、烏龜……我挑戰的生物越來越大，逐漸習慣刺殺的手感。就在我殺了一萬圓左右的天竺鼠時，那種感覺變成了快感，可以感覺到血液沸騰著。

我發自內心覺得痛快。

但是，我的存款沒有多到可以無限揮霍，如果想要挑戰更大的實驗對象，就得花更多錢。我在寵物店挑不到體積大又便宜的動物，落寞地回到祕密基地時，不知是偶然抑或上天註定，有一隻野貓盯著我瞧。

我認為這是命運。我真走運。於是，我立刻展開行動。

我馬上抓起那隻貓，帶回祕密基地殺了牠。等頭和身體分家，數秒前看起來還是一隻貓的物體不過是一團血肉。被刺一定很痛吧。對象有可能逃跑，或是掙扎抵抗。

我看著貓抓的傷口，雖然沒再流血，但變成幾條紅線。看來得在對方反抗之前一刀斃命。

瞄準喉頭、眼球、胯下和心臟應該有效，這些部位能造成重大傷害，尤其瞄準眼球特別有效。只要眼睛看不見就插翅難飛，也別想抵抗了。只是這個部位難度很高，要刺中並不容易，要特別留意。

我拎起貓的頭和身體，扔在帳篷旁邊。接著拿起擺在帳篷旁邊的鐵鍬，去隔點距離的草叢挖掘鬆軟的泥土。

屍體不埋好會腐爛發臭，還會長蒼蠅。事到如此，我已不在意整潔問題，但必須確保最低限度的生活品質，環境也會對我造成影響，左右成敗。

總覺得土鏟起來變難了，使不上力氣。對，我沒有好好吃飯，可能沒體力了。肉體正先我一步死亡。

不行，我還不能死在這裡。

等一下吃個乾糧麵包補充體力吧。

手掌又溼又滑，布滿汗水和貓的血水，我拚命抓緊鐵鍬，挖出一個大洞，接著走回帳篷邊，抓起貓頭。哦，觸感真像顆球呢，單手就能抓起，跟棒球差不多，但我根本沒打過棒球。

哈哈。我笑了，模仿起一點也不熟的投手動作。

「武命選手投出關鍵的一球！」

我替自己現場轉播，右手擲出貓頭，宛如把揉成一團的衛生紙丟進垃圾桶。貓頭劃出漂亮的弧線，掉進洞穴裡。好耶！我扔出飛刀時也神準無比，說不定很有投球天分喔？都無所謂啦。

接著，抓起貓的屍身，走到洞口前，扔進去，再次拿起鐵鍬，把貓的屍體埋起來。呼，爽快。我確認手機，今天是十九號，時間接近晚上十點。來睡覺吧。雖然有點早，但我累了。嘿咻！我直接在埋貓屍的位置前面躺下。土壤的觸感真舒服。

這塊土地下，埋著被我殺死的動物們。

我想起了被霸凌的日子。一天，我放學騎腳踏車回家，莫名其妙被學校的孩子王踢飛，沒說原因就狂毆一頓。

是因為我常常傻笑，他看我不順眼嗎？答案已不可考，但我當時真的很弱小。

如今，我已經厲害到可以殺死這麼多動物了。我變強了，我現在是為目標而戰的厲害傢伙。

再一下。只要再撐一下，我就能得到救贖了。
問題是，接下來該怎麼辦？我想不到比貓還大又適合的動物，外面賣的狗隨便一隻都是八萬圓起跳，我不能為了練習花掉八萬圓，但是野狗並不好找。
怎麼辦？要直接去做掉父母嗎？
要現在下手也可以，我已經相當熟悉刺殺生物的手感，應該差不多了？
不可能用真人來練習，看來只能練到這裡了嗎……
不，等等，還有一個超棒、超級適合的練習對象，不是嗎？
我手撐地面，重新站起，抓起刀子和鐵鍬。手機已用手動式充電器充好電，可以充當手電筒。我穿越樹林，撥開草叢，忍著樹枝造成的刮傷步步前進。
走了五分鐘左右，總算抵達那個地點。那一天，我和直人叔叔相遇的回憶之地。沒錯，就是這裡，地面的土微微隆起。我嚥下唾液，把鐵鍬戳進地面，喘了口氣。
拿高貴的屍體練習不就好了？
簡直適合到可笑的地步。因為，他可是我想殺的對象的兒子呢。當初是直人叔叔幫我做掉他，但其實我恨不得親手制裁這個廢物。
我拔起鐵鍬，使勁往隆起的土丘刺，再用腳踩下去，接著放倒鐵鍬，利用槓桿原理一口氣翻起土壤。
刺入、翻起。刺入、翻起。我重複著鏟土的動作，不知來到第幾次，忽然聞到一股奇異的腐臭。味道似乎從土壤中飄來，因為我把土翻得到處都是，樹林裡頓時充滿了刺鼻臭味。

有些土呈現液狀和泥狀，我看不清楚，用手機一照，看見了衣服。是他穿的衣服。我停止挖土，用鏟頭撥開覆蓋在屍體上的泥土。

散發出惡臭的那樣東西，已經失去人類的形狀。當時看到的屍體雖然醜陋，但至少還像是個人。

看看你現在的樣子，哈，太慘了吧。

屍體腐爛了，勉強黏在上面的肉呈現泥狀，長了好多的蛆。

大概是脂肪融解的關係，他看起來變瘦了，頭髮也不見了。

並不是頭髮從頭皮上脫落，而是整片頭皮滑了下來。除此之外，還能微微看見變成深褐色的肉。

活該啦。

你的人生到底有什麼毛病？一天到晚惹事，總是拿別人出氣，抽菸喝酒折磨自己的身體，你這樣活得很開心嗎？沒辦法回答了吧，因為你嘴巴的肉都剝落爛掉了啦。

我舉刀刺向高貴的腹部，笑了出來。

不是平時那種假笑。

是發自內心的歡笑。

水原瑠花　八月十九日　星期一　晚上十點

眼前出現瘋狂的景象。

我的腦袋一時之間無法負荷。

稍早，我察覺情況有異，武命的樣子怪怪的，於是偷偷跟過來。

因此，我會目睹一切只是偶然。不，我希望只是偶然。

和我在同一個地方打工、讀同一所高中的好朋友，竟然在飄著詭譎腐臭的樹林，坐在一個坑洞裡揮舞刀子。

洞裡傳來他的笑聲。聽到那個聲音，使我寒毛直豎。

可可……和可可一樣，那種露出黃色齒垢的咯咯笑聲。就是那個聲音。

整個空間被瘋狂所支配。我再也受不了，決定衝出去。我不是要逃，而是衝向他所在的坑洞。

「快停下來！」

笑聲戛然而止。

他向後仰起身體看我，慌張地裝出笑臉。我從沒看過他露出這麼可怕的笑臉，雙目圓睜，嘴角高到不能再高，還能看見牙齦。

這是第一次，我對武命產生了害怕的感覺。

「是水原啊。」

在加濾的惡臭之中，月光微微照亮他烏黑黏稠的手掌。
這不是土，而是人的屍體。近距離看實在太悽慘了。
那具屍體已不成人形，我差點要吐了出來。
心中湧現大量疑問。
這具屍體是誰埋在這裡的？武命到底在做什麼？這裡怎麼會有屍體？難道武命殺人了？
以及，這究竟是誰的屍體？
「水原，感覺好久沒見到妳了呢。」
武命沒有藏起刀子，爬出洞穴朝我走來。我本能性地害怕，不禁向後退。
這不是我認識的武命。
「你這是做什麼？」
「妳確定要聽嗎？」
武命旋即把問題丟回來。
「我認為妳別知道比較好。可以當作沒這件事嗎？」
「不行，我沒辦法裝作沒看見。武命，我好害怕，你到底在幹麼？這太詭異了。」
倏地，武命朝我加速衝來，用骯髒的雙手揪住我的衣服。
但是，他的手沒有施力。他只是輕輕把我拉過去，我倆臉部的距離近到彷彿可以親吻。

武命和平時一樣，笑著對我說：

「詭異？哪裡詭異了？水原啊，妳又多了解我？唉，妳真的都狀況外呢。妳向來只關心自己，出事也想自己解決。妳喜歡把自己當成全天下最可憐的悲劇女主角，所以才會到處跟男人亂搞吧。」

他一句一句慢慢開導我。

語氣的確很溫柔，但內容像是批評我。我哭了，眼淚撲簌簌地掉下來。

武命見了，變本加厲地說：

「還好意思哭？我常覺得啊，女孩子真卑鄙呢，動不動哭，以為哭了就能被原諒。怎麼可能啊，別以為哭能了事。」

「對、對不起。」

「唉，抱歉，我不是對妳發脾氣。我不是說過嗎？我喜歡妳啊。妳忘了我之前才向妳告白嗎？」

「我沒有忘，我很高興……可是，我不希望看見你做這種事。」

「水原啊，聽到妳這麼說，我也很高興！」

武命不容喘息地大聲回應，接著突然一推。他這次有施力，我向後方倒去。

我跌在潮溼冰涼、發出惡臭的土地上。

「只是啊，光憑妳是不夠的。」

他把左手持的刀子換到之前抓我的右手，轉身跳回坑洞裡。我坐在地上，看得不是很清楚，但有聽見「咚！」的著地聲。
接著，我目睹他雙手高舉刀子，刺向屍體。
武命一次又一次地刺著屍體，每次都會大叫。
「啊啊、啊啊！啊哈、啊哈哈哈！哈哈、哈哈、哈哈哈哈！」
簡直宛如動畫場景，咆哮逐漸轉變為笑聲，在山中迴響。我害怕得雙腿打顫。好可怕。
我看不見洞裡的屍體到底變成什麼模樣，只知道武命狂刺一陣後，一度仰頭對著夜空大叫。
「啊啊啊啊啊啊啊啊啊啊！」
空氣劈里劈里地震動。
癲狂。他的表情陷入癲狂。我聽見武命發出「呼——呼——」的喘氣聲，沒想到那個沉穩的武命會有如此瘋狂的一面……
我則因為過度換氣，發不出聲音。
「水原。」
我震了一下，武命咧嘴笑著說：
「廟會那天，妳不是向我坦露心事嗎？說妳晚上會去見網友。其實我更早之前就知道妳狀況不妙了。」
他在洞裡抬起上半身注視我。我想起廟會那天發生的事，當時一股沒來由的衝動，驅使我說出了自己的祕密。

而他卻說，其實更早以前就知道我的祕密？我很想追問，但只能發出「嗚、啊」的聲音。

他繼續說：

「水原，妳差點被人強暴吧？啊——抱歉，我說話不經修飾，但如果類似情形不只一次，我指的是放暑假前發生的事情。妳認識一個滿臉痘痘的男人吧？那是我哥，石田高貴。」

石田高貴？

放暑假前發生的攻擊事件只有一個，他說的是可可。

那個跟蹤到我家想襲擊我的男人，原來叫作高貴嗎？整個暑假，他造成的陰影都籠罩著我，我不可能忘記。那傢伙竟然是武命的哥哥？

怎麼可能！

武命和可可一點也不像。那個人滿臉痘痘，還有口臭。

啊，不對，若是現在，我能想到一個共同點。

野獸。

那忽然迸出的野獸表情，和他如出一轍。

我好不容易能發出聲音，問出心中的疑惑。

「你為什麼知道？」

「有人告訴我的。」
「你、你是聽誰說的？」
「一個曾經是神的傢伙啦！」
他生氣地說完，再次舉刀，縮回洞裡刺屍體洩忿。
「他已經不是神了。」
「什麼意思？」
「我啊，極度痛恨自己的家人，希望他們死。他們沒一個愛我，都活在自己的世界，我一直希望他們消失。沒有了這些人，我就能好好活著，就能享受人生的快樂了。正當我詛咒他們消失時，神碰巧出現了。」
武命脫下帽T，用衣服擦拭額頭的汗，以及噴在手臂上像是血水的東西，再把衣服丟出洞外，剛好落在我旁邊。
他的身體瘦成了皮包骨，一定都沒有按時吃飯。這模樣使他看起來更像怪物。
「神幫我殺掉高貴，我真的開心極了，要我把一切都奉獻給他也無所謂。如此一來，我就不用被揍了，不需要每天戰戰兢兢的了！接著，我向神許了另一個願望，請他一起殺掉我的父母，他答應我了。結果……結果、結果、結果！他竟然在下手前一刻背叛了我！突然說他害怕殺人！媽的、媽的媽的媽的！都去死吧！人終究是自私的！人最愛自己啦！平時根本不管別人的死活！可是，即使如此，他們還是溫柔待我！溫柔待我、和我變熟之後，狠狠地背叛我！他媽的混帳！」

這是發自內心的吼叫，他的聲音越來越沙啞，喉嚨都吼破了。心臟激烈跳動，我按住自己的胸口。撲通！撲通！感覺心臟快從嘴裡蹦出來了。

心悸的原因有一半來自於恐懼，恐懼眼前的瘋狂景象。

另一半則來自不好的預感。

神——武命提到這樣一號人物，這個人殺了可可。

武命鼻子噴氣，激動得發出「呼——呼——」的喘息，繼續說：

「對不起、對不起對不起。呼——對不起對不起對不起對不起對不起，神！對，是神告訴我妳的事情。可是，他已經不是神了，我把這件事說出來，他應該會很傷心吧，但我無所謂了。不，應該是高興吧？水原，妳一定能了解我的心情，那種無能為力的絕望，沒人會來幫助我的哀傷，無人能依靠的匱乏感。妳通通都懂，對吧？」

武命看著我，背靠著穴壁坐下來。

「不要再說了……」

我努力擠出聲音對他說。

這是可可的屍體。最後看到可可的人是誰？

那個當我以為自己要被強暴，緊急出現救了我的人。

他也是我的神。

武命盯著顫抖的我，露齒一笑，說了出口：

「殺了高貴的人是妳的爸爸，直人叔叔。水原直人。」

東千尋　八月十九日　星期一　晚上十一點

流花。

聽得見嗎？

好久沒跟妳說說話了。

這一個月來，我有事情想對妳說。

我曾經愛過妳。

妳的笑臉、妳的堅強、妳的大膽，我曾經通通都好喜歡。

所以，當時我想跟妳死在一起，並和妳踏上了旅途。儘管最後只有妳死了，但其實我很快就振作起來了喔。

當時我雖然是國中生，但已經是大人了。

其實，我有餘力冷靜地判斷是非對錯。其實，我也認為應該要忘了妳比較好。可是啊，我刻意不選擇遺忘。

其中一個原因，當然是因為我曾經很愛很愛妳，妳的一顰一笑都讓我眷戀不已。但還有真正的原因：只要依附著妳，讓自己活得痛苦，各方面來說都會比較輕鬆。

——我是內心懷抱陰影的人，沒有朋友很正常，沒有情人也很正常。今後就算一生孤獨終老，也是沒辦法的事情。因為我的心裡始終懷抱著忘不了昔日戀人的陰影。

我刻意選擇不忘記妳，只是想利用妳來掩飾自己的懦弱。

這樣很輕鬆。反正我的個性有問題，都是來自無可奈何的原因。
然後，我認識了一個叫作「瑠花」的女孩。
這一次，我假裝把她當成妳。原因說穿了，一樣是為了自私的藉口。
與瑠花相遇時，我總覺得是妳以不同的身分回到了我的面前，彷彿時光倒轉，我回到了可以自由自在的國中時代。
我一直好想回到過去。
因為我這一生錯過了好多東西。我有很多東西想要吃吃看，也想打扮得光鮮亮麗，向喜歡的女孩子告白。
我以為自己錯過了這些，通通都是無可奈何。但是，妳變成了高中生，回到我的面前。
既然如此，我也能回到當初，盡情做自己喜歡的事情，盡情打扮成自己喜歡的樣子。我再也不需要壓抑自我，認為自己個性陰沉是無可奈何。因為我回到了那個時候。
我給自己找了藉口，用它來愛瑠花。
只要待在瑠花身邊，就能回到當初，盡情做自己。
只要有瑠花在，我就有資格改變。
因為瑠花是妳轉世變成的！
是，其實我並沒有對瑠花一見鍾情。
我只是想要一個可以改變自我的契機。

可是，說來可恥，現在不是了。
和從前我愛妳一樣，我發現自己愛上瑠花了。
我現在好擔心她的安危，正在拚命趕過去。
儘管我和她認識的時日並不長，但這份心情不會有錯。
我想要跨越，想要向前推進。
痛苦的感覺不會消失，但我可以變得更堅強。
瑠花是我用來當作忘不了妳的藉口，嚴格說來，也是新的依附對象。
但是、但是、但是！
我喜歡她。
她早已不是妳的「替身」。
因為她也願意相信我、願意愛我。

『千尋，救命！』
我和瑠花談完分手後，過了幾個小時，手機突然響起，她打電話向我求救，我馬上急著去見她。
我一直跑、一直跑，跑到我和她第一次見面的便利商店。
我沒有進入店門，直接繞到便利商店後面。
發現她蹲伏在那裡，任何人影接近她，都讓她像隻驚弓之鳥。但是，她一眼便認出我，露出安心的表情。

「瑠花！是我！」

我走過去想要抱住她，她先一步撲進我懷中，牢牢地抱住我。

她看起來沒有受傷，但臉上的表情顯然出事了。

感受到她柔軟的觸感，我鬆了一口氣。

我好想妳。

我好想妳啊，瑠花。

我也緊緊地回擁她。

第八章　晚夏

水原瑠花　八月二十日　星期二　下午二點

推車商品服務員來到我們的座位旁，千尋趕緊叫住她。

「不好意思，有沒有喝的？」

戴眼鏡的女服務員從推車深處亮出罐裝飲料。

「這邊有茶、有可樂，還有寶礦力與柳橙汁。」

「給我兩瓶茶。」

「好的，一共是三百二十圓。」

千尋從錢包拿出零錢遞給服務員，把其中一瓶茶交給我。

「來。」

「謝謝。」

我接過瓶子，暫且先放在座位的置物臺上。

「妳不喝嗎？」

「嗯……我還不渴。」
「這樣啊，不舒服嗎？」
「不會，謝謝你。」
千尋攬住我的肩膀，讓我依偎在他的懷裡。我們的頭靠在一起，千尋輕輕吻了額頭，我也不再顧慮東顧慮西，放鬆地接受。此時此刻的溫暖，令我感激涕零。
溫暖的膚觸使我舒適地閉上眼，但眼前暗下來後，昨日與武命的對話又重回腦海。
武命咧嘴大笑，緊緊盯著我。
爸爸……殺人了。
我一時間無法接受這個事實。
「騙人。」
「是真的，直人叔叔都跟我招了。水原，他這麼做全是為了保護妳啊。」
武命坐在洞穴裡，靠著穴壁仰望天空。
「聽說妳當時差點被強暴，然後先去了岸本同學家避難？直人叔叔說，妳走了之後，他失去理智，不小心把高貴殺了。他帶著屍體到山上埋時，被長時間待在祕密基地的我給撞見了。」
也就是說，假設我當時沒有逃去美希家，爸爸就不會殺死可可了。我在的話，一定能阻止悲劇發生。

而我竟渾然不知。

那已經是一個月前的事了，這段期間，我住在殺人現場的家中卻沒察覺異狀，爸爸也都沒有表示。

不，即使出了大事情，他依然有留言給我，說他愛我。

——「我愛妳」。

他總是不忘留下這一句，表現得跟平時一模一樣。

「於是，我請他順便連我的父母一起殺掉，誰知道，他卻臨陣反悔。沒辦法，我只好自己動手，先靠這傢伙的屍體來練手感……就差那麼一點點，他竟然背叛我！」

我可以理解前因後果，但無法理解他怎麼有勇氣真的下手，甚至拿屍體來練習。

等等。我反芻著武命的說詞。臨陣反悔？意思是說，爸爸曾採取行動？他本來打算殺掉武命的父母嗎？

「水原啊，我有件事一直想問。為什麼直人叔叔明明這麼愛妳，妳卻沒發現呢？」

武命「嘿咻」地起身，轉到我的方向，露出一顆頭，手肘撐著地面，笑咪咪地看著我，似乎並不打算爬上來。

我從剛剛就一直坐著，腿發軟到站不起來。

「妳說，妳因為不能向爸爸撒嬌，所以才跟男人亂搞填補寂寞，在我聽來只是藉口。只是妳淫亂愛玩的藉口。」

「不、不是……」

「我很羨慕妳呢，家裡有這麼關心妳的爸爸，甚至願意為了寶貝女兒殺人棄屍，真了不起，連我都想當他的兒子了。明明有人這麼愛妳，妳為什麼要露出一副全天下就自己最慘的表情啊？說啊，混帳！」

混帳——武命對我用了這個字眼。

之前他從沒這樣對我說話。

有時他會調皮開玩笑、稍稍跟我唱反調，但從來沒有對我說過粗話。

我在一對一——沒人來幫我的空間滾滾落淚。

「看煙火那天，妳不是向我哭訴嗎？說自己不了解活著的意義，即使有很多朋友，每天還是覺得很痛苦？哈！妳跟我開玩笑嗎？這不是找人商量就能解決的問題嗎？妳只是害怕面對而已，因為逃避最輕鬆嘛。好啦，妳的淫亂生活過得開心嗎？我還是處男，不了解妳的感受，怎樣？有用嗎？」

「停，不要這樣說我。」

「我只是嫉妒妳，嫉妒妳還有自我放逐的本錢。妳生在比我幸福好幾倍的家庭，憑什麼露出比我悲傷的表情呢？這麼愛演悲劇女主角，怎麼不乾脆去死一死算了？」

說到這裡，他跳出坑洞站上地面，像流氓一樣蹲下來，拿刀指著我，刀在月影下發出陰森森的光。

我們只有一公尺的距離。

「水原，我喜歡妳，但也同樣憎恨妳。」

「武命……」

「我帶妳一起上路吧，這樣妳就不用一輩子被貼上殺人犯遺族的標籤了。妳不能怪我，要怪就怪妳自己吧，誰叫妳得了便宜還賣乖。」

「拜託，武命，收手吧。算我求你。」

「收手？那妳要怎麼賠償我呢？水原啊，妳要代替我殺死父母嗎？」

「我不懂，你為什麼要這樣憤世嫉俗呢？」

武命的笑容垮了下來，臉色逐漸失去光采。他低頭沉思，囁嚅道：

「因為覺得，只有自己不一樣。」

「不一樣？」

「沒有人了解我，沒有人願意聽我說。充滿暴力的生長環境使我感到自卑，我好想跟大家一樣，在普通的家庭出生，不需要假笑，像個普通人，當個普普通通的『石田武命』。我會變成這樣，全是他們害的。環境無法說改就改，我恨他們把我變成這個樣子！」

武命落下豆大的淚珠，這緩和了我的緊張。我沒想到他會對我示弱，恐怖感沖淡了一些，腳也止住顫抖。

驀然間，我害怕的對象——武命，宛如一隻幼犬，蜷縮起身子哭了。

「武、武命……」

我重拾冷靜，爬到武命的面前，觸碰他的肩膀。他的身體冰冷乾癟，感覺風一吹似乎就要倒了。然而，我誤判情勢了。

「不准碰我！」

武命用力揮舞手上的刀子，想要傷害我。

我差點被割到，嚇得大叫，結果他更加激動地砍了過來，我勉強向後彎腰才驚險躲過。刀鋒微微劃過手臂，我的右腕出現一道淺淺的紅線。傷口並不深，但血瞬間流了出來，我可以感覺到血的熱度。

他攻擊我，把我當成敵人。

我的腳終於可以動了，趕快逃吧。然而，他使勁按住我的兩邊肩膀，我又再次仰躺倒地。武命騎到我身上，抓住衣領，一邊流淚一邊瞪著我。

「我也有過夢想啊！有很多事情想做啊！那個混帳老頭卻只會逼我念書，髒女人對我不屑一顧，我只要不小心和廢物對上眼就會被毒打一頓，在這種家庭出生，怎麼可能不走歪？妳知道嗎？我無法停止假笑！其實我心裡恨不得所有人都去死一死！但是，一旦藉由假笑裝成正常人，之後就再也無法卸除了啊！臉上雖然笑著，心裡卻有一半是汙濁的念頭！我好恨，我恨透了這個世界！即使我的心裡充滿憎恨，還是希望有一個人來了解我啊！」

這是悲泣。

比起怒號更接近悲泣。

我擠出最後一絲力氣，抓住武命的腰，把他往旁邊拉。

武命似乎沒料到我會奮力抵抗，頓時失去平衡，側身倒下，刀子也從手中滑落。

我立刻起身，頭也不回地逃跑。

我連怎麼跑步都忘記了，也忘了用手機燈照亮夜路，只是在黑壓壓的樹林一路狂奔。淚如雨下，呼吸不到氧氣，即便如此，我也沒有停下來。

後方微微傳來武命的慟哭。

我盯著右手上的繃帶。

那把刀砍過無數次可可——也就是高貴的屍體，除此之外，我在跟蹤的時候，看見武命用它殺了野貓。

我擔心上面有什麼細菌，先在千尋家徹底清洗、消毒過傷口。

我自己也覺得這麼做有點誇張，但小心點總比出事好。

「瑠花，下一站下車喔。」

千尋輕聲說道，順勢起身，把背包從上方的行李架拿下來放在椅子上。

我沒帶行李，身上只有錢包和手機，相當輕鬆。美希應該很擔心我吧。思及此，我抬頭眺望窗外。從新幹線的車窗望出去，外面是遼闊的田園風光，似乎只有車站一帶比較熱鬧。

「有力氣站嗎？」

千尋憂心忡忡地觀察我的臉。

「啊、嗯。」我應聲，跟著他一起站起來。

「不用勉強喔。」

「我沒事，謝謝你。」

千尋拍拍我的肩膀，往新幹線的出口移動。我戴上衣帽，盡可能不跟擦身而過的人眼神交會，低頭跟著千尋走。

我們從熊越車站坐了約一小時的東北新幹線，抵達柱山車站。

這裡是千尋的故鄉。

空氣好清涼。

時值暑假期間，星期二的平日時段人潮不顯擁擠，但畢竟也是新幹線會停靠的大站，不到清幽的地步。

因為地處北方，出了車站才發現氣溫相對涼爽。然而，屬於夏季風物的蟬鳴聲仍穿透車流聲縈繞耳際。我呆望著千尋的背，放空地走著，他流了好多汗，衣服都貼在背上了。

「我們坐計程車吧。」

車站外有計程車候車處，千尋牽起我的手，帶我前進。候車處只有三個人等車，很快就輪到我們。

一輛計程車滑入車道，後門緩緩開啟，千尋以眼神示意我先上車。我順從他的好意坐進去，他也緊接在我後面上車。

「麻煩去柱山市舞園十七街。」
「等等，我想想……請問大概是哪個位置呢？」
千尋報上地址後，司機悠哉地反問。
「先去舞園綜合醫院附近，到了我再指路。」
「好喔！」
司機朗聲回應，設定汽車導航。不一會兒，車子緩緩開動。
駛離車站後，舉目所及是遼闊的農田。這裡雖離熊越市不遠，但比熊越市要鄉下多了，路上沒什麼行人，車子要比路人還多。
眼前是條陽光曝晒、沒有高樓大廈遮蔽的漫漫長路，兩旁田連阡陌。原來如此，這條路的確不適合用走的，感覺走到一半就會中暑暈倒。
「小哥這次是回老家嗎？」
司機突然發問，我望著千尋，提醒他回話。
「是啊，我每年夏天都會回來。」
「這樣啊，我想說盂蘭盆已經過了，這時間點回來還真少見呢。你老家在舞園那一帶啊？」
「對啊。」
「原來如此，我太太也是當地人喔，我跟著她一起搬來。這兒的居住環境比都市好多啦，安靜清幽，水和米飯特別地香。我年輕時候住過東京，搬來後簡直大開眼界啊。原來都市的水那麼難喝，我現在完全喝不下去呢。」

「哈哈，是啊，我也覺得這兒的水比較好喝。」

「沒錯吧？住鄉下不用裝淨水器就有好喝的水，還能節省開銷呢。」

千尋邊笑邊附和，也好好回答司機的問題。這是鄉下特有的親和力。司機大哥真會聊，連私事都向客人分享。不過令我更訝異的是，千尋竟然放開心胸，正常地和人聊天。

儘管不明顯，但他回話的時候，有一種類似司機大哥的腔調。我一直以為千尋比較內向害羞，原來他也懂交際應酬啊。

我沒有參與對話，只是茫茫然地眺望窗外。我現在的心情不想和任何人說話。說話太麻煩了。

車內雖然有開冷氣，但我還是輕輕轉動手搖式車窗，搖出一條細細的縫。微風挾帶青草香吹拂著髮絲，我不自覺地用單手拉下衣帽，感覺心情終於鬆綁。

千尋牽著另一隻手。我能握著這雙瘦骨嶙峋的大手，直到永遠嗎？忽然間，我有點沒安全感，一面眺望車窗外的景致，一面加重了手部力道。

我還沒把全部的實情告訴千尋。

——得了便宜還賣乖。

武命的話語重重地壓在心頭。

一路逃下山後，腦中閃出千尋的臉。明明不久前我才跟他提分手，結果我又跑回去找他，在他的家裡住下來。沒辦法，我真的沒有勇氣回家。

至今我仍難以相信爸爸殺人。但是，放暑假以來，爸爸的確變得特別疏離我，回想起來，一切跡象在在印證了武命的說法。

我到底該怎麼做呢？這種事不好找美希和安西同學商量。走投無路下，我只能仰賴千尋。然而，我只是跑來白吃白喝白住，沒告訴他發生了什麼事。

我說不出口。此事關係到人命，跟恥於使用約會網站完全是不同層次的問題。

到頭來，我還是隻字未提，只跟千尋說了「好想躲到哪裡消失」。千尋表示明白，隨即開始打包行李。

他提議，要不要跟他回老家一趟，當作是轉換心情。

「煩惱的時候不妨遠離都市，去鄉下透透氣吧。別擔心，我什麼都不會問，除非妳想主動開口。」

這就是我來到這裡的前因後果。對此我未置可否。

我想，這一定是逃避。我應該報警，說服武命打消念頭，並且好好找爸爸商量。另一個我在心裡大叫「不准逃」，使我良心不安。

但是，我沒有那麼堅強。

我給自己找藉口：這種事無論誰遇到都會慌張，沒有人能立刻採取正確行動。同時，還有另一個自己用著跟武命一樣的聲音吶喊：

——這麼愛演悲劇女主角，怎麼不乾脆去死一死算了？

「瑠花，便利商店到了，要不要買點什麼呢？」

握著的手在移動，我猛然一震，看著千尋，反射性地說出了莫名其妙的話：

「不要走——」

千尋吃驚地望著我，接著漾起微笑，另一隻手也伸了過來。他用雙手緊緊抓住我的手。

「瑠花，別緊張，我哪裡也不會去。旁邊是便利商店，妳肚子會不會餓？要不要買吃的？前面還有一段路喔。」

千尋用一種安撫小孩的語氣，慢慢地、溫柔地說。回過神來，我才發覺計程車停在一家便利商店門口。

「抱、抱歉，我發呆了。啊，我跟你一起去！」

我現在一刻也不想放開他。從左側車門下車後，我立刻拉起千尋的手，跟他一起進入商店。

經過一家大型醫院後，車子又開了二十分鐘。

計程車奔馳在細窄的砂石路上，車身喀噠喀噠地顛簸搖晃。司機大哥似乎習以為常，但我實在害怕到無法不在意。

道路左側是山壁，右側是傾斜的懸崖，下面則是一望無際的農田。這條路窄到只能容納一輛車開過，要是掉下山崖就糟糕了。
車子在驚險的山路開了一會兒，來到一片寬廣的平地。呼，我總算鬆了口氣。
眼前出現一棟古老民宅。
這棟小小的日式民宅被農田和砂石路環繞，遠離塵囂，孤零零地佇立於此。
千尋支付計程車費。因為開了很長一段距離，費用頗驚人。無論是新幹線的車票還是計程車費全是千尋一人出錢，我說要幫忙付一點也會被推回來，所以便欣然接受他的好意，只是心裡面的罪惡感不斷膨脹。
「走吧，瑠花。」
把錢包收進口袋後，千尋對我說。
「謝、謝謝您。」
「不客氣，有機會再光顧啦，返鄉愉快！」
我向隨和的司機大哥道謝。計程車俐落地調轉車頭，揚長而去。我有點慌張地眺望屋子，千尋再次牽起我的手，就在他邁步之際，我趕緊說：
「等、等等！」
想到我們還牽著手，我急急忙忙想放開他，但千尋把我握牢。我憂心地偷瞄他。
「噯，牽手不太好吧？這裡不是你老家嗎？」
「妳又想一溜煙地消失嗎？」
千尋溫柔而堅定地牽住我的手，眼神透出一絲悲傷。

「不准再離開我了。」

他的聲音微微顫抖，我也不再堅持要放開他了。

可是，我們的關係——

我突然一愣。我們現在是什麼關係？總覺得一時之間說不清。我卸下防衛後，千尋這才心滿意足地向前走。

他牽著我的手，按下玄關的電鈴。

東千尋　八月二十日　星期二　下午四點

「千尋？」

拉門嘎啦嘎啦地打開，紀惠子阿姨走了出來，訝異地看著我，以及躲在我身後的瑠花。

一年沒見到紀惠子阿姨，她看起來沒什麼變，一樣有皺紋、駝了背。

「我回來了，紀惠子阿姨。」

我莫名有些害臊，靦腆地問好。

「嚇我一跳！瞧瞧你，上次聯絡後就沒消沒息，我還以為你今年不回來了呢。啊，我還沒打掃，跟去年一樣呢。」

她似乎真的沒料到我會來，說話的速度比平時快了一些。

瑠花用力握住我的手，顯得手足無措，我側過頭對她說：

「不用緊張，她是……養育我長大的人，妳儘管放心。」

瑠花徬徨不安地瞅著我，我用微笑告訴她不用緊張，她才徐徐放鬆手部力道，輕輕牽著我的手，向前踏出一步。

「您、您好……」

「哎，午安。千尋，這位是？怎麼沒聽你說要帶朋友回家呢？你交女朋友啦？」

紀惠子阿姨好奇地望著躲在我身後的瑠花。

當瑠花慢慢地向前走，紀惠子阿姨吃驚地凝視她。

瑠花也嚇了一跳，重新握緊我的手，小聲地說：

「啊、那個……瑠、瑠花，我叫水原瑠花。」

紀惠子阿姨聽到這句話，頓時一愣，接著用力呼了一口氣。

瑠花不知所措地望著我。

紀惠子阿姨也困惑地看了我一眼，轉身進屋。

「請進。」

語氣和藹，但阿姨的臉色沉了下來。我領著瑠花走進屋裡。

既然都來到這裡了，她總不可能跑去其他地方。

脫鞋的時候，我終於敢放開她的手。

好久沒回家了。

屋裡有淡淡的榻榻米味。我在熊越市租的公寓是貼皮木紋地板，真懷念榻榻米啊。

我跟隨紀惠子阿姨走到客廳，木頭地板一路發出嘰嘰嘎嘎的聲響。

「都可以坐喔。」

偏大的長方形桌子旁，擺放著四張椅子。

我在入口前的位子坐下，瑠花乖巧地端坐在我旁邊。

紀惠子阿姨在杯中倒入麥茶和冰塊，放在我們的座位前。

「謝謝。」

我一口飲盡麥茶。啊——總算復活了。

汗水慢慢地乾透，我甚至打了個哆嗦。

「噯，你要當成阿姨我找藉口也行，但我當真以為你今年不回來了，所以完全沒有備菜。不過家裡有不少食材，我就煮一般的家常菜，不要太期待喔。抱歉啊。」

「吃什麼都好，不必特別費心啦。對了，紀惠子阿姨，我想多住幾天，可以嗎？」

「哎呀，這次不只兩天嗎？」

「會不會太打擾？」

「怎麼會，我高興都來不及了。你之前不是都匆匆待兩天嗎？多住幾天很好啊。睡覺的房間呢？」

「她一起睡我房間就行了，有兩人份的棉被嗎？」

「有的，我拿弟弟的過來。啊，不知道會不會髒，我去瞧一瞧。」

紀惠子阿姨起身，往客廳左側走出去。

瑠花趁機戳戳我的肩膀。

「千尋，你有弟弟嗎？」

「哦，不是我弟弟，是紀惠子阿姨的弟弟。」

一會兒之後，紀惠子阿姨回來了。聽說棉被很乾淨，沒有蟲蛀。

「孩子，你跟她交往嗎？」

我在玄關穿好鞋子，坐著瞥向紀惠子阿姨。

我們確定要住好幾天後，衣服還算好解決，但瑠花沒有替換用的內褲。總不能連內衣褲都跟阿姨借，我們決定趁出門買菜時一起買。目的地是附近唯一一家小型超市與便利商店。

出門前，瑠花說要上洗手間。

她現在情緒不穩定，如果可以，我片刻都不想離開她，但陪著上廁所未免太誇張。於是我先去玄關穿鞋，此時紀惠子阿姨突然問道。

我猶豫了一下該怎麼回答。我們恢復見面至今，一次也沒提過要不要復合或是重新交往。

紀惠子阿姨看我舉棋不定的樣子，深深嘆了一口氣，我急忙回答：

「我們分手了。」

對此，紀惠子阿姨盤起雙臂，停止了嘆氣。

「是嗎……你還喜歡她嗎？」

「喜歡。」

我坐著旋轉身體，秒答。紀惠子阿姨一度傻眼，隨即莞爾道：

「那也沒關係，不過啊……」

「不過？」

「如果是她，我明白你會看錯的心情。」

紀惠子阿姨落寞地垂下眼簾，我也移開視線，重新面向大門。

「不知道她喜歡什麼呢……」

「瑠花喜歡美乃滋，也愛吃油膩的食物。」

「你是說我女兒嗎？」

「不是。」

我站起來，視線迎向紀惠子阿姨。

「是我帶來的那個女生。名字是瑠璃的瑠，加上花，瑠花。她喜歡唱歌，會大口吃加了美乃滋的章魚燒，平時幾乎不挑食。」

紀惠子阿姨像是有心事，沒有立刻答話。

此時，廁所方向傳來腳步聲，瑠花回來了。紀惠子阿姨察覺到，換上明亮的表情。

「抱歉久等了，紀惠子……阿姨，謝謝妳借我用廁所。」

「請自由使用喔。對了，瑠花，多買一點妳喜歡吃的東西吧，錢我交給千尋了，看妳想吃火鍋、壽喜燒……還是章魚燒都可以，妳喜歡吃什麼，阿姨都做給妳吃。」

「這、這怎麼好意思呢。」

「不用跟我客氣，阿姨平時一個人住，想多珍惜有人陪伴的日子呀。我平時都看電視配晚餐，就算不寂寞，但電視不會陪我聊天嘛。」

紀惠子阿姨愉快地跟瑠花搭話，跟和我說話的愉快方式不太一樣。

瑠花也不再膽怯，露出隨和的笑容。她直到方才都面無表情，光是有力氣做出笑臉就令人放心多了。

「走囉，瑠花。」

「啊、嗯。紀惠子阿姨，我們出去一趟。」

「好，小心慢走，我在家等你們回來。」

紀惠子阿姨揮手說「掰掰」，瑠花也朝她揮揮手。

玄關的拉門關上後，我帶瑠花前往超市和便利商店進行採買，走路約要十分鐘。

紀惠子阿姨習慣以腳踏車代步，但家裡現在只有一輛腳踏車，所以只能走路了。

喝過麥茶、終於涼下來的身體霎時又變得熱氣蒸騰，汗如雨下。

「大熱天的，妳可以嗎？」

「可以，謝謝。」

瑠花淺淺笑著，與我並肩同行，左手微微觸碰到我的右手，我正想說要牽手，瑠花便先一步握住我。我有些吃驚地望著她，見她調皮地笑了笑。

「你怕我跑掉，不是嗎？」

又小又嫩的手指鑽進指縫──十指交扣。這招連成年人都會臉紅心跳。我眨眨眼睛，倒吸一口氣。

「妳接下來……有什麼計畫嗎？」

一滴汗從額頭流進眼珠。我偷看瑠花，她低著頭緊抿嘴脣。太早問了嗎？她的沉默令我在意。離開細窄的砂石路後，她終於悶悶地開口：

「我現在還不想回家。」

「是嗎？沒關係，我尊重妳的意願。」

「可是，我也沒有任何計畫。我連自己該做什麼都不知道。」

瑠花的語氣有些焦急，手部的力道也不自覺地加重。

「那交給時間解決吧，現在先不用著急，吃點好吃的東西，等心情好了再想。」

「謝謝……」

「對了，相反方向走二十分鐘有一間溫泉旅館，要不要試試看在大浴場泡澡？其他的話……想不想爬山？這裡也有小溪可以玩水。」

我回想著附近的景點，瑠花忽然停下腳步，我的手被她拉住，疑惑地回頭。

瑠花抬起頭，筆直地望著我。

「你都不問我發生了什麼事嗎？」
她的語氣彷彿在責備我。我不受影響，保持微笑。
「想說的時候再說就好喔。」
我馬上回答，但她不肯繼續往前，我只好牽著她站在路邊。
「瑠花？」
接著，瑠花看著我，吶吶地開口：
「爸爸他，好像殺人了……」
就這麼短短一句。
但是，要了解現況，已經足夠了。沉默橫亙在我倆之間，回過神來，四周環繞著陣陣蟬鳴。
握住她的手忍不住加重了力道。
總覺得一不小心，她就會從我的手中溜走。古老的記憶在腦中閃現，不論經過多少歲月更迭，那個夏天的記憶也不曾消失。
「是我害的。全是我害的。我卻假裝沒看見。」
「沒事，妳慢慢說。要不要找個沒人會經過的地方？」
「不用，我邊走邊說。」
語畢，瑠花有氣無力地走了起來。
我只是靜靜守候，配合她的節奏慢慢走著。

「我之前不是請你幫忙刪除一支影片嗎？我偶然遇到錄影片的那個人，結果不小心被他跟蹤回家，差點被他攻擊。千鈞一髮時，爸爸剛好回來救了我，我先去美希家避風頭，結果……爸爸好像失手殺死他了……」

「天啊，妳沒事吧？好像的意思是說……妳不是非常肯定爸爸有沒有殺他嗎？」

「我沒事，爸爸緊急救了我……不，我很肯定，那個人、死掉了……」

「妳怎麼知道的？」

「你記得武命嗎？」

「武命？啊，他時不時會傳 LINE 訊息給我，問我喜歡聽什麼音樂，要不要再出來玩……」

「咦？真的啊？」

瑠花訝異地打斷我，神情益發凝重。

「是啊，廟會結束後，他大概每天都會傳一次 LINE 來，我看到就回。我們沒真的約出去過，但還算熟吧？僅限打字聊天就是了。他常常向我打聽妳的事情。」

「打聽我的事情？」

「嗯，譬如問我，你常常跟瑠花出去玩嗎？瑠花小時候是怎樣的人……之類的。但因為我假扮成妳的叔叔，所以沒有太深入地交談。」

「我都不知道……也許武命一直監視著我。」

「怎麼說？」

「那個人是武命的家人。」瑠花頓了頓，深呼吸後繼續說：「爸爸殺死的人，是武命的哥哥。」

「哥哥？」

「錄下那支影片的人，竟然是武命的哥哥。聽說爸爸在後山埋屍體時，偶然被武命撞見了。可是，武命非但不怕，還央求爸爸一起殺了他的父母……」

「為什麼要這樣？」

「我不了解詳細情形，只知道武命似乎很憎恨父母，感覺他既悲傷、又憤怒。可是爸爸拒絕了，然後武命就說，那他自己動手……」

忽然間，我聽見瑠花的喉嚨發出咻咻聲。發現她喘不過氣，我趕緊放開手，輕拍她的背。她整個人抖得很厲害。

我先讓瑠花調整呼吸。這整件事聽來相當不真實，令人難以置信。

「瑠花，放輕鬆。沒事，有我在，深呼吸。」

我一面幫她揉背，協助她慢慢恢復鎮定。半晌後，瑠花重新面向我，抓起我的雙臂，探出身體。

「武命在山上把他哥哥的屍體挖出來用刀刺，當作是練習，練習殺死父母。」

漫漫農村路上還有其他行人，瑠花謹慎地湊過來，跟我說悄悄話。

「……這是真的嗎？」

「真的，我親眼看見的。武命拿刀反覆刺他的屍體，還揮舞著刀子大笑。」

「瑠花，妳也看見屍體了？」

「嗯，我嚇壞了。之前我從沒看過屍體，雖然只隱約看到一點，但是已經看不出是人了，味道好重……不過，我更害怕的其實是武命。那不是我認識的武命……」

我緊緊抱住瑠花。

她沒有哭，卻在炎夏中猛烈顫抖，模樣不像是說謊。自己的親人殺了人，被殺的人是襲擊自己的男子，而且還是好朋友的哥哥。不僅如此，這位好朋友還拿哥哥的屍體練習，想要進一步殺死父母。瑠花承受的壓力非同小可，從顫抖的肌膚可以感受到她有多害怕。

我讓瑠花靠在胸前，輕輕摸著她的頭髮，同時回想武命這個人。就我記憶所及，他是一個笑口常開、活潑開朗的男孩子，會刻意找話題跟我聊天，怕我被冷落，明明是個貼心懂事的孩子啊……

「瑠花，放輕鬆，我們先——」

「停，先別說話，讓我說完。」

瑠花打斷我，把臉埋在我的胸口，悄聲說：

「千尋，你向我求婚時不是說，願意為我做任何事、隨時陪伴我嗎？這份心情現在還是一樣嗎？」

「沒錯……這份心情現在依舊不變，我會把妳的需求擺在第一。」

「我想死，想去一個不會給任何人帶來麻煩的地方，靜靜死去。」

心臟撲通一跳。

我的確想要優先尊重她的想法，因為，我把她看成生命中最重要的人，想永遠陪伴她。這已經無關流花了，我喜歡的是瑠花這個女孩。

可是……

她說她想死。

這句話似曾相識。

我聽過。沒錯，和當時一樣，她顫抖著身子，好像畏怯著什麼。

然而，她堅持地說下去：

「即使發生了這種事，我依然愛爸爸。武命雖然失去理智，但仍是我重要的朋友。追根究柢，一切都是我釀的禍。只要我不去見網友，就不會認識那傢伙，惹出一身腥。我不想再給任何人添麻煩了，我想去一個沒人知道的地方，靜靜死去。」

「不行！」

瑠花話聲甫落，我立刻大叫。

我抓住她的肩膀，把她拉到能看清楚的距離，一面大叫，一面微微彎腰與她視線等高。

她似乎沒料到會被劈頭否定，愣愣地望著我。我的確想替她實現所有心願，這份心情絕無虛假。

可是，我還是阻止她了。

這是一種愛，也是一種憤怒，或者同情？我不清楚。複雜的情緒交織一氣，在我的心中爆發，使我下意識地否定了她。

妳——妳不是流花，而是瑠花。

所以，拜託不要做出一樣的決定。

那樣是不對的。

「不要把想死掛在嘴邊！妳要是死了，我會很孤單！我想和妳一起終老！沒有妳，日子怎麼可能過得比較好？妳沒有做錯事，老實說，這麼棘手的狀況，我一時間也不知該怎麼處理，唉！但我……我會……！」

我說到忘了呼吸，語氣越來越急切，越來越痛苦。我用力吸氣來讓自己冷靜，並且發現自己的嘴脣發著抖。

十多年前的夏天。

流花來到我居住的兒童之家。

時序才剛入夏，她卻渾身打顫，用著一模一樣的絕望表情對我說——

好想消失。

好想找個地方消失不見。

當時我也想要尋死，便跟著流花一起逃亡。

然而，最後只有流花自殺了。

眼前的情景與當日的光景重疊。

我還無法完全同理瑠花的傷痛。

但是，和當年不同的是，我想活下去。

我想活下去。

我想和瑠花一起活下去。

「我不希望妳死。如果妳想逃離塵囂，我很樂意帶妳走，但是，絕對不可以尋死。」

我放開她的右肩，輕撫她的臉頰。

瑠花掉下豆大的淚珠，哭成了淚人兒。

看見她哭，我的眼前也泛起水霧。不知是汗抑或淚，我只知道臉頰被水滴浸溼。

啊，對了，流花死了之後，我就不曾哭過了。

「瑠花，我愛妳。」

瑠花傾身，撲進我懷裡。這次，我抱住她的頭。瑠花在我的懷裡，泣訴般地用力大喊：

「我想活下去！我想逃離一切，在某個地方活下去！我想得到幸福。我也、我也想要常人的幸福！」

瑠花的聲音在胸口震盪，微微在山間形成回音，比環繞的蟬鳴更加直搗人心。

水原瑠花　八月二十一日　星期三　下午二點

刺耳的蟬鳴聲。

喉嚨好渴，眼睛也好乾，輕輕一揉就搓到乾掉附著在眼角的眼屎。

睜開眼睛，旁邊的棉被已經摺好。

千尋不在房裡。

我咕咚地翻身，朝左邊一看，發現電風扇固定朝我吹。昨天睡前明明設定為左右擺動，是千尋怕我熱到，離開前特別調整的嗎？

我停止思考，懶洋洋地躺著把手往上伸，摸索充電中的智慧型手機。

打開螢幕，時間顯示為下午二點，已經過了吃午餐的時間。

我昨天應該是半夜二點睡的，所以，我竟然睡了十二個小時嗎？

在陌生的民宅過夜，我本來有點緊張，擔心會睡不著，不過大概是這些天累積下來的疲勞，我好像躺進棉被不出幾秒就睡著了。

加上旁邊有千尋陪著我，幫我留意狀況，我因此相當放鬆。住家裡時，我為了做家事，通常清晨六點左右就會起床，上次睡這麼久是什麼時候，已經久到想不起來。

我抓著手機用力伸懶腰。

「呼哈！」

反正不用在意別人，我豪邁地打呵欠，但連呵欠聲都被蟬聲蓋過。

我起身走到窗邊查看，原來紗窗上停著一隻蟬，難怪這麼大聲。我「叩叩」地敲打窗戶，蟬才受驚嚇地飛走。這個房間裡只有書桌、書櫃和棉被。聽說這裡是千尋小時候住的房間。

和現在不同，房裡沒有電動。他以前似乎很愛看書，書櫃上塞滿了漫畫與看似艱澀難讀的小說。

我把手機放入口袋，錢包留在千尋的書桌上，走出房門。穿越走廊時，廚房傳來煮菜的聲音，走近之後，紀惠子阿姨察覺是我，對我微笑。

「早。」

「早……午安。抱歉，我睡過頭了。」

「沒關係啦，妳吃麵包還是白飯？」

「啊、呃，那就白飯。」

「好，等我一下下喔。」

我本來想說先去客廳等，但那股香噴噴的味道引誘著我走向廚房。靠近一看，瓦斯爐上擺著兩個鍋子，其中一鍋是味噌湯，另一鍋裡的雞鬆散發出誘人的香味。

「看起來好好吃……」

「呵呵，這是早餐時做的。要吃嗎？」

「要！」

我不由得忘了敬語，大聲說要，然後羞惱地咬脣。

「抱、抱歉……」
「不用說敬語啦。」
「真的嗎？」
「當然啊，我們一起吃了飯，就像家人一樣。」
家人。
家人啊……我從小沒有媽媽，不清楚怎麼跟年長的女士相處，不過紀惠子阿姨溫柔又貼心，感覺可以不用顧慮太多。去客廳乖乖等飯前，我想起有一件重要的事情要問她。
「紀惠子阿姨，千尋不在家，妳知道他去哪裡了嗎？」
「哦，他啊……」
紀惠子阿姨關掉味噌湯的火，一面替我裝湯、在小餐盤裡倒入大量雞鬆，一面低頭回答：
「那孩子去掃墓了。」
「掃墓？」
「我女兒的墓。」
我一時間啞口無言。紀惠子阿姨走到電鍋前盛飯，連同味噌湯和雞鬆一起放上托盤，端了過來。
「來，我們去那邊坐。」

我接受紀惠子阿姨的引導，靜靜地來到客廳，在昨天的相同位子坐下，托盤隨即被端到我面前。

「多吃點，吃不夠還可以再添喔。」

紀惠子阿姨接著從冰箱取出麥茶，倒了兩杯，其中一杯端給我，另一杯自己捧著，在我的正對面坐下。我小聲地說聲「開動了」，把雞鬆倒在白飯上，扒了一口。雞鬆加了醬油，比我自己做的味道還濃，非常下飯。

「好好吃。」

「千尋也愛吃雞鬆呢。」

「和我做的味道完全不同。」

「可以加味噌提味喔，吃起來會更有層次。」

原來是味噌！下次來試試。可是，下次又是何時呢？想到這，我不禁黯淡下來。

「想不想聽我說呀？」

紀惠子阿姨喝了一口麥茶，惡作劇似地偷笑。她應該是指剛剛那件事吧，我想仔細聽，正要放下筷子，卻被阿姨阻止了。

「啊，不用停，繼續吃，邊吃邊聽。」

「不好意思，但我很想知道。」

阿姨雙手握住麥茶的杯子，垂頭低語「好的」。我也順從她的好意，喝起味噌湯。

「現在說好像有點遲，但是呢，他不是我親生的兒子。」

「嗯……我大概有聽千尋說一點，但覺得不應該過問，就沒有特別問……」

「這樣啊，謝謝妳。啊，抱歉。開口之前，我想確認一件事，妳喜歡千尋對嗎？」

紀惠子阿姨溫柔地問。

「喜歡。」

我不假思索地回答。

我喜歡千尋。

千尋已經不是用來填補寂寞的爸爸替代品。他總是把我擺在第一，願意默默陪伴我，不否定我做的任何事，甚至為了我改變造型。儘管稍嫌笨拙，有時做得太過火，但現在，我發現自己只想待在千尋身邊，無關寂不寂寞。

「好的，那我慢慢告訴妳吧。」

紀惠子阿姨重新坐正，又喝了一口茶，「呼」地吐氣。

「我女兒在讀國中的時候，不小心害死了同班同學。」

「呃！為什麼？」

「她在學校被人欺負，抵抗時，不小心把那個同學從樓梯上推下去。這是千尋告訴我的。我女兒只是抵抗而已，那是一場意外事故。但是啊，聽說她自暴自棄，跟當時交往的千尋離家出走了。」

「您女兒和千尋嗎？我都不知道……」

我從來沒聽千尋提起過去。

我想他或多或少交過一、兩個女朋友，但沒想過其中藏有這麼驚人的內幕。她女兒抵抗的方式，讓我想起我也曾把二宮從樓梯上踹下去。

「但是，逃亡失敗了，女兒最後在警察逮捕前自殺了。聽說他們沿途偷東西、闖空門，所以不是因離家出走通報協尋找到，而是因犯罪被追捕。總之，女兒在被扣押前刎頸自盡了。我一時間也難以置信，但是看了警察帶回來的遺體，不得不信。」

「那、那千尋呢？他怎麼了？」

「只有千尋被逮捕。千尋先被抓到，女兒接著自殺。女兒死後，我才第一次見到千尋本人。」

「您之前沒見過他嗎？」

「是呀，我完全不知道他是誰。我們母女很少聊天……我只知道女兒在家中的模樣，並不曉得她在學校是怎樣的小孩，也完全沒聽說她在學校被欺負。」

紀惠子阿姨失落地垂下頭，我不知道該回什麼，只能輕輕動筷。

「千尋是兒童收容所的小孩喔。」

「他沒有父母嗎……？」

「嗯，連是生是死都不清楚。我決定收養千尋時，聽社工說，他在讀幼兒園的年紀被父母拋棄。那天他們開車，說要帶他去旅行，他在車上睡著，醒來的時候，已被丟在兒童諮詢所前。」

「好過分……」

「我也這麼想，所以決定要收養他。當時我女兒剛剛去世，我很需要有人陪伴。丈夫很早便過世了，我一直相當寂寞，認為像千尋這樣身世不幸的小孩，能夠成為我的心靈支柱。因為，只要有人比我更可憐，我就可以安然度日。我當時是這樣想的。」

聽到這裡，我的手不禁停下。

這些話太侮辱千尋了。我訝異地瞪著紀惠子阿姨，見她微微一笑，似乎早已明瞭。

「抱歉，我知道自己這樣不對，但我當時狀況也很不好，竟然想靠收養陌生孩童來充當自己的心靈支柱，真是瘋了。現在不同了，我很愛千尋喔。不是替代女兒那種愛，我是發自內心愛著寶貝千尋。」

強而有力的話語使我放鬆肩膀。接著，紀惠子阿姨站起來，在我身旁的位子坐下，輕觸我的背，滿面不安地說：

「千尋始終對我女兒念念不忘，不過，遇見妳之後，他似乎有了轉變，整個人變開朗，還穿耳洞，比去年返鄉時有精神多了，我已經很久沒看他笑得這麼開心了。噯，可以讓我用力抱一下嗎？」

「咦？這……」

不等我回答，紀惠子阿姨便給我來個大大的擁抱。

那是既深情又溫柔的擁抱。

溫暖柔軟的觸感好舒服，這就是有媽媽的感覺嗎？

紀惠子阿姨緊抱著我好一會兒，接著離開，挺直背脊面向我，眼眶微溼。

「我的女兒叫作『流花』。」

我吃了一驚。

「瑠花？和我同名？」

阿姨愧疚地咬著嘴脣，手掌開闔。

「水流的流，花朵的花，流花。」

「流花……」

「希望妳聽了不會覺得被冒犯，我沒有確切的證據，但我想一定有關。千尋是因為妳跟我女兒很像，才會喜歡上妳。他每年都會回來掃墓，從來不曾忘記我女兒。」

腦海裡霧茫茫的視野霎時開闊起來，我恍然大悟，專注到連蟬聲都聽不見。

我彷彿墜入另一個世界，盯著某一個點，靜止不動。

遲來地用完午餐後，我想稍微整理思緒，於是借用了浴室沖澡。

紀惠子阿姨替我送來昨天洗好晾乾的熱褲與帽T。衣服才晾一晚就乾了，上面飄著柔軟精的香味。

我走進浴室，打開水龍頭。

好冷。我好像誤轉到冷水開關了，但我決定將錯就錯。冷水正好適合用來醒腦。

原來啊。

原來是這樣。

千尋會愛上我、把我擺在第一，是因為在我身上看見昔日戀人的影子啊。流花——那個和我同名的女生。

這麼一說，初次約會那天，他瞥見我大頭貼上的名字，也一連念了好幾次。

後來我聽紀惠子阿姨說，我們不只名字發音相同，連背影、笑容和髮型……絕大部分的外貌特徵都很像。

但，內在是不同人。

聽說千尋曾打電話向紀惠子阿姨確認流花的口味喜好，因為我吃了流花在生前最討厭的美乃滋。

我在腦中翻找著廟會那天的記憶，原來當時千尋態度怪怪的，是因為記憶錯亂。

那我呢？

這個夏天發生了太多事情，其中包括了正在發生、懸而未決的事情。

妳想怎麼做？我自問自答。

關於爸爸、關於武命、關於千尋。

爸爸為了救我失手殺人。武命用屍體練習殺父母。千尋把我跟昔日戀人弄混了。

這些通通與我有關，但全都做錯了。

首先是爸爸，不小心把人打死，可以跟我講啊。聽武命轉述時，我雖然嚇了好大一跳，但至少不會討厭爸爸了。因為，他殺人是為了保護我。天底下要上哪找如此願意不惜代價也要守護女兒的勇敢父親？

武命也是，既然他快被家裡的事情逼瘋，為什麼不找我商量呢？為什麼要憋到整個人崩潰呢？你現在還在那座山上，孤零零地刺著哥哥的屍體嗎？把屍體搗得亂七八糟，然後要殺父母嗎？找我商量，我說不定可以幫上你的忙啊。

還有千尋也是，把我看成從前的女友又沒關係，說一聲不就得了？我已經對他動真情。他願意處處為我著想、帶我遠走高飛，我高興都來不及了。他說要帶我逃去天涯海角時，我聽了真的好感動。幹麼瞞著我不說呢？

我在心中埋怨他們三個，很難過他們竟然不信任我。接著，我察覺了一件事。

那我自己呢？

我也一樣，不信任身邊的人，藉由和陌生人發生關係來填補心靈的空虛。因為如果只是一夜情，就不用擔心被討厭，之後也不用費心維持感情。我雖然認為自己沒錯，但其實一直很想找人商量。可是，我不願意相信朋友，認為他們知道以後一定會討厭我。

不，應該說，我因為害怕被討厭，所以不願意相信他們。

我真是個大傻瓜。

結果，不管是美希還是安西同學，聽我說完後都沒有討厭我啊。

對，國中的畢業典禮是一切的開端。

那天我要是大方地邀爸爸參加，跟他說我很寂寞，事情不會演變至此。我不會上網認識那個高貴，爸爸不會為我殺了他，武命也不會受到刺激而決定要殺死父母。

我是一切的元凶。

想通之後，湧上心頭的不是責任感也不是罪惡感。而是後悔。對於時光無法重來而後悔。

我不想在這裡結束。來到這一步，我還可以請千尋帶我逃跑。事實上，直到昨天為止，我都是這麼想，心裡只想著要逃離這一切。

可是，千尋對我掏心掏肺，是因為把我看成從前的戀人。我是瑠花，不是其他任何人。我若是在此選擇和千尋逃跑，之後兩人不小心吵架的話，那該怎麼辦？

在沒把握的情況下，與其逃跑，不如留下來解決問題。

沒什麼好怕的。因為，縱使我們都很弱小，內心懷抱著陰影，有時難免爆炸，但無論失敗多少次，我們不都撐過來了嗎？

我知道，即便這次成功跨越難關，在未來的人生裡，這些記憶仍會時不時地閃現，折磨我們一生。但是，這並不構成我逃避的理由。

我不想輸。

我要面對挑戰。

我走出浴室，換上洗好的衣服，自己借用了吹風機，一邊吹頭，一邊盤算接下來要做的事情。

等千尋回來後，我要跟他取消昨天的逃亡行。然後，我們必須立刻折回熊越市。

我得找爸爸和武命談一談，談完之後再來報警。

這麼做不是想拖延問題，我希望在事情落幕前，有機會以女兒、以好友的身分與他們對話。

我把頭髮吹到半乾，回到客廳。

「紀惠子阿姨，謝謝妳借我用浴室。」

和室的門是開著的，裡面傳來電視的聲音。

電視沒關，紀惠子阿姨卻不在，大和室桌上還放著她的茶杯。阿姨去哪了呢？

我們遇到的狀況也必須向紀惠子阿姨報告才行，這是身為住宿者的義務，從她收留我們那一刻起，就被捲進來了。

但是，阿姨呢？現場除了電視機的聲音，好像還有細微的水流聲。

聲音來自反方向的廚房。我打開廚房的拉門確認裡面。

水龍頭開著，水一直流，紀惠子阿姨倒在地上。

東千尋　八月二十一日　星期三　下午二點

一年不見，流花的墓意外地乾淨整潔。想必紀惠子阿姨曾來打掃過。

儘管如此，我仍準備了水桶和抹布，將抹布泡水擰乾後，輕輕把墓碑擦拭一遍。

我這次返鄉的用意是帶瑠花避難，但今天剛好也是流花的祭日。

墓園只有我一人。這只是一間位在自家附近的小寺院，來掃墓的人本來就少，加上盂蘭盆假期已過，午後的墓園難掩寂寥。

但直到這些天，仍有人來掃過墓。找尋流花的墓碑時，我瞥見其他墓碑供奉著尚未枯萎的漂亮向日葵。

把墓碑打掃得一塵不染後，我重新放上洗好晾乾的花架，插上準備好的菊花。呼，像樣多了。完成。接著把水桶還給住持就OK。

其實我只是稍微打掃了一下，就彷彿重度勞動般揮汗如雨。今天氣溫特別高。我喝了一口帶來的瓶裝水，然後放在地上。

「流花——」

我對墳墓輕喚。無人回應。這是當然，流花已經死了。你不是早就知道了嗎？

我活了二十七年。

今年二十七歲了。流花，妳走了以後，我的人生持續轉動。我讀完了高中、讀完了大學，雖沒交到朋友，成績也普普通通，我依然正常地升學就業，出社會工作了好幾年，甚至有機會升遷當副店長，戶頭裡存了一點錢，最近還交到朋友了。

但是，我破壞了這一切。我並不想要安穩的生活。

其實，我一直都想染頭髮，也想穿耳洞，想遠離有那個垃圾主管在的無聊職場。讓我改變的契機總是妳。

可是，妳不在了。妳其實早就不在了。

「我是不是很爛啊？」

自言自語後，附近的蟬突然猛烈大叫。

豎起耳朵聽，聲音就來自眼前的墳墓。查看墓碑後方，我忍俊不禁地笑出來。

有隻蟬停在墓碑上，手輕輕一撥就飛走了。我覺得是流花在回答我，笑著走回墳墓前。

都活到這把歲數了，我依舊不明白當時邀我一同赴死的妳，最後為何叫我「活下去」。我被這句話給詛咒了。

我受到了詛咒，一直活到了今天。

其實，我只要不在乎妳的感受，就能丟下所有的包袱。現在，我到底該怎麼做？什麼是我應該珍惜、應該思考、應該前進的方向呢？

「流花，我愛上其他人了。可是，就連此時此刻，我還是好想見妳。」

菊花隨風搖擺，彷彿回應著我的話語。

回家吧。

我站起來，拎起水桶和抹布往寺院走。

就在此時，手機鈴聲響起。

是瑠花打來的。在流花的墳前接電話似乎有失莊重，但我沒說一聲就跑出來，想必瑠花很擔心吧。我急忙接起電話。

「喂？」

「千尋，快回來！」

瑠花慌張地大叫。不是說「你在哪裡」，而是直接叫我回去，看來應該發生了什麼事情。

「怎麼了？瑠花。」

「紀惠子阿姨倒在地上，她還有意識，但是吐得很厲害，說她頭痛！」

紀惠子阿姨生病了？

怎麼會……我出門時明明還好端端的啊。瑠花著急地問：「怎麼辦？」這句話使我回神，趕緊說：

「我馬上回去！瑠花，先叫救護車！」

「可、可是，我不知道這裡的地址！」

「我用 LINE 傳給妳！放心，我會立刻趕回去！」

「好，麻煩你了！」

結束通話後，我把水桶和抹布留在原地，直奔寺院的腳踏車停車場，跳上跟紀惠子阿姨借來的腳踏車，一口氣衝下寺院前的坡道。來到平地後，我拚了命地踩踏板。

紀惠子阿姨，不要連妳都丟下我啊──

水原瑠花　八月二十一日　星期三　晚上六點

「我之前發現阿姨身體變得不太好。」

在醫院內加護病房前的椅子坐下後，千尋開口。

「去年掃墓時，她也不太舒服，我有點擔心，常常打電話給她確認狀況。她只說有點頭暈想吐，沒有大礙，所以我也沒有太放在心上……」

千尋說到一半雙手掩面，我看不見他的表情，只能輕拍他的背。

我打電話求救後，他立刻從寺院趕回來，五分鐘後，救護車趕到，我們也一起來到昨天經過的那間大型綜合醫院。

即將抵達醫院時，紀惠子阿姨陷入昏迷。

醫護人員隨即把她送去加護病房，我們在病房外等了三個多小時。

終於，一位三十多歲的男醫師走出病房，千尋急忙上前詢問阿姨的狀況。我坐在椅子上等。不久後，醫師先行離開，千尋心事重重地走回來。

「抱歉，瑠花，我打個電話。」

千尋說完，走出醫院打電話。

我確認自己的手機。

我因為害怕有人找我，所以關掉了 LINE 通知，但稍早跟千尋聯繫紀惠子阿姨的狀況時打開了 LINE 視窗，發現爸爸和安西同學傳訊給我。

剛剛因為事態緊急，來不及確認，我決定趁現在查看。

我打開 LINE 的介面，長按爸爸的帳號，如此一來就能不顯示「已讀」便查看對話內容。

「已經好晚了妳還沒回家，是不是借住在朋友家呢？」
「瑠花，看到訊息立刻回我，我很擔心。」
我已經好久沒跟爸爸傳LINE了。
上一次傳訊給他，是想找他商量高貴的事情，最後卻不了了之。
這整個暑假，爸爸都跟往常一樣忙碌。
每天早上八點出門，晚上十點左右回家，週末不是去公司加班，就是兼差。他似乎會跟家事阿姨保持聯繫，卻沒有傳LINE給我。
偶爾我們會在半夜見到面，但都只是打個招呼便各自回房。每次爸爸躲我，我都以為他不愛我了。
聽武命說了之後，我才知道爸爸本來答應要幫他殺掉父母。儘管最後沒有下手，不過爸爸確實曾有這個計畫。
自己的父親是殺人犯。
此時此刻，我仍無法面對事實。此外，紀惠子阿姨的病情也讓我很擔心。
就在我猶豫要不要顯示「已讀」時，千尋回來了。
他神情凝重地在我右側坐下。
「你還好嗎？」
千尋把手機收進左邊口袋，身體沉沉地靠在椅背上。我用右手覆住他的左手。
「我請紀惠子阿姨的弟弟趕來了，這種時候還是需要親人在場比較好。」

「紀惠子阿姨的弟弟啊……」

「是啊，我打電話給他時，他正好在開車，說會直接開車過來。明明搭新幹線比較快的說……」

「是、是嗎……千尋，對不起，紀惠子阿姨倒下時，我剛好在浴室洗澡。我應該早點發現的，對不起。」

「不要道歉，這不是妳的錯。」

「醫生怎麼說？」

「啊，醫生說是『腦栓塞』，右腦有一部分的血管堵住了，聽說血液完全流不過去，放著不管會有生命危險，等一下要立刻動手術。」

「要動手術？這麼嚴重！」

我看到紀惠子阿姨在救護車裡抽搐昏迷，直覺狀況不對，沒想到這麼嚴重。

「嗯，手術時間比較長。瑠花，抱歉，在她的弟弟趕到之前，我們可以先待在醫院嗎？」

「當然可以，紀惠子阿姨比較重要。」

「謝謝妳願意陪我……」

千尋說完，把我摟入懷裡。這個位置櫃檯能看得一清二楚，但現在已經沒人在意那些了，兩人依偎在一起比較有安全感。

我們摟著彼此，片刻後才放開。我面向千尋說：

「千尋，我說一件事，你聽了不要生氣。我從紀惠子阿姨那裡聽說了你的事情。」

「我的事情？」

「你小時候的事情，還有阿姨的女兒，流花。」

剎那間，千尋驚訝愣住。他瞪大雙眼，手離開我的肩膀，看起來很心虛，耳環輕微搖晃，似乎在發著抖。

我馬上抓住他的手。我害怕他這一放，就會消失不見。

「千尋。」

「紀惠子阿姨怎麼說的？」

「她說你去掃墓，然後，我聽她說了你是孤兒，還有一個死去的戀人叫流花。那個……她還說，你會愛上我，是因為我長得跟流花很像。」

千尋不敢看我，逕自低下頭。我不允許他逃。

我用左手撫摸千尋的臉，強迫他注視我。

「看著我的眼睛。」

為了不嚇到他，我用認真的眼神凝視他，嘴角微微揚起。

「我很高興阿姨跟我說這些喔。因為啊，我之前一直把你當作神來看待，你在我寂寞時出現，說要陪伴我，接納我的一切，還說你愛我。我高興是高興，一方面也覺得怕怕的，心想世界上哪有這種人啊？我以為成年人都很自私，而你卻說願意為我赴湯蹈火，怎麼會這樣？好可怕喔。不過，原來你是把我當成從前的女友，你也有常人的弱點，我聽了反而安心多了。」
「瑠花，對不起，真的對不起。」
「我沒有生氣，我其實很高興。因為，我糟糕的一面被你看完了，當我知道你也只是個普通人、有不好的一面，反而讓我更喜歡你喔。千尋，我有一件事，必須向你道歉。」
「妳說。」
「其實，我也把你當成爸爸的替代品，因為想跟爸爸撒嬌卻沒得撒嬌，所以拚命向你撒嬌。」
「原來是爸爸啊？」
「嗯，現在不一樣了，我真的愛上你了。你要把我當成前女友的替代品也無所謂，我最喜歡體貼、帥氣、有點憨厚笨拙的千尋了，我想永遠跟你在一起。即使知道了你的祕密，我還是想繼續跟你交往……行嗎？」
千尋輕觸我的左手，一度低下頭，而後重新直直地面向我。
「我拿妳當作藉口，改變了以往的生活方式。」
「生活方式？」
「嗯，我假裝妳是流花變成的，以此當作改變的契機。我染了嚮往已久的頭髮，還穿了耳洞，把一切歸功於妳。說來挺丟臉，明明沒人在意，我卻恥於改變造型，因為，總覺得會被罵……所以，我把妳當成是流花，以此消除內心的罪惡感。坦白說，我們剛認識時，我完全沒想要了解妳這個人。即使我現在真的愛上妳了，一開始接近妳的目的，也是為了利用妳。我覺得很愧疚，連愛著妳都有罪惡感。」

「為什麼要這樣逼自己呢？」

「總覺得自己變心的話，會被她……會被流花罵。還有，我擅自把妳當成流花，為了利用妳才跟妳交往，動機太差勁了。我覺得滿心愧疚，變得不知道該如何處理這段關係。」

「千尋，原來是這樣、原來是這樣啊……跟我一樣。你知道嗎？老實說，這段感情讓我很害怕。我們相差這麼多歲，又是在約會網站認識的，一開始的目的是為了上床。然後，才交往一個月就遇上這麼多問題，我爸……我爸把人打死了。我本來以為只有我對未來充滿不安，原來……我們各自藏了不同的煩惱，那麼，要不要一起解決？知道你現在是真心喜歡我，我高興都來不及了。千尋，我也最愛你了。」

說完，我把臉湊上去，主動親吻千尋。宛如初識時那個優格冰淇淋口味的吻，我略帶惡作劇地印上他的雙脣。

接著，依依不捨地離開。

千尋就像初識那天，耳朵潮紅地看著我。

「我也有不好的過去，但是，既然你喜歡我，我也喜歡你，那就沒什麼好怕的啦。我們一起解決心裡害怕的事情吧？不知道怎樣生存比較好，那就一起慢慢摸索啊。而且，就算你以後看到我，還是會想起從前的女朋友，我也不在意。我們一起用正確的方式，解決眼前遇到的問題吧？所以求求你，以後也不要離開我！」

千尋輕輕頷首，臉紅地低下頭。「真的嗎？」我追問了一遍，他這次用力點頭，我忍不住又親了他一下。

不知不覺，我倆的臉頰上都沾滿了淚水。

東千尋　八月二十一日　星期三　晚上十一點

「聽說這裡有一位東紀惠子女士被送進來，她是我的姊姊，請問現在狀況如何？」

聽見那道似曾相識的聲音，我對瑠花使了個眼色，緩緩起身。

看了一下時鐘，已過晚間十一點。我們竟然等了這麼長的時間，兩人都等到打瞌睡了。

從櫃檯那頭走來的人看到我，似乎吃了一驚。這不奇怪，上次見面已是多年前的事情，當時我還留著亂糟糟的頭髮，穿著髒髒舊舊的衣服，他會訝異很正常。

我朝他深深敬禮，他乾咳兩下，走了過來。

「說明一下現在是什麼狀況！」

「總司舅舅，醫生說阿姨腦栓塞，現在正在開刀。」

「你怎麼會在這裡？」

「你忘了嗎？今天是流花的祭日。」

總司舅舅「噢……」地應了一聲，不感興趣地撇開眼神。

「請問……」瑠花起身走到我旁邊，吞吞吐吐地問：
「石田、先生？石田總司先生？」
咦？瑠花怎麼知道他的名字？總司舅舅疑惑地望向她，微露詫異，大概是從她身上看見流花的影子？
「是的，妳又是誰？」
「啊、呃……你是家父，水原直人的上司，對嗎？我是他女兒，瑠花。」
總司舅舅這才露出恍然大悟的表情，對她點了個頭。
「原來是水原的女兒，我記得妳。妳怎麼會在這裡？」
「因為，嗯……」
瑠花困窘地投來求救的眼神。
正逢此時，三十多歲的年輕醫師從總司舅舅的身後走來。
「讓各位久等了，請問，這邊哪位才是東紀惠子女士的家人──」
「是我，請向我報告。」
「好的，那他們要一起聽嗎？」
「不用，我聽就好。」
「好、好的，那麼，請跟我進來。」
於是，總司舅舅進入病房確認阿姨的情形。
他是紀惠子阿姨的親弟弟──石田總司。

我從以前就很討厭他。看在他是紀惠子阿姨弟弟的分上，我也不想說他壞話，但我至今仍記得他在流花的喪禮上破口大罵，說她「闖了大禍又擅自死去，只會給人添麻煩」。

我越想越火大。

把紀惠子阿姨交給這種人沒問題嗎？

那傢伙只在乎自己的利益，眼裡只看得見學歷和地位。還記得我出社會上班後，曾有一次返鄉時遇見他，他一聽我在印刷公司工作，馬上高人一等地炫耀自己在大型廣告公司升到分公司的總經理，還問我是哪間大學畢業的。回憶起來真是個惹人厭的傢伙。

不過我也明白，既然他是紀惠子阿姨的弟弟，我們就有親屬關係，只是我萬萬沒想到會在這種場合再次碰面。

我忍不住嘆氣，看向瑠花。

「瑠花，妳認識他啊。」

「嗯，他是……我爸的頂頭上司，大概是去年吧？我替爸爸送過一次資料去公司，爸爸跟我介紹他是石田先生。那是我第一次見到爸爸的同事，印象特別深。」

瑠花焦急地說明來龍去脈。

我很驚訝她會認識總司舅舅，沒想到他們竟然有關。是因為現在的情況有點特殊嗎？總覺得瑠花看上去坐立難安。

「瑠花，妳怎麼了？」
「武命……姓石田……」
「什麼？」
心臟撲通一跳。
武命——不就是那個預謀殺死父母的男孩嗎？
「石田先生有兒子嗎？」
「印象中有，我曾聽紀惠子阿姨提過，聽說有兩個兒子，但我從來沒見過。」
「該不會其中一個就是武命吧？而且……」
瑠花霍然起身，往總司舅舅所在的醫師室走。
我急忙跑過去攔下她。
「等一下，瑠花！」
「我要把武命的計畫告訴他！」
「妳冷靜點，等他回來吧。目前還不確定總司舅舅就是武命的父親，醫生正在跟他說明阿姨的病情，妳先緩一緩。」
瑠花甩開我的手，我以為她要衝入房裡，但她似乎把我的話聽了進去，頹喪地坐在候診椅上。我也在她身旁坐下。
「我必須跟爸爸還有武命談一談，好好面對問題。」
「妳決定跟他們攤牌嗎？我們是不是得回熊越市？」

「嗯，我想回去。千尋，對不起，我不能逃。我邀你一起逃跑，卻又自己反悔。若是沒有把話說開就逃跑，我怕以後會後悔。」

瑠花的目光相當堅定，這席話深深撼動我。我發抖不是因為害怕，而是感動。她和流花選擇了不同的命運。啊，她果然跟流花是不同人。

「你願意原諒我嗎？」

「那還用說，這是當然的啊！妳想做什麼、去哪裡，我都樂意奉陪。」

「謝謝你。我們也跟石田先生說吧。」

「好，等一下喔。」

我先安撫瑠花，然後一面深呼吸放鬆情緒，一面在腦中整理現況。

總司舅舅是紀惠子阿姨的弟弟，流花則是紀惠子阿姨的女兒；假設總司舅舅的兒子是武命，武命就是流花的表弟。

我想起廟會那天初次見到武命時，一直覺得他很面熟。

原來是因為，他長得很像總司舅舅。

我用單手操作手機，點出武命帳號上的頭像，他放了一張小時候的照片。

我曾在紀惠子阿姨家看過家族相簿，裡面有張黑白兒童照，是紀惠子阿姨和弟弟總司兒時的合照。

沒錯，武命長得很像總司舅舅。不僅如此，眼角的神韻也酷似紀惠子阿姨。猜測逐漸轉為肯定。

我思忖，他跟流花有哪裡相似嗎？仔細觀察，卻沒找到相似之處。

不過，他們的命運走到了一樣的方向。

再這樣下去，武命會步上流花的後塵，殺人之後自殺。

石田武命　八月二十二日　星期四　午夜十二點

全身都好癢。

鼻子下方有異物感，是蒼蠅。我用鼻孔噴氣，把蒼蠅趕跑。

土壤的觸感倒是挺舒服。已經好久沒下雨，土地又鬆又乾。

天空中連一朵雲也沒有，張開眼睛就能望見皎潔的明月。

好渴，彷彿有東西卡在喉嚨，超級難受。好久沒刷牙了，嘴巴也黏黏的，等下喝點瓶裝水的庫存來潤潤喉吧。我坐起來四下張望。自己不在帳篷裡。

蒼蠅在月光下嗡嗡飛舞，手上也爬滿了蚊蟲。我的左邊有一個大坑，裡面是碎裂的肉塊及裸露的森森白骨。

好膩啊。我冰冷地瞥著屍塊心想。

在那之後，我天天吃罐頭儲糧充饑，白天睡飽覺，半夜起來練習捅高貴的屍體，日子一天天流逝。

每當他的屍體變得更加破碎，我都會忍不住發笑。

怎樣？被刀捅很痛吧？你不是喜歡弄痛女人嗎？被我捅的感覺如何啊？

說話啊！快說話啊！別給我裝聾作啞！

無論我如何吶喊，腐爛的屍塊都不會回話。我對此感到忿忿不平。我想在他還活著時狠狠地羞辱他、拿刀捅他，看他哭泣下跪求饒。然而，這個心願已無法實現，我越想越氣，只能持續把眼前的屍體捅成蜂窩。

但是……

連日下來，我終於厭煩了。

繼續虐待這些不成人形的肉塊已無法滿足我，感覺像切著煮太爛的叉燒肉，一點也不痛快。

有些部位也骨肉分離了。

真無聊，我沒興致了。

我用鐵鍬奮力鏟起了土，想要把這些肉塊埋起來。但轉念一想，已經沒有藏屍體的必要了，於是便將土往旁邊倒。

我撿起沾滿土和穢物的刀子，往帳篷的方向走。

來到帳篷前，我先脫下身上的衣褲，把一小部分的瓶裝水從頭澆下，稍微搓洗身體。全身浸染了屍臭味，唉，好想洗澡。

接著，我打開手電筒檢查身體，發現身上黏著發黑變乾的血塊，衣服上也有無法清除的血漬。一瓶水顯然不夠用，我又開了一瓶五百毫升的水。

水從頭頂滴下來，流進嘴角，嘗起來有土的味道。

我把空寶特瓶隨手扔在埋動物屍體的土堆附近，用手抹掉身上的水。

接著，打開帳篷拉鍊，從傾倒的書堆下抽出衣服和五分褲。我之前情緒一度失控，把帳篷內砸得亂七八糟，然後就懶得管了。其中有幾本書逃過一劫，我偶爾會看看書打發時間。

糟了，沒有內褲換，剛剛穿的是最後一件。

那件上面沾了血和髒東西，我不太想穿回去。沒辦法，我直接穿上五分褲，感受著陌生的粗糙觸感，把刀收進背包，屁股涼颼颼地走出去。

沁涼的夜風輕撫身體，加上剛剛才沖過水，格外清爽。

能夠安然迎接這一天的到來，肯定是上天賜予的奇蹟。被瑠花發現時，我一度心想該怎麼辦，甚至在瞬間動了歹念。不過，她畢竟是無辜的。

我擔心她跑去報警，警察隨後趕到，將我逮捕。我還因此提心吊膽到睡不著覺。但總而言之，最後沒有任何人上來搜山。我大概能猜到原因。貿然報警的話，直人叔叔也會被抓，瑠花應該是考量到這個風險，所以沒有進一步的動作。

那對父女還真像，個性超級壓抑彆扭。他們若是願意敞開心胸，坦承彼此的想法，現在根本不會弄成這樣。

不過，直人叔叔啊，我很感謝你替我殺了高貴。我會按照約定，替你頂罪。

我已經備妥遺書，等我殺完他們再自殺，遺書就會被發現。

如此一來，我就是殺害高貴的頭號嫌犯。
我不清楚警察多有能耐，能調查到什麼地步，但我會祈禱事情不要太快曝光。

走了好一段路，總算抵達他們住的屋子。
我吞聲屏息地開門，身體傳來迎戰前的興奮抖動。
屋內一片漆黑，跟我上次和直人叔叔來時一樣，只是，這次只有我。
早知如此，當初我就自己動手。然而，要不是直人叔叔，我也不會下定決心。
他給了我癲狂的契機。
「殺人」這樣重大的行為，竟然發生在我的日常周遭。因此，我領悟了改善現況還有「其他選項」。
我並不是突然獲得勇氣，而是發現想要逃離父母，還有「殺人」這個選項，並且做出選擇而已，類似遊戲裡的隱藏關卡吧。
按照一般方式遊玩，不會開出隱藏關卡。但反正不管怎麼選，最後都會走向壞結局，我就好好享受這個隱藏關卡吧。
我現在連發出聲響都不怕了。
先殺混帳老頭吧。他雖然只是個糟老頭，畢竟是男人，有力氣反抗。要是先殺髒女人，打草驚蛇就糟糕了。威脅必須優先剷除。
我豁出去，用力拉開那道不順暢的拉門，門發出「吱吱嘎嘎」的噪音，卻只拉開了一半，我煩躁得用力一踹。

砰咚！門發出巨響，朝房間內側倒下，我直接踩過門板，直線衝到床邊，起跳。瞄準頭部！我跳上床，舉刀用力刺，刺到了東西。

但是不對，手感怪怪的！我按下旁邊的檯燈開關，房內頓時被溫暖的燈光包圍。不在。

我刺到的是有老人臭的枕頭。他去哪了？為什麼不在？已經午夜十二點，早起的他通常已經睡了。

「誰……？」

後方傳來害怕的聲音，我緩緩回頭，女人穿著睡衣，頭髮微亂地看著我。

「呀——！」

女人一看見我就發出尖叫，為什麼啊？她明明只看到我的背影，應該沒發現刀子吧。有什麼東西讓她害怕嗎？

尖銳的叫聲刺痛耳膜。媽的，吵到不能專心。

沒辦法，先殺她吧。

我如同蝗蟲，乘風從床上飛躍下來，把刀尖對準女人的喉嚨。

東千尋　八月二十二日　星期四　午夜十二點

一小時後，總司舅舅走了出來。

「手術要到清晨才會結束，結束後也不會立刻清醒，需要暫時住在加護病房。等她清醒以後，身體可能會留下麻痺等後遺症，需要進行復健，算一算，姊姊需要住院一、兩個月。我要去辦住院手續，還要聯絡公司的人，我們晚點再談。」

他快速說完重點，走出醫院打電話。瑠花先我一步衝過去，抓住總司舅舅的手腕。

總司舅舅對於突發狀況微露詫異，不悅地瞪視瑠花。

「妳想做什麼！」

「等等！先聽我說！」

她強拉著總司舅舅的手臂，要他在椅子坐下。總司舅舅厭煩地甩掉瑠花的手。

我站到舅舅面前，瑠花也在他的身旁坐下。

「你們想幹麼？有事快點說。」

「石田先生，抱歉，我想確認一件事。請問您的兒子叫武命和高貴嗎？」

「妳怎麼知道？你們是朋友嗎？」

瑠花驚恐地和我交換眼色。果然沒錯。

「武命是我打工地點的好朋友。石田先生，請問您知道武命和高貴最近遇到的狀況嗎？」

「狀況？知道，武命那小子，竟敢給我跑去超市偷東西，造成店家的困擾；高貴流連在外，玩到忘了回家，已經好幾週沒看見人影！這兩個渾小子都是失敗品！」

「失、失敗品？」

我不禁反問。他剛剛是不是說，自己的兩個兒子是失敗品？

「對，那兩個渾小子書不好好讀，四處給我闖禍。怎麼？你們現在想找我理論嗎？不好意思，可以晚點再說嗎？」

「不、不是！石田先生，呃，我不知該從何開口，請聽我說……」

「瑠花，冷靜點，從令尊的部分開始。」

「你們究竟知道什麼？」

總司舅舅面露疑惑，額頭滲出汗水。瑠花和我互看一眼，深呼吸之後，開始說明目前的狀況。

「我……我差點被你的大兒子高貴強暴……我們是網友，在約會網站認識，因為一些糾紛，他跟蹤到我家騷擾我，結果被我父親撞見，一氣之下殺了他，埋在深山裡。」

「啊？妳胡說什麼？水原殺了高貴？怎麼可能。」

「是真的！相信我！我父親埋屍體時，武命剛好在山裡，發現了這個祕密。可是，他非但沒有責怪父親，還央求父親殺了您和您太太。請問您太太現在人在哪裡？」

「簡直愚不可及，我才不——」

「求求您，一定要相信我！」

總司舅舅一臉狐疑，但瑠花激動地大喊。舅舅終於回答：

「內人在家留守，她是全職家庭主婦，基本上都在家。」

「請您立刻打電話回家！放她一個人在家很危險！拜託您，不要讓她見到武命！」

總司舅舅察覺事態有異，急忙拿出智慧型手機播電話給舅媽。醫院內禁止通話，但現在是緊急狀況。電話鈴聲響了一陣子，無人接聽，舅舅掛斷電話。

「沒接，我明明交代過她，我的電話要馬上接啊！」

「她之前會這樣不接電話嗎？」

「不曾發生，我有嚴格教育過她。」

「教育？」

「是啊，我要她乖乖遵從命令，並且交派她處理所有家事，武命和高貴也由她負責管教。」

「這……太不負責任了吧。」

我忍無可忍地出聲責備，一股怒氣湧上。我狠瞪總司舅舅，總司舅舅也站起來，以等高的視線與我眼神較勁。

「你這是什麼態度？千尋，你變了，變得挺伶牙俐齒嘛。」

「總司舅舅，你知道嗎？武命說他痛恨你們。其中包括他的哥哥、他的母親，以及他的父親。」

「你說他痛恨我？你懂什麼？」

「我才想問你到底懂不懂！」

我扯住總司舅舅的衣襟，心裡也被自己的行為嚇了一跳。但我實在嚥不下這口氣。我太生氣了。

武命竟然被這種爛家長教育長大。我從小沒有父母，並不了解一般家庭應有的模樣，不過我很肯定，我不想要這種人當我的父母。

「紀惠子阿姨一直等著你回來掃墓，你卻鮮少回家，連過年也看不到人影。你知道阿姨有多擔心你嗎？你連自己姊姊的心情都不明白，又怎麼會懂自己兒子——武命的心情呢？」

「你說什麼？」

就在總司舅舅要揮拳揍人前，瑠花即時介入，把我們雙方推開。

「千尋，不要衝動。」

瑠花抱住我的手臂。沒錯，現在不該浪費時間吵架。我凝視瑠花憂心忡忡的臉龐，慢慢調整呼吸。

流花見我冷靜下來，轉向總司舅舅。

「石田先生，這一切都是真的。高貴已經死了，武命把他的屍體挖出來，說是為了練習殺死你們。」

「練習？」

「就是字面上的意思，我親眼看見他把父親埋好的屍體挖出來，拿刀猛刺！」

「什麼……妳說真的嗎？」

總司舅舅一時間難以置信，無力地癱在椅子上。瑠花在他的面前蹲下來，輕觸他的雙手。

「石田先生，我們一起回熊越市吧。我很想再跟武命溝通一下，但是您的太太沒接電話，我擔心已經發生無法挽回的事情。也許我們應該先報警處理。」

「不、不行！不可以報警！」

總司舅舅用力揮開瑠花的雙手，瑠花蹲著失去平衡，倒栽蔥地往後倒下。

我急忙趕去扶住她。

「為什麼？總司舅舅，這件事分秒必爭啊！」

我也忍不住激動，他卻煩躁地抓亂頭髮，一面搖頭。

「公司要是知道了呢？我可是分公司的總經理，要是被上面的人知道我有個瘋兒子，我會被開除啊！你知道我為公司付出了多少年嗎？」

這男人腦袋沒問題嗎？

在公司的地位，怎麼比得上自家妻小的安危呢？太扯了吧！

我開始同情武命了，拳頭也不自覺地用力，瑠花察覺了這點，握住了我的手，使我霎時冷靜下來。

他的態度明明很差勁，瑠花卻不受影響，柔聲請求：

「石田先生，拜託您。已經發生的事情無法改變，但是，我們還可以趕去救武命。求求您、求求您了！請多珍惜自己的兒子、自己的太太啊！」

瑠花邊說，邊下跪磕頭，額頭緊緊貼著地面，我看不見她的表情。

我也急忙在她身旁跪下來。

「喂、喂！」

「我也要拜託您，求求您幫忙攔住武命。」

「好、好吧，把頭抬起來！」

總司舅舅硬把我們拉起，我看見他把自己的頭髮抓得亂七八糟。

「不過，這不代表我已完全相信你們。我要親眼確認現況，確認完再報警。」

「可是……」

「我說不行就是不行！這事急不得！事情來得這麼突然，我怎麼知道你們有沒有騙我？我要親眼看到證據才能相信！」

總司舅舅邊說邊拿起公事包。

「我現在回去，姊姊就交給鄰居照顧。你知道有誰能幫忙嗎？」

「町內會有幾位叔叔阿姨跟她很熟，我可以帶路。只是時間已經很晚，不確定他們能不能立刻幫忙。」

「走吧，我們一個一個問。」

總司舅舅急匆匆地步出醫院大門。

我扶瑠花起身，跟上舅舅的腳步。

武命。

我很擔心瑠花，但也同樣擔心你。

請不要做出跟流花相同的悲劇選擇。

水原瑠花　八月二十二日　星期四　凌晨三點

我們三人先一度返回紀惠子阿姨家，千尋找出掛在市話旁的町內會名冊，在深夜一一打電話叨擾，好不容易問到一位朋友願意趕去醫院陪病。

等一切聯絡完畢後，時間來到了凌晨三點。

打電話向醫院確認手術情形，聽他們說還要再一、兩個小時才會結束。問題是，我們無法再等。

於是，我們從柱山市開車前往熊越市。

石田先生負責開車，千尋和我坐在後座。

因為事情實在太多太倉促，我想起自己還沒回訊息給爸爸及安西同學。

我拿起手機打開LINE，將爸爸的訊息顯示為已讀。

「爸，我有話要告訴你，請聽我說。不要全部攬在自己身上。」

我只傳了這些話給爸爸。

接著我打開安西同學的聊天視窗，上面滿滿都是「我很擔心妳，看到請回覆」的訊息。

在我要回訊時，電話正好響起，我當下心想：是爸爸嗎？但打來的人是安西同學。

「千尋……」

「妳爸爸打來的？」

「不是，是我朋友……我可以講個電話嗎？」
「當然可以。」
得到千尋的應允後，我按下通話鍵。
「喂？」
『水原同學！抱歉，三更半夜打電話，幸好妳接了，我以為妳出事了……』
「對不起，妳一直沒睡，等我的訊息嗎？」
『對呀，我們不是約好要一起報警嗎？我傳了訊息給妳，妳都沒有回，我剛剛一看到「已讀」，馬上急著打給妳……』
「真的很抱歉。那個，請仔細聽我說。」
『水原同學？妳怎麼了？發生什麼事？』
「我又遇到大問題了，現在暫時無法處理二宮那件事……」
『妳、妳還好嗎？要不要我幫忙？』
「不用，這是我自己的問題，我必須自己解決。」
『了解……水原同學，我想妳應該已經知道了，二宮同學在推特上傳了妳的影片，班上有好幾個人轉推，學校恐怕知道了。我昨天才發現，急急忙忙想找妳……』
「我知道，其實後藤老師已經來找過我，把我訓了一頓。反正也不能怎樣，我已經無所謂了。」
『水原同學，是我對不起妳。』

「妳幹麼道歉啦？」

『因為，要不是我一開始去找妳，妳就不會跟二宮同學作對。全是我害的。』

「才不呢。安西同學，我沒事，我不怕他。」

『真的嗎？』

「嗯，我學會不自己悶著煩惱了，遇到困難就多找幾個人商量，痛苦的時候就向身邊的人求救。我已經不是孤軍奮戰了。」

『這、這樣很好，但是無法解決最根本的問題……』

「是的，影片的事已經來不及了，但我必須在未來做出正確決定。」

『是嗎……』

「啊……對了，我後來跟二宮見過一次面，那天偶然在街上的咖啡廳遇到他。」

『二宮同學嗎？』

「對，二宮當時說，想和妳道歉，還說他只有妳了。」

『這、這是真的嗎？』

「是啊，他還說會洗心革面，遠離那票人喔。」

「真、真的啊……他看起來還好嗎？」

『很好。對了，跟妳說一件好玩的事，二宮居然戴眼鏡在咖啡廳寫暑假作業。』

『不會吧？』

「很好笑吧？之前明明愛耍流氓，現在卻突然轉型當好學生，我在心裡笑死了。」

『滿、滿可愛的啊……』

「安西同學，我先說喔，我可是完——全不打算替二宮說話，不過，妳也許可以再跟他講講話。」

『跟二宮嗎？』

「嗯，二宮說啊，他除了妳以外也沒有其他朋友。所以，儘管他對妳做了相當過分的事，但妳若不排斥的話，也許可以再跟他聊聊。」

『我明白了。』

「妳OK嗎？」

『我願意試。我會好好跟他談談。』

「太好了。不過，如果他仍有暴力傾向，妳要立刻通知我喔。」

『謝、謝謝妳，水原同學。』

「小事，啊，對了，妳母親的病情呢？」

『手術很成功，癌症目前也沒有轉移，已經出院了。』

「真的嗎？呼，太好了……等一切結束，我可以去探望她嗎？」

『當然好，歡迎妳來。時間已經很晚了，今天先這樣吧。』

通話結束。

我喘了一口氣，靠在椅墊上。千尋時不時關心我的狀況，在駕駛座的石田先生則是完全不聞不問。

聽到安西同學的聲音，我心中彷彿放下一顆大石，睡意突然襲來，不知不覺間，我的意識沉入黑暗。

陽光從窗外刺眼地照進來，我「呼——」地吐氣，盡可能在狹窄的車內挺直背部。

「瑠花。」

千尋察覺我醒了，輕聲呼喚我。

「抱歉，我睡著了。」

「妳一定累壞了吧。快到了喔。」

千尋自己似乎完全沒睡。

經他一說，我打開車窗向外望。

「喂，車裡有開冷氣，不要開窗。」

石田先生出聲警告。真囉嗦耶。我在內心咕噥著，照樣把窗戶打開。太陽從東方升起。

是朝陽。

我們還在山路上，但從此處已能望見熊越市，車站就在遠方。

對了。

「石田先生！先去我家！」

「啊？為什麼？」

「現在不確定武命人在哪裡，我也好幾天沒回家了，直接找我爸問會比較快！」

「要求真多。」石田先生再次埋怨，手指咚咚咚地敲打方向盤。

我有話必須告訴爸爸和武命。

想起這件事後，我急忙打開手機確認爸爸的 LINE。現在時刻是清晨五點。

上面顯示「已讀」。

在車內搖晃了一陣子，熟悉的景物近在眼前。

好久沒看見自家大樓了。

嚴格說來，也才經過了短短數日，但因為發生了太多事，彷彿相隔了數年之久。

石田先生在一樓入口處停車。

「瑠花，妳想怎麼做？要先上樓單獨跟爸爸談嗎？」

千尋轉身問，我對此搖頭。

「都已經來到這一步，這樣說好像不太好……但我其實很害怕。我已經有了心理準備，但不確定能不能把話說好。所以，我想請你陪我一起來。」

「明白，總司舅舅，我們走吧。」

「好吧，要是給我發現你們說謊，你們就完蛋了。」

石田先生心不甘情不願地下車，三人一起走向大樓。我從錢包裡拿出小鑰匙，打開大樓鐵門。此時此刻，我多麼慶幸沒有一時衝動把鑰匙丟掉。

我們搭電梯前往三樓，透過鏡子，我看見石田先生在擦額頭的汗。

我和千尋的手微微相碰，我害羞地躲避，千尋主動握住我的手。

他的手心也出汗了，握手的感覺溼溼的。

但是，千尋牽著我的手，直到三樓才放開。抵達之後，我們直接前往三〇四號室。

我在自家門前深呼吸。如果放暑假的前一晚有好好跟爸爸談到話，武命或許就不會鋌而走險了。

我若是繼續裝作不知情，只會害更多人遭殃。這麼做也是為了向所有無端被牽連的人負責，最主要當然還是為了我自己。

我愛爸爸。

我開鎖進屋。

時間還這麼早，家裡的燈卻是亮著的。

我抬手要後面的兩人進來，關上門後，他們先在門口等，我則脫下鞋子往裡面走。

還沒走到客廳，我就停下腳步。爸爸走出來迎接，穿的不是睡衣，而是便服，頭髮也整整齊齊的沒有亂翹，感覺已經起床洗過澡了。

我一愣，話語哽在喉嚨。爸爸似乎也一樣，只見他緩緩走過來，站在我面前，抬起雙手輕撫我的臉。

「這次是妳不對。」

由爸爸率先開口，他的聲音輕輕的，我已經好久沒聽到他說話了。

「我不是經常告訴妳，要外宿可以，但至少要留張字條嗎？妳知道我多擔心嗎？」

爸爸跟平時一樣笑著，但總覺得笑容有些僵硬。剛剛傳的LINE顯示為已讀，他已經做好心理準備，知道事情瞞不過我們了。他發現了石田先生和千尋也在，但專心地注視著我。

「對不起。」

我好不容易才開口。聲音發抖，但我沒有哭。

我緊緊擁抱爸爸，爸爸也牢牢環住我的背予以回應。

體溫和心跳傳了過來。這些年，我一直忍得好辛苦，心裡好害怕，覺得自己不能向爸爸撒嬌，覺得擁抱爸爸會被討厭。他為了我努力工作，一年只休沒幾天。

原來爸爸如此溫暖。我總算有爸爸的擁抱了。

「爸，我好孤單，其實我一直想和你撒嬌，又覺得自己不能這麼軟弱。」

啊，我總算說出自己的心情了。

「我覺得自己是你的拖油瓶，如果沒有我就好了。可是，儘管知道自己給你造成負擔，我還是想跟你一起住！想和你撒嬌！想要你來參加我的國中畢業典禮！不，從國小就希望你來了！還有教學觀摩、三方面談……我都希望你來參加！希望你看著我長大！爸，因為我愛你、我愛你啊！」

眼淚奪眶而出。

縱然感到呼吸困難，我也不想離開爸爸的胸前。

他是堅強的爸爸，獨自支持我、扶養我整整十七年。

爸爸放鬆力道，緩緩地坐倒在地，我一面抱著他一面撐住他，跟他一起坐在地上。

宛如一隻甩不掉的寄生蟲。

「我對不起你。對不起、對不起！是我的錯，我迷失了、我髒掉了，我好寂寞、好痛苦，我做了對不起爸爸的事。請原諒我、請原諒我。」

「瑠花……」

爸爸輕聲呼喚我的名字。

我仰起脖子，滿臉是淚地瞅著爸爸。爸爸用手指替我抹去淚水，親吻我的額頭，再次擁抱我。

「爸，求求你。我不會討厭你、不會責怪你，更不會背叛你。你是我心中的驕傲。你是最強大最溫柔，世界上最棒的爸爸，我會抬頭挺胸地對別人說，你是我的驕傲，所以求求你，把真相說出來！」

「……看來妳已經知道了。」

「嗯，武命跟我說的。我還沒報警，因為，我想聽你親口告訴我。」

「是嗎……瑠花，爸爸是不是錯了？」

爸爸的聲音也在發抖。

滴答……水珠落在我的額頭。他哭了。

答案不言自明，爸爸真的動手殺了高貴。我抬起頭，學著他，用雙手輕觸爸爸的臉龐。

「爸，你這次做錯了，但是我也一樣。所以，我完全不怪你，希望你也原諒我，我們不要再對彼此隱瞞想法了。」

是啊。

回想起來，我是第一次看見爸爸哭。

爸爸總是在我面前強顏歡笑，和我在一起時總是在逞強。此刻，爸爸潸然淚下，額頭抵著我，口中呢喃著「對不起」。片刻後，爸爸起身。

石田先生在後方盯著這一切，爸爸走過去，在他的面前下跪，深深地磕頭。

石田先生氣到發抖。

「水原，這是真的嗎？」

「萬分抱歉，我失手殺死了令郎。當時他想加害瑠花……我看見女兒差點被強暴，一時怒氣攻心，腦袋一片空白，不小心就把他打死了。」

「為什麼？水原，我這麼信賴你！你知道那是我兒子，怎麼還下得了手？」

石田先生抓住爸爸的上衣用力搖晃，爸爸也瞪著石田先生。

他眼中的怒意比石田先生還要強。

「我聽武命說了以後，才知道那是令郎。我埋屍體時偶然遇到武命，他感謝我殺了他最痛恨的哥哥，還央求我幫忙殺掉您和您太太。否則，他就要揭穿我殺人的事。」

「武命他……他當真拜託你殺掉我們嗎？」
「千真萬確，實際上，我們曾在半夜潛入您的臥房，是我臨陣脫逃，背叛了武命。」
「你說什麼？擅闖民宅是犯法的啊！武命現在人在哪裡？」
「我不清楚。我反悔之後，我們就失去聯繫……現在這個時間，武命也許在家裡。」
「在家裡？」
「開學典禮……」
「什麼開學典禮？你說清楚！」
「武命本來計畫在開學典禮的早上殺掉你們，上週卻不知為何突然改變心意，命令我提前執行計畫。」
接著，爸爸不再說話。石田先生舉起顫抖的拳頭。
他想揍人？
我想也不想地衝過去，把爸爸往旁邊拉。爸爸側身倒下，我害怕得閉起眼睛。等了一會兒，什麼也沒發生。我張開眼睛查看，發現石田先生的手被千尋抓住了，無法動彈。
「總司舅舅，請去家中確認舅媽有沒有事。」
千尋用力瞪著石田先生，石田先生甩開他的手，快速衝出大門。
等他離開後，千尋「呼——」地吐氣，然後有些害羞地在我跟爸爸的面前蹲下。
「真、真是不好意思……這時候自我介紹。那個，我、我叫東千尋，目前跟瑠花交往。我正在換工作，目前沒有上班，但、但是，我存了一些錢，應該很快就會找到新工作，還請您放心。然後，呃……」

爸爸和我突然一陣茫然。

真是的，都什麼時候了，他的腦袋在想些什麼啦。千尋焦急地看著我。

「千尋，請給我一些時間和爸爸獨處。你先陪石田先生去武命家，好嗎？招呼可以晚點再打沒關係啦。」

「我、我明白了。抱歉，我想說初次見面一定要打招呼才行。抱歉，以後還請多多指教。」

「哦、哦。」

爸爸也因為這奇妙的狀況而措手不及，慌張地點頭。千尋轉身離開，就在他要走出去時，倏然停下腳步，回頭說：

「抱歉，再讓我說一句就好。」

接著，他如同方才道歉的爸爸，對著我們父女磕頭下跪。

「我是發自內心深愛瑠花。伯父，今後要麻煩您了。」

他磕頭了三秒左右，起身拍拍衣袖，說句：「我走了！」便離開家門。

石田武命　八月二十二日　星期四　早上六點

眼前的景象簡直堪比藝術品。

屋外傳來鳥囀，室內漸次明亮，看來天亮了。
時間是早上六點。
我凝視著眼前的肉塊。
「呼——」我吁氣，靠著牆壁坐下來。
我並非忘了混帳老頭。關於他為何不在，我在令髒女人斷氣後，立刻找到了原因。
我檢查了髒女人的手機。手機雖然有上鍵盤鎖，但用指紋認證就能輕鬆解開。
我打開LINE。最上面是直人叔叔的帳號，下面才是混帳老頭。
「石田總司：家姊住院，我要臨時返鄉數日。」
「石田安奈：收到。」
收到？這是哪門子的機械式答話。
混帳老頭的姊姊……
很久很久以前，他曾帶我去鄉下玩，他的姊姊是紀惠子姑媽。
紀惠子姑媽住院了啊。儘管我只記得一點點，但印象裡，她是一位和藹可親、笑起來臉上有皺紋的可愛姑媽。我記得她家的位置——搭新幹線約一小時的柱山市，那是一個比這裡更荒涼的小鄉村。
當時我年紀很小，懵懵懂懂地心想，姑媽自己一個人，住在這麼荒涼的鄉下地方，不會寂寞嗎？住院表示她生病或受傷了。紀惠子姑媽年紀大了，生了什麼病也不奇怪。

總之，我知道混帳老頭為何不在了。手機上還有他的來電通知，但我因為太專心，沒聽到。可以的話，我想立刻衝去殺他，但時值三更半夜，沒有新幹線，想趕去也做不到。

思及此，我頓失目標，只好在家戳弄髒女人的屍體。

這是我生平第一次、也是最後一次跟母親交流。

接著便來到此時。

六點，車站應該開了。

然而，就在我準備動身時，手機響了。我本來以為是髒女人的手機，但竟然是我自己的。手機傳來規律的震動，不是訊息，是電話。我從口袋掏出手機，來電顯示是「照史」。

我「咕嚕」地嚥下唾液，深吸一口氣，按下通話鍵。

我裝出毫無異狀的語氣說：

「喂？」

『喂？武命！是我，照史。你在哪裡？』

「我在家裡。照史，你怎麼了？語氣這麼慌張，而且未免太早起了吧！」

『你好意思問，你從超市逃走後，我傳了一大堆 LINE 給你，你幹麼都不回？今天是開學典禮，我不知道你會不會來，擔心到失眠啊……我想說豁出去打電話看看，你總算接了。早知道一開始就打給你。』

「抱歉！發生了太多事，我爸把我臭罵了一頓，還禁止我出門。」

『那你至少說一聲啊，我很擔心你耶！本來想去你家找你，但我沒去過你家，不知道怎麼去……』

「抱歉、抱歉，是我不好。」

『你家……後來都還好嗎？』

「不用擔心，都沒事了。我也反省過了，以後會好好做人。我最近很少被揍了。照史，抱歉，之前總是拉著你吐苦水。」

『武命，你說的是真的嗎？』

「嗯？」

『他真的沒有再揍你了？』

我緘默不語。從前只要我說「不用擔心」，他從來不會堅持問到底。之前只是單方面地聽我抱怨，聽完就忘，不是嗎？

幹麼現在才來關心我啊！

見我遲遲不作聲，照史細聲說：

『武命，我想你。我們好幾天沒說話了，我也會覺得孤單啊。今天是開學典禮，你會來學校吧？』

學校。對喔，差點忘了，要開學了嗎？

照史說他想我。

原來他也會想我啊。

我失神地眺望眼前的屍體，模樣真夠慘啊。

是我幹的嗎？

照史要是看見這樣的我，不知作何感想。他會不會再次討厭我呢？我不希望變成那樣。但是，我也想見見他。

我想在最後見你一面，照史。

隱藏多時的真心話就要呼之欲出，我倒吸一口氣，換上平日的語氣說：

「會啊會啊！作業還沒寫完就是了！」

『真的？太好了，到教室時記得通知我，美希從鄉下買了伴手禮回來，我拿給你。』

「這麼好？謝謝，聽了很開心耶！」

『是啊。那麼，晚點見囉。』

「哦，晚點見。」

電話掛斷後，我深深嘆氣。

去學校吧。去見照史，快樂地跟他道別，然後再去姑媽家。只要見到照史就好，不真的參加開學典禮也無所謂，不過還是換上制服吧，否則會被懷疑。

好啦，要做的事可多了呢。

屍體就先丟著不管吧，反正很快就結束了。我決定先整理自己的儀容，抓起刀子走進浴室。

臨走前，我踢了髒女人的屍體一腳，踏著血腳印走向洗臉臺。拉開吵雜的拉門，站在鏡子前。

哈哈、哈哈哈、哈哈哈哈哈哈哈哈哈。

我忍不住大笑。

但是，映照在鏡中的表情看起來並不開心。

不悲不喜也不怒。

自己照在鏡中的臉，彷彿一頭野獸。

東千尋　八月二十二日　星期四　早上七點

「這是詛咒。」

從瑠花家前往武命家的路途上，總司舅舅不斷嘀咕著。

「全部都是流花的詛咒！」

總司舅舅勃然大怒。

我無言以對，似乎因此觸怒了他，只見他「咚！」地敲打方向盤。

總司舅舅喘著粗氣失控大吼：

「混帳東西，我們家被她詛咒了！她到底想折磨我到什麼地步才肯善罷甘休？給我跑去胡搞瞎搞，鬧完事就去自殺！怎麼不贖罪後再死啊？混帳、混帳、混帳東西！全是她害的！鄰居都恥笑我們是殺人犯一家！石田家的敗類！要是武命真的殺了安奈，我也不准他自殺！我要他好好贖罪、跟大眾道歉、貢獻社會之後再去死！他要把欠我的都還一還，還完以後要死就去死吧！媽的混帳！」

總司舅舅的自言自語聲逐漸加大。

他只顧著生氣，完全不憂心自己太太的性命安危。

我用力深呼吸。

憤怒已經到達頂點。

趁著車子駛向田間小路，我粗暴地握住總司舅舅的方向盤，想要把它搶過來。

「你做什麼！」

我把舅舅的身體推開，掌控方向盤的主導權，車子撞進農田裡，發出砰咚巨響。

接著是一陣緊急煞車聲。

「你搞什麼鬼！」

總司舅舅推開我跳下車，我壓抑著怒氣，跟著下車。

「媽的，全是泥巴！喂，說話啊！」

他繞到車子的後方檢查，氣得跳腳。我下車，直直朝他走去，狠狠揍了他一拳。

總司舅舅連聲音都發不出來，直接倒在田中央。

我騎到他身上，又痛毆他兩拳。

怒火熊熊燃燒。

我抓住總司舅舅的衣服，把他的頭往泥巴坑塞，接著湊過去。

「你再說，我就代替武命殺了你！不想死，就給我乖乖閉上嘴，用走的回家！」
「你、你他媽的……」
「是你把武命逼入絕境！武命只是拚命抵抗啊！」
我怒目相視。
總司舅舅小聲地嘀咕著，接著終於閉上嘴，奮力從泥坑中爬起。
見他不再反抗，我也讓路給他過。
把車子推回馬路太花時間，總司舅舅全身沾滿泥巴，搖搖晃晃地往自家邁步。我不顧自己也滿身是泥，走在後面監視他。

從車子衝入的田地裡走了十分鐘，武命家到了。
總司舅舅用沾滿泥巴的手轉動玄關門把。
「門沒鎖……」
他低語後看了我一眼。
「我明明囑咐她要隨時鎖門。」
事情不妙了，舅舅驚恐地用手抹著沾滿泥巴的汗水。我環顧四周，找來兩根木棒，一根遞給總司舅舅。
「這、這要幹麼？」
「武命若是在家，說不定會抵抗、攻擊我們。我先進去。」

語畢，我推開總司舅舅，手放上門把。我並不是要把武命視為危險的敵人，只是擔心他抓狂後會撲過來，我們必須小心為上。

我慢慢地推開門。

有臭味傳出來。感覺不像住家的潮溼悶味。

是血。

有血腥味。我焦急地穿著鞋子進屋。

「等等，喂！要脫鞋啊！」

我無視在後方憤怒咆哮的舅舅，直接走進去。我有不好的預感。從門前走到底，轉彎後是一條長廊。眼前的景象在我的料想之內，我立刻理解了狀況。總司舅舅慢吞吞地脫鞋後才急忙跟上來，盯著同一個方向，失神地坐倒下來。

太悽慘了。

這東西真的曾經是個人嗎？

有幾隻蒼蠅在飛，屋裡既沒有開冷氣，也沒有開透氣窗，血腥味伴隨著蒸騰的暑氣撲鼻而來。

總司舅舅在旁邊嘔吐。我忍著反胃感，掩住口鼻，緩緩走過去。

「天啊……」

近距離觀看，更加不敢相信這是武命痛下毒手。

屍體成了奇形怪狀。

我撇開頭，在房內走動。
「武命，你在嗎？回答我，我是千尋！」
無人回應。不在這裡？我回去找總司舅舅。
「總司舅舅，武命的房間是哪一間？」
他發出嗚咽，流著淚指向最尾端的房間。可惡，拜託振作一點！這傢伙真的只會大小聲！
我走向舅舅指的房間。
緩緩推開門。
房內乍看缺乏生活的痕跡。
或者該說，整理得很乾淨。
書桌上整齊地排放著學校的課本，此外只有一張床，連個背包都沒有。
我走進房裡，檢查書桌，立刻明白是怎麼一回事。
桌面上留著一封信。
「遺書　石田武命」。
我丟下木棒，確認總司舅舅沒有跟進來後，急忙拆開信封。

水原瑠花　八月二十二日　星期四　早上七點

「我跟石田先生的太太有婚外情。」

爸爸一面開車，一面突然向我坦承。我自然是嚇了一跳。

「婚外情？爸爸嗎？」

「是啊……他太太有時會來公司送東西，我向她問好，我們因此越走越近。」

「嗯……所謂的婚外情，是指有時候會上床嗎？」

「啊——呃——」

「爸，我已經是高中生了，你說話不用修飾。」

我強調之後，爸爸嘆氣回答：

「是的，我們發生過幾次關係。」

聽到爸爸坦承婚外情，我忍不住笑出來。

「瑠花，妳為什麼要笑？」

「沒有啦……武命口中那個認真又溫柔的爸爸竟然……呵呵。」

武命將爸爸奉為神。

才沒有這回事。

神怎麼會搞婚外情呢？

爸爸是普通人。

成天忙工作忙到昏天暗地，偶爾向女人尋求慰藉，這不是很像個人嗎？

「沒什麼好笑的吧？」

「抱歉、抱歉。爸，我才不會聽到你搞婚外情就生氣呢。你不是也沒對我的不當交友發脾氣嗎？對了——」

「什麼事？」

「我在車裡吻爸爸時，不是坦承自己有用交友網站約男網友見面的習慣嗎？你那時候沒有立刻責備我，我一直覺得奇怪，原來是因為你自己心虛？」

語畢，爸爸不再說話。

對，他就是這種個性，覺得尷尬就會三緘其口。

爸爸乾咳幾聲，嘆氣後看了我一眼。

「瑠花，還有另一件事，我一直沒跟妳說。」

「什麼事？」

「星期六、日的兼差。事實上，我們的家境不算差，即便我假日不兼差，生活的錢也完全夠用。」

「咦！是嗎？那你為什麼要兼差？」

關於這點，我還真的完全沒料到。

我對爸爸的工作沒有深入研究，原來假日根本不用那麼累嗎？

那麼，他為何要每天拚死拚活地工作呢？

「妳媽媽……紗里奈去世時，許多人都看衰我，認為我一個大男人無法獨自扶養女兒、無法帶給妳良好的生活……我聽了相當不甘心，所以接了超出生活所需的工作量，拚命賺錢。我希望妳日子過得開心幸福，不用為錢煩惱，想買什麼就買什麼，等妳離巢獨立，有存款也能幫到妳。但，其實不只是錢，真正讓我痛苦的是紗里奈的死，我只能藉由工作來逃避悲傷。看著妳一天比一天長得更像她，我開始不知如何面對妳。我很混亂、很害怕。」

「原來是這樣……爸，你真笨，我只要跟你在一起就夠了，根本沒有那麼複雜。你太笨了啦。」

「真的很抱歉，我幾乎沒有陪伴妳成長，我是一個失敗的父親。」

爸爸沮喪地開著車。

我輕聲說「才沒有、才不是呢」，把手放在爸爸的膝蓋上。

彷彿以此為暗號，車速減緩，前方出現熟悉的風景。

「瑠花，抱歉，我想再怎麼道歉都無法彌補我的過錯。等事情結束，我得去坐牢，到時候就見不到妳了。」

「沒關係，爸，不要放在心上，我們又不是一輩子見不到面。」

「是這樣沒錯，但是，妳的人生會變得亂七八糟，我很擔心妳啊……」

「別擔心，我已經不是孤軍奮戰。哪怕再怎麼孤單、再怎麼痛苦，也有一個人，願意在身邊陪伴我。」

目的地到了，爸爸停下車子。

爸爸注視著我，給了我深深的擁抱。

「妳長大了。」

我一陣鼻酸。

這個夏天，我被好多男人抱過。

啊，可是接下來就很難見到爸爸了。想到這件事，我忍不住伸手環繞爸爸的背，緊緊抱住他。

「爸，我愛你。我會永遠站在你這邊。」

說完，爸爸用力摸摸我的頭，吸了吸鼻子。

我慢慢放開，看著爸爸的臉，發現他摀著鼻子，努力憋住淚水。

「我還想跟妳多聊聊。」

「可以啊，等全部結束，我們慢慢聊？」

我伸手替爸爸拭淚。

沒錯。

現在還不能哭。

我們還有必須完成的事情。

爸爸帶我來到那天他和武命相遇的後山入口，接下來要徒步登山前往武命的祕密基地。

當時的情景在腦海閃現，我的心情不由得沉重起來。

「我一個人去就好。」

「不行，我要跟你一起去！」

「瑠花，事情演變到這個地步，爸爸完全不打算逃喔。」

「我不是擔心這個。武命的精神狀態不穩定，而且你不是背叛了他嗎？我怕他一時衝動會攻擊你，兩個人總比一個人強！」

「聽妳這樣說，我更不想讓妳去。」

「不然有個折衷方法，我們保持通話。」

「保持通話？」

爸爸不解地望著我。我拿出手機、打開 LINE，用 LINE 撥電話給爸爸。爸爸確認自己的手機，按下通話鍵。

「這樣就能隨時知道彼此的狀況。」

「原來如此，妳真聰明。」

爸爸拍拍我的頭，逕自下車走進山裡。

手機中同步傳來腳步聲。老實說，我很擔心爸爸的安危，但也感謝他顧慮我的心情。那裡的腐臭味和高貴悽慘的屍體，對我來說太難熬了。

約莫過了二十分鐘，手機微微傳來爸爸的慘叫。

「爸！你怎麼了？」

我急忙對著手機大叫，隨即聽見爸爸的咳嗽聲。

『哦、啊……我沒事。現場真是慘不忍睹……比妳說的更慘。武命他……似乎連埋好的動物屍體都挖出來練習……』

「不會吧……」

『嗯，太可怕了。帳篷裡留有他的生活用品和書，還有遊戲掌機，東西通通被砸毀了，也許是他自己弄的。』

「連遊戲機都……」

『我去埋屍體的地點看看。』

「明白，那個……不要看太仔細。」

『我知道。我確認完立刻折返。』

接著，手機再次傳來腳步聲。

想到前方就是高貴的屍體，我坐立難安。突然，手機傳來短暫震動，是LINE的訊息通知，傳訊人是美希。

『早啊，瑠花花，我從鄉下回來囉！』

這是什麼悠哉的訊息啦。

我這邊可是焦頭爛額呢。不過，久違地感受到美希的溫暖，我也因此放鬆心情。

她發現我已讀，接連傳了訊息過來。

『妳幾點要返校？我準備了伴手禮要給妳喔！我和阿照已經到學校了。』

阿照——照史。對了，照史是武命的好朋友，說不定知道武命在哪！我趕緊回訊息給美希。

「美希，早！那個，照史在妳旁邊嗎？」

傳訊後立即顯示已讀，數秒後，新的訊息傳來。

『阿照剛剛跟武命見面，兩人一起不見了。』

「爸爸，停一下！」

我直接呼叫通話中的爸爸，爸爸急忙回道：

『怎、怎麼了？』

「美希在 LINE 上告訴我，武命去學校了！」

『真的嗎！』

「等、等一下喔！」

「妳說武命在學校，這是真的嗎？」我急忙傳訊向美希確認，不一會兒，她回：

『是啊，我剛剛去找阿照，想把禮物拿給他，他們班的人說，武命和阿照兩人一起走出教室。我的阿照被武命搶走了啦，瑠花，快來學校陪我——』

沒錯，武命真的在學校。這真是出乎預料。他究竟在想什麼？

「爸，我去學校一趟！」

我解開安全帶、推開車門，往學校的方向跑。

『等一下，開車比較快！』

「等你下山就來不及了！我去大馬路叫計程車，你要隨後趕來喔！」

『瑠花，不要擅自亂跑！』

對不起！我在心中道歉，結束通話。電話旋即打來，我想也是。邊跑邊確認手機螢幕，打來的人不是爸爸，是千尋。我按下通話鍵，同時加速奔馳。

「千尋！」

『瑠花，太遲了……』

「咦？」

『武命的母親死了。』

騙人。

騙人騙人、我不信。

武命真的執行計畫了？他殺人了？

我忍不住哭了，呼吸又開始不順暢。儘管如此，我仍繼續跑著。不能在此停下來。

『瑠花，妳沒事吧？』

「千尋，聽我說！美希說武命在學校！」

『學校？不會吧！所以，他殺了自己的母親，就這樣若無其事地去上學？』

我也覺得很不自然，此外，他極有可能去找還活著的父親，趕盡殺絕。

『糟、糟了！』

「千尋？怎麼了？」

電話那頭傳來千尋的叫聲，發生什麼事？

「你沒事吧？怎麼了？」

『他、他聽到我們的對話，擅自跑去學校了！我去追他！』
「你說，石田先生嗎？」
他要是去學校就糟糕了，武命想要殺他，要是給武命撞見了……
按照武命現在的精神狀況，肯定會致他於死！
「我正在趕去學校！」
『好！』
我結束通話，拚命跑著。鞋子在半路上脫落，剩下一只還穿在腳上，但我繼續跑。好不容易跑到大馬路，可以叫計程車了。行人紛紛對我投以側目。路旁出現一位只穿一只鞋、滿頭大汗的女高中生，他們會訝異也不奇怪。大概是正值通勤時間，很快就出現計程車，我用誇張的動作攔車。
「我要去龜谷高中！拜託快一點！」
「好、好的。」
我開門衝進計程車內，對著司機大叫。
從這裡到學校，車程只需十分鐘。
老天爺，請保佑武命，不要讓他做傻事——
我在心中祈禱，這時千尋傳了 LINE 過來。
『這是武命留在桌上的東西。』
【圖片已傳送】

『武命想自殺，我也立刻趕去學校。』
他想自殺？
這到底是怎麼回事？
「小姐，妳還好嗎？看妳流了滿身大汗，我幫妳開冷氣喔。」
司機向我攀談，但我無暇回應。
我默默點開千尋傳來的照片。

父親、母親和哥哥都是我殺的。
全部都是我幹的。
我的家庭是失能家庭。
我幾乎每天被家人毆打，卻沒有任何人注意到這件事。
即便如此，我還是想要被愛，所以總是拚命裝出笑臉，想要修復關係。
然而，他卻說我是「失敗品」。
我再也受不了了。
我的心靈已瀕臨崩潰，我想要結束這一切。
對於在高中期間交到的朋友，我感到很抱歉。
這張笑臉雖然是為了討好家人才裝出來的，但卻有人願意跟這張醜陋笑臉的我做朋友，我應該向他們求助的。

真的很抱歉。
哥哥已在一個多月前被我殺掉，屍體埋在獅子野江山。
我會接著殺死父母。
瑠花、聰明哥、佐知子姊、岸本同學、千尋哥，還有照史。
我是真的很喜歡你們。
請原諒我沒有向你們求救。

石田武命　八月二十二日　星期四　早上七點

「早安。」
體育老師今澤七早八早就在校門前打招呼，剛放完暑假就這麼拚，真辛苦啊。我思忖著無聊小事，通過校門時，用側眼向老師致意。
眼前的景物和放暑假前毫無二致，我卻覺得一切都變了。我感覺到強烈的疏離。不過，這是個好現象。
我是假扮成人類生活的怪物，五臟六腑的構造跟人類不相同，吐出的氣息帶有劇毒，會襲擊人類。
好吧，我自己都覺得這個妄想蠢斃了。不過，想一想也挺開心的啊。
只有我是如此強大。只有我。因為，我可是殺了一個人喔。接下來，還要再殺一個人喔。

這想法很像變態殺人魔吧？

我在校舍入口脫鞋時，發現忘了帶學校用的室內鞋。算了，沒差。我直接穿著襪子在校舍內漫步。

和我一樣放長假放到忘了帶室內鞋的學生有好幾人，我在內心譏笑這些人，快步追過他們，走上二樓。

二年級的教室在二樓。路過的學生發現我只穿著襪子，大剌剌地盯著我猛瞧，我不理會他們，往照史所在的一班走去。

偷看教室，照史正在跟幾位同學正經地說話。其中一人察覺了我，拍拍照史的肩膀，指著我的方向。

照史一看見我，立刻起身，朝我這邊衝過來。

「武命！」

他把我帶到教室門口，在牆角抱住我。

「唔、喂，其他人都在看！」

教室裡傳來揶揄聲，是剛剛和照史說話的那些人。我們不是在談戀愛，笑屁啊！

我朝他們一瞪，他們瞬間安靜。

照史趕緊放開我，憂心忡忡地觀察我的臉。

「武命，你還好嗎？你消失了一段時間，我很擔心你耶！」
「抱歉、抱歉，家裡管太嚴，全天候監視我，我找不到機會跟你說。」
不知為何，照史別開了眼神，頭低下來。怎麼了？我彎腰偷看他的臉，他微笑著把臉抬起來。
「武命，我有話跟你說，可以跟我過來嗎？」
照史帶我來到校舍一樓入口處的小教室，從門上的窗戶可望見我們班的班導堀井和學生指導老師水野，我下意識地摸向藏在口袋中的刀子。
瑠花啊，妳沒給我說出去吧？我懷疑地瞥了照史一眼。
說出去也沒關係，頂多是犧牲者增加。不過，我不想殺照史。拿他當人質應該不錯？相信照史大好人會原諒我的。
我緊緊握住刀柄，走進教室。
「我把他帶來了。」
照史一說，堀井和水野便站起來，朝我堆出笑容。我不再陪笑，用冰冷的表情注視二人。
「石田，早啊，暑假過得開心嗎？」
堀井笑咪咪地問道，我只是瞪著他，不答話。堀井面露尷尬，以眼神向水野求救。
「總之，先坐下吧。」

水野代替堀井開口。我小心翼翼地坐下來。

混帳堀井，一個月不見，你倒是晒得挺黑的嘛。人生過爽爽，很了不起嘛。水野我是初次接觸，三年級的學生都叫她「學生指導臭老太婆」，近看的確是個老女人。

我冷靜地觀察這兩人，同時不忘手插口袋，握住裡面的小刀。

「該從何說起呢……」

堀井還是一副詞窮的樣子，這次看了看照史。這是在幹麼？

我斜睨照史，只見他用力嘆氣，坐在椅子上，將身體轉向我。

「武命，我想救你。」

救我？你說啥？我困惑地望著照史，這次換水野拿來幾份資料。

「石田同學，你在上面提到的內容都是真的嗎？」

她板起臉孔，觀察我的表情，我心驚膽跳地接過資料。

紙上印著我和照史在LINE上的對話紀錄，內容全是關於我的家庭問題。

——我今天又被揍了……

——他說我成績不夠好，不准打工。

——我媽好像有外遇，很糟吧？

——我的腳趾小指骨頭裂了，放著不管會好嗎？應該是我哥用力踩時踩斷了。

「這是什麼！」

我忍不住大叫。這是我私下找照史商量的內容，這些祕密全被拷貝列印出來。我愣愣地放開口袋裡的刀，將背包在地面放下，眺望起一行行的內容。
是我大意了，照史眼明手快地抓住我的手腕。
「武命，抱歉！」
你想做什麼！我還來不及抗議，照史就把我的上衣袖子捲到肩膀上。水野和堀井倒抽一口氣。我的左邊肩膀有長期被高貴揍所留下的大片瘀傷。受傷已經是一個多月前的事，即使過了這麼久，傷痕依然遍布全身。照史拉著我的袖子，堅定地看著水野和堀井。
「照史，你……」
「武命長期受到家暴。他的哥哥使用肢體暴力，父親使用言語暴力，就連母親也參與其中，我認為武命不能再待在家了。老師，我想幫助他，請問我該怎麼做？」
「你做什麼啊！照史，住手！」
我奮力甩開照史，用衣服遮掩肩膀的瘀青。
拜託不要。這是幹麼？你之前從來不幫我，為什麼現在才來做這種事？
即使照史被我甩開，依然重新在我身邊坐正。
「武命，抱歉，我之前沒有好好接住你的求救訊號，是我不對。我直到看見你跟父親在超市的互動，才驚覺你們的關係有多糟。你一直向我發出求救訊號。」
「我、我沒有。」
「別再否認了，你雖然一副『我只是找你講講，你聽聽就好』的態度，其實並不只是說說而已，你一直向我發出求救訊號，是我沒有好好當一回事，對不起。」

「住口！」

照史輕輕抓著我沒有瘀青的手肘部位，看著我說：

「別擔心，我向水野老師和堀井老師談了你的狀況，他們願意了解詳情並採取對策。情況允許的話，你也能去住兒童之家。這跟年齡無關，高中生如果有需要也能接受保護。也許會花上一些時間，在情況穩定之前，你也可以先住我家啊！我跟老媽談過了，她很歡迎你來住。武命，不要再獨自承擔了！」

照史認真無比地看著我。我知道這不是謊言，不是隨口說說而已。

唉——

照史啊，你何必這樣？

為什麼要跟我說這些？

我已經沒救了。

現在說這些已經太晚了。家庭問題哪有這麼好解決的啊？

已經、太遲了。

全都太遲了。

全部沒救了。

眼淚滴了下來。

我幹麼？怪物不需要眼淚。我很強大，我是掠奪者，掠奪者不該示弱。想歸想，我卻止不住滴滴答答擅自落下的淚水。
「武命……」
「照史，不行，沒救了，已經無法收手了……」
我猛烈站起，面向水野和堀井。眼淚流得到處都是。
我挺直背脊，立正站好，向他們深深鞠躬。
「謝謝你們！」
我顫抖著聲音說完，彎腰敬禮了三秒左右，伸手抓起背包，準備離開教室。
「武命！」
「石田同學！」
後方傳來照史與堀井的呼喊。
沒用的。
我是不會停的。
我是怪物。
我非殺了他不可。
即使身處同一間教室，他們的聲音聽起來卻變得如此地遙遠。我奔跑到教室的入口，用力將門拉開。
瑠花站在那裡。

水原瑠花　八月二十二日　星期四　早上八點

我們對視了數秒。

我因為打赤腳跑來，腳底板陣陣發疼。

武命正在哭，哭得制服都是淚痕，看見我來非但沒有停止哭泣，還哭到整張臉都皺了。

「武命，你這個膽小鬼。」

我朝武命跨出一步。

我不怕他。

這不是因為武命哭得像個幼童，就算他張牙舞爪齜牙咧嘴，我也會擋在他面前。

因為，武命是我最好的朋友。

「我看見你的遺書了，你打算替我爸頂罪，對吧？」

我揪住武命的衣服，將他拉過來。武命不再露出當時那種瘋狂的表情，他只是靜靜盯著我。

「你說我裝可憐，你自己還不是一樣！想扛下所有的罪名，也不找人商量一下……為什麼、為什麼不跟我們說！為什麼不相信我們呢？」

你想要獨自攬下承擔。

一定為此苦惱了很久。

一路走來很辛苦、很難受吧。
對不起，對不起。
是我沒發現，是我對不起你。
可是，我也很傷心喔。
因為你不肯信賴我啊。
「每個人都有犯錯的時候，無關大小輕重。但是不管走到哪一步，隨時都能從頭來過。武命，你其實心裡很明白吧？明白即使幹了這些事，內心的感受也不會變好！」
武命的眼淚涔涔落到我的臉上，他的嘴唇發著抖，氣若游絲地說：
「我、我只有自己一個人……」
「才不是呢、才沒那回事，有我在啊，還有照史也在啊！沒有人會責備你，難過的時候要說出來，痛苦的時候要找人商量。你不是獨自一人，我很樂意幫助你，所以求求你，別走啊。」
說完之後，武命淚眼婆娑地抱住我。
我放手讓他擁抱，並且主動抱緊他。
武命在我耳邊低語：
「瑠花，謝謝，謝謝妳。我無法信任大家，結果變得自暴自棄……」
「沒事，已經沒事了。」
武命正害怕著。

害怕著全世界。

我輕輕拍著他的背，宛如哄小孩般輕擁著他。

「謝謝妳，我很高興能在最後過得這麼幸福。」

然而，我太天真了。

武命突然抓住我背後的衣服，逼我轉身。

他的力氣很大，我完全無法抵抗，只能背對他。很快地，他用左手抱住我的腰，把我拉向自己。

武命從口袋拿出一把細細長長、沾滿血垢的刀子。

「武、武命，你做什麼！」

教室裡傳來照史的聲音。

武命對此產生反應，用左手臂挾持我，轉向照史。水野老師和堀井老師看見凶器，完全嚇傻了。堀井老師嘗試接近，但武命立刻拿刀指著我的喉嚨。

「不准動！動的話我就殺死水原瑠花！」

這句吼叫連我都不禁發抖。

堀井老師連忙止步，撞到了桌子，搖搖晃晃地重新站好。

他的左手相當用力，我的手和身體都被他扣著，無法抵抗。

刀尖微微陷入表皮，要是隨便亂動很可能會刺進去。

「你們要是敢過來，我就殺死水原！敢向前一步，我就刺破她的喉嚨！不准離開教室！敢出來的話，水原就死定了！」

「武命！住手！」

照史無所畏懼，向前跨出一步。就在剎那間，武命手舉高，朝我的右手手臂上方刺進去。

「啊……」

好痛。

好痛！

好痛！好痛！

聲音發不出來。

「呀！」水野老師發出尖叫，我才想大叫呢。武命確認下刀的手感之後，旋即將刀從我的手臂上方拔出，重新對準我的喉嚨。

「照史，後退。我保證刺她脖子的速度比你走過來還快。」

「武命，你做得太過火了！瑠花，妳還好嗎？」

照史擔心地注視我，我只能轉動眼球，確認手臂的傷勢。傷口又熱又燙，血大量流出，弄髒了衣服。

武命迅速後退。

他一邊用眼神壓制教室內的三人，一邊向後退。離開教室後，旁邊頓時傳來尖叫聲。走廊的女學生看見了我們。

「這樣下去不行……」

「武命，求求你，收手吧。放開我、相信我啊，求求你！」

「不行，停不下來了，已經回不去了。聽好了，水原啊，事到如今，我不會再像個膽小鬼，妄想一切能重新來過。我們直接出學校大門。」

武命不肯聽取我的建議。

剛剛那一刀似乎發揮了威嚇作用，照史他們不再勉強接近。

我動彈不得。武命是認真的，只要稍稍抵抗就會被殺。

老實說，我不怕死。

但是，我不能動。我要是動了，會害武命多背負一條人命。

求求你，不要再增加罪孽了。

「大家早！今天也是晴朗的好天氣！今天開始就是第二學期！祝福各位度過美好的人生！請讓出走道，不讓開的話，二年三班水原瑠花的腦袋就不保囉——！」

武命瘋狂朝校園大喊。

數名學生害怕地空出走道，武命滿足地緩緩邁步。

有幾位老師保持距離跟在後方。

也有學生被我們的模樣嚇到。

好恐怖。

我好害怕。

可是，必須在這裡阻止他。

「武命。」

「啊？幹麼？」

「武命，拜託，殺了我，然後就此收手吧。」

「我不打算停。水原啊，跟著我一起走吧。這樣子應該到不了車站，也沒辦法搭新幹線，只能走路去了。我們去混帳老頭的公司吧，去霸占那裡堵人吧。」

「不、不行！別鬧了，不要再給更多人造成麻煩……」

「麻煩？那我的心情該怎麼辦？我一直都很痛苦，忍受這一切，獨自苦撐下來！我也有權利傷害別人吧！水原，連妳也想背叛我嗎？」

我不打算背叛他。

但是，我不希望看見武命做傻事，這樣是不對的。

不能這樣！

喀嚓。

忽然間，耳邊響起智慧型手機的拍照快門聲。

什麼？

現在是什麼狀況？

我不禁想起那天高貴錄下的影片。我的影片被上傳到網路上。

「不、不要……」

這張照片要是又被上傳到網路上，擴散的速度恐怕會比色情影片還快。想到未來網路上到處都能看見我的照片，我不由得全身打顫，就在這時，一隻手掌大大地張開，覆住我的臉。

是武命。武命立刻放下挾持我的左手，用手掌幫我遮擋臉部。當然，脖子上仍舊抵著刀。

「武、武命……」

「只能勉強擋一下，但至少不會拍到臉。我也不喜歡妳的照片隨便被人放上網路。」

說完，武命直接背對拿手機拍照的學生，不讓我被拍到。

既然拿我當人質，照理說應該用整隻左手扣住我，而不是用手掌蓋住我的臉。

他在保護我？

總之，現在抵抗的話，有機會掙脫，只要用力推……

說時遲，那時快。

武命靜止不動。

我正在觀察刀尖的角度，不明白他為何突然靜止。同時，眼前的手掌稍稍偏移，

我從縫隙間理解了狀況。

學生紛紛驚慌走避，這樣比較好。走廊底部——轉彎就能通到校舍門口的地方，站著一道人影。

武命的父親渾身是泥，站在那裡。

石田總司——武命想殺死的對象！
不要過來，會被殺掉啊。
「媽的混帳——！你這個失敗品到底搞什麼！」
石田先生不知為何弄得這麼狼狽，朝我們一步步接近。
很快地，他發現我的脖子上抵著刀，隨即停下來。
「哈哈。」
倏地，武命輕輕地笑了。宛如信號一般，四周陷入沉寂。
「哈哈、哈哈、哈哈哈、哈哈哈哈哈！」
武命放下抵著我的刀子，重新用左臂扣住我的身體。
糟了！逃不掉了！
不過，因為他改固定我的身體，我的臉終於能轉向他。
他正笑著。
不是那天在山上看到的癲狂表情，比較像是在看搞笑節目時，突然被戳到笑點。
不是野獸。
就只是一個極其普通的男孩正笑著。
「武命，不行、不行！千萬不行——！不要衝動！」
「太讚了！真的太讚了！這是老天爺的安排，此時此刻，就在今天，我終於得到報償了！太讚了！我的人生太讚了啊！大家快看！會發生喜劇的！人生就是一場喜劇！」

武命大聲宣言，把我推開。我試圖用左手抓住武命，但是他的力氣比較大，輕輕一甩就把我甩開。我的右手中了一刀，現在完全使不上力！

武命衝向石田先生。

我的叫喚傳不進他的耳裡，他轉瞬間便跑到自己父親面前，手往後方高高舉起。緊接著，刀子直直朝石田先生刺過去。

「不要——！」

然而，刀子沒有刺中目標。

眼前的景象彷彿慢動作場景。

千尋追上石田先生，即時掌握狀況，飛奔過去，用力把石田先生推開。

武命的刀就這樣刺中千尋的腹部。

千尋的身體朝後方搖晃了一下，接著，他抱住了武命。

他的肚子中刀了。

血流出來了。

「千尋哥？」

武命也被這個突發狀況嚇到了。

千尋面帶笑容，緩緩地擁抱住武命。武命維持刀子刺入腹部的姿勢，臉埋進千尋的懷裡。

他好像完全嚇傻了，動作整個停下來，失神地握著刀子。

那是一種茫然若失的狀態。
「千尋哥，會、會不會痛？」
武命小聲說道，我也火速趕到千尋和武命身旁。
我從背後抱住武命，他被我和千尋像三明治一樣夾在中間。
我奮力抬起受傷的右手，緊緊抱住他。也許我應該先擔心千尋的傷勢，強制把他們兩人拉開，但我做不到，我現在只想用力摟住他。
你們兩個都是，通通不准跑。
留下來陪伴我。
「武命……」
「咦？瑠、瑠花？」
不是「水原」。他恢復正常了，終於肯叫我瑠花了。
武命的心跳傳了過來，咚咚咚地，維持著一定的頻率，是令人放鬆的心跳。
「武命，我好想你。你是不是很痛苦？是不是很孤單？」
千尋緊緊抱住武命，那把刀還陷進肚子裡。
我想一定很痛。
「聽好囉？武命，好好聽我說完，知道嗎？瑠花，妳也是，你們一起聽我說。」
「千尋哥，你流血了……」
「沒關係，武命、瑠花，這麼長的時間孤軍奮戰，辛苦你們了。」

血從武命和千尋的中間滴下來，流到地板上，然而千尋笑容不減。
他雖然流了很多汗，仍露出溫柔的笑容，哄我們安心。
千尋也把手伸向武命後方的我，那隻指節分明的手掌輕觸我的肩膀。
就在此刻，警車的警笛聲從校外的遠方傳了過來。
武命聽見聲音後，終於放開刀柄，雙臂無力地垂下來。
接著，千尋用細細的氣音對我們低語：

「我痛切了解你們的悲傷。
請不要覺得自己孤苦無依，每當你們感到痛苦、寂寞、不知所措時，一定要把一切常識和顧慮通通丟掉，向外界求援。
答應我，今後一定要做到。
找我也可以，我絕對不會丟下你們。
知道嗎？未來，我們勢必會因為許多事情遭受眾人譴責。
這是活著的我們必然會遇到的狀況。
但要記得，你們完完全全、絕絕對對沒有做錯任何事。
這完全不是你們的錯。」

全部說完後，千尋直到失去意識之前，都堅定而溫柔地摟住我和武命。

尾聲

瑠花、千尋哥：

你們好嗎？

我很好喔。

每次都是你們寫信給我，這次換我寫信給你們了。

我問了看守人員才知道，原來可以寫信啊。我竟然過了一年才知道。

我不擅長寫信，讀起來可能怪怪的，請睜一隻眼閉一隻眼。

瑠花：

鳳仙的打工怎麼樣啦？聰明哥和佐知子姊還是一樣活力充沛嗎？

我被抓之前送他們的烹飪刀具和圍裙，他們還會用嗎？我超想吃鳳仙的拉麵。

這裡的三餐伙食莫名注重健康，我也因此莫名其妙地變健康了。哈哈，但我比較想吃鳳仙油膩膩的豚骨拉麵啦。下次來看我時，連餐具一起帶來吧。

啊，恭喜妳正式錄用為鳳仙的員工！等我出獄，也想在鳳仙工作。不過，那也是很久很久以後的事情了。

到時如果他們還沒退休，請一定要讓我面試。

對了，謝謝妳跟安西同學做朋友，我和她在班上都格格不入，所以我一直滿擔心她的。如果她願意，請邀她一起過來看我喔。哈哈。

千尋哥：

每次你來我都想，你有好好吃飯嗎？剛認識時的確是我比較瘦，但現在你看起來比我還營養不良耶？

多吃一點啦，不然，你以後要怎麼養瑠花啊？

對了，每次問你，你都跟我打迷糊杖。你們啥時要結婚？既然找到新工作了，記得豁出去買戒指給她喔。

啊，聽說紀惠子姑媽最近完全康復了，真是太好了。

我還真的萬萬沒想到，我們竟然是沒有血緣關係的親戚。原來紀惠子姑媽收養的兒子就是你啊。

總之沒事就好。雖然快到九月了，但應該還會再熱一陣子，幫我轉告姑媽，請她務必好好靜養喔。

那個，說來有點害羞。
面對面實在說不出口，我就趁寫信時告訴你們吧。
對不起、對不起，我那天弄傷了你們，請原諒我。
我挾持瑠花當人質，還刺了千尋哥一刀。
我做了這麼過分的事情，你們還是不厭其煩地每個月來看我。
我也不知道自己是怎麼搞的，為什麼不跟身邊的人商量呢？當下我只認為，那麼做是最好的選擇。
我應該多依賴照史，多跟他討論的。我沒發現身邊有人這麼關心我。
以後有機會，我們再去逛廟會吧，下次可以找安西同學一起來。想到自己現在無法去，我就相當後悔。
不過，我依然不認為當時殺死母親是錯誤的決定，就連此刻，我也想殺了父親。
我很後悔沒有多找你們商量家庭暴力，但是關於已經發生的事，我不認為自己做錯了。
我也知道自己這麼說很糟糕，所以，我還不能出獄。
倘若我真的可以完全接受你們的好意，未來也繼續相信你們，請你們等等我，等到我真的完全洗心革面為止。
我會待在監獄裡，直到這股恨意逐漸剝落、消失，所以，希望你們等我。
謝謝你們每個月都來探望我。

請兩位保重身體喔。

對不起。

「我不責怪武命。」

瑠花在搖晃的計程車裡讀完武命的信後，如此說道。

「當然，他殺了母親是萬萬不可的行為，但是，武命一直很堅強。即使再痛苦、再辛酸，他也努力維持笑容，不給周遭的人帶來低氣壓。他看起來總是無憂無慮，讓人覺得完全不用擔心他。他一直忍，忍了很久，我認為這很了不起。」

她將信紙整齊地摺好、放回信封裡，小心翼翼地收進包包，並將包包緊緊地揣在懷裡。

「爸爸也是，他殺人是為了我。儘管大家都很同情我的遭遇，但我不這麼認為。就算殺人不會被原諒，他也是因為愛我才下手。我的想法很扭曲嗎？」

「一點也不會。」

我完全認同她的想法，並且抱住她的肩膀。

瑠花那天被傷的手臂和我的腹部，傷勢並不嚴重，目前已痊癒。

「無論一個人再怎麼堅強，在惡劣的環境待久了，一定都會出狀況。即使選擇的是最糟糕的選項，當下卻認為沒有別條路可走了。瑠花，妳不也是嗎？」

「嗯……」

瑠花也曾因為父親工作忙碌、疏於陪伴，養成了寂寞就約網友過夜的習慣。
大概是回想起那段苦日子，瑠花的表情黯淡下來。
「當事者只能被迫選擇。問題是，身處在惡劣的環境，能選的也只剩下惡劣的選項。所以，我們必須創造出好的環境，等妳父親和武命回來，就會做出更好的選擇。我們也只能為他們做這麼多了。」
我對著她說，同時也說給自己聽。
瑠花輕輕一笑，悄聲呢喃：「是啊。」

好的選項。
我憶起國中二年級的夏天，一切的開端日。
那天，流花特地跑來我住的兒童之家，對我說：
「我殺人了，我不能繼續待在這裡了。」
她想在獨自消失之前，來向我做最後的告別。
當時我若是阻止她，也許她現在還活得好好的。
是我自己擦掉了這個選項。
我沒有否定她的決定，跟著她一同旅行，最後卻只有我一人獲救。
如今再怎麼後悔也於事無補。
到頭來，我依舊沒死成。

本來我應該在那個夏天，隨她一同消失在世界上。

——活下去、活下去，活過了再死。

我做對了嗎？流花。

我的生存方式是正確的嗎？像這樣長大成人是正確的嗎？

我想永遠愛著身旁這位可愛又惹人疼的女孩，這樣是會被原諒的嗎？

直到現在我仍未找到答案，只剩下妳最後的遺言充盈在我的腦海裡，我一刻也不曾忘。

到死之前，該如何生存呢？

持續對此發出疑問，就是流花活過的證據。

我永遠不會忘記妳的。

「千尋，到了喔。」

在我發呆的期間，計程車已經停下。我放開瑠花的肩膀，拿出錢包付錢給司機。

我們拿著跟寺院借來的抹布、水桶，以及途中買的菊花，走在炎炎夏日的戶外，蒸騰的暑氣烘烤著肌膚，使肌膚出汗。

我「呼——」地吐氣，跟瑠花一起走進寺院。

接著，直直朝共用墓地前進。盂蘭盆剛過，多數墳墓都已打掃整潔，供上漂亮的花朵。

裡面只有一座墳尚未清掃。
「這就是……流花嗎？」
瑠花跟在我後頭，看著墓碑說。
「……是啊。」
這是紀惠子阿姨替流花蓋的墓。
我蹲下來，輕觸墓碑前的石板。
在那之後，我遭遇了好多好多事。
即便如此……
妳的笑容仍充盈在我的腦海裡，從來不曾消失。
「一年不見了，流花。後來又發生了好多事，妳願意聽我說嗎？」

本故事純屬虛構，與實際存在的人物、團體、事件一律無關。
本書是將最早於二〇二〇年二月發表的作品《獸》，經過大幅修稿、重新命名的作品。

那個已然飽和的夏天。
（原名：あの夏が飽和する。）

著　　者／カンザキイオリ
譯　　者／韓宛庭
執 行 長／陳君平
美術總監／沙雲佩
榮譽發行人／黃鎮隆
美術編輯／李政儀
協　　理／洪琇菁
執行編輯／陳昭燕
總 編 輯／陳昭燕
協力編輯／熊苓
國際版權／高子甯、賴瑜妗
內文排版／謝青秀

出　　版／城邦文化事業股份有限公司　尖端出版
臺北市南港區昆陽街十六號八樓
電話：（〇二）二五〇〇—七六〇〇
傳真：（〇二）二五〇〇—二六八三
E-mail: 7novels@mail2.spp.com.tw

發　　行／英屬蓋曼群島商家庭傳媒股份有限公司城邦分公司　尖端出版
臺北市南港區昆陽街十六號八樓
電話：（〇二）二五〇〇—七六〇〇（代表號）
傳真：（〇二）二五〇〇—一九七九

中彰投以北經銷／楨彥有限公司（含宜花東）
電話：（〇二）八九一九—三三六九
傳真：（〇二）八九一四—五五二四

雲嘉以南／智豐圖書有限公司
（嘉義公司）電話：（〇五）二三三—三八五二
傳真：（〇五）二三三—三八六三
（高雄公司）電話：（〇七）三七三—〇〇七九
傳真：（〇七）三七三—〇〇八七

香港經銷／城邦（香港）出版集團有限公司
香港灣仔駱克道一九三號東超商業中心一樓
電話：（八五二）二五〇八—六二三一
傳真：（八五二）二五七八—九三三七
E-mail：hkcite@biznetvigator.com

新馬經銷／城邦（馬新）出版集團 Cite（M）Sdn. Bhd.
E-mail：cite@cite.com.my

法律顧問／王子文律師　元禾法律事務所
台北市羅斯福路三段三十七號十五樓

二〇二二年十月一版一刷
二〇二四年五月一版六刷

郵購注意事項：
1.填妥劃撥單資料：帳號：50003021戶名：英屬蓋曼群島商家庭傳媒(股)公司城邦分公司。2.通信欄內註明訂購書名與冊數。3.劃撥金額低於500元，請加附掛號郵資50元。如劃撥日起 10～14日，仍未收到書時，請洽劃撥組。劃撥專線TEL：(03)312-4212 ・ FAX：(03)322-4621。E-mail：marketing@spp.com.tw

國家圖書館出版品預行編目資料

那個已然飽和的夏天。 / カンザキイオリ作；韓宛庭譯. -- 一版. -- 臺北市：城邦文化事業股份有限公司尖端出版：英屬蓋曼群島商家庭傳媒股份有限公司城邦分公司尖端出版發行, 2022.10
面； 公分
譯自：**あの夏が飽和する。**
ISBN 978-626-338-374-6（平裝）

861.57 111011938